田園発　港行き自転車　上

宮本　輝

集英社文庫

目次

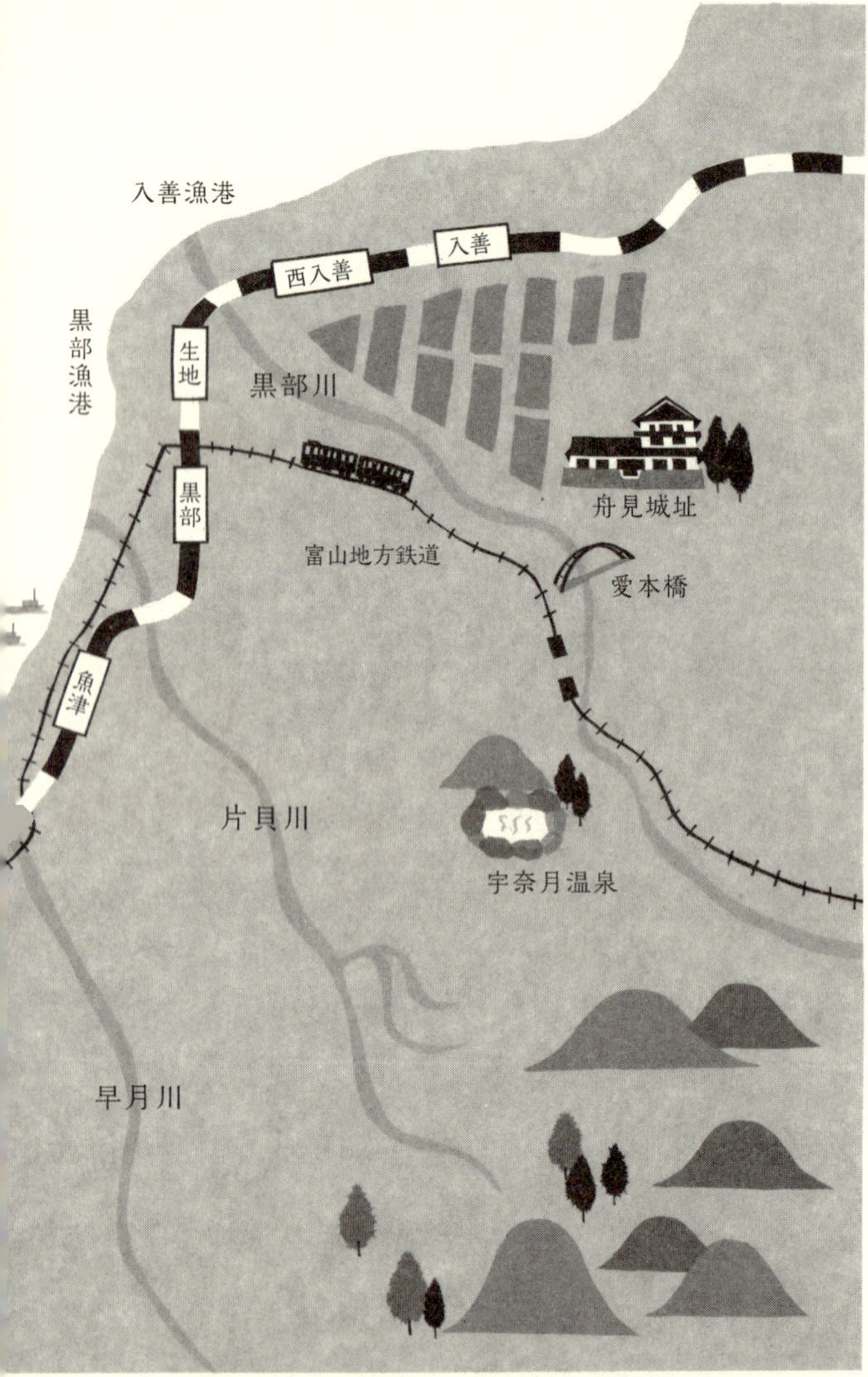
入善漁港
黒部漁港
西入善
入善
生地
黒部
魚津
黒部川
舟見城址
富山地方鉄道
愛本橋
片貝川
宇奈月温泉
早月川

富山県略図

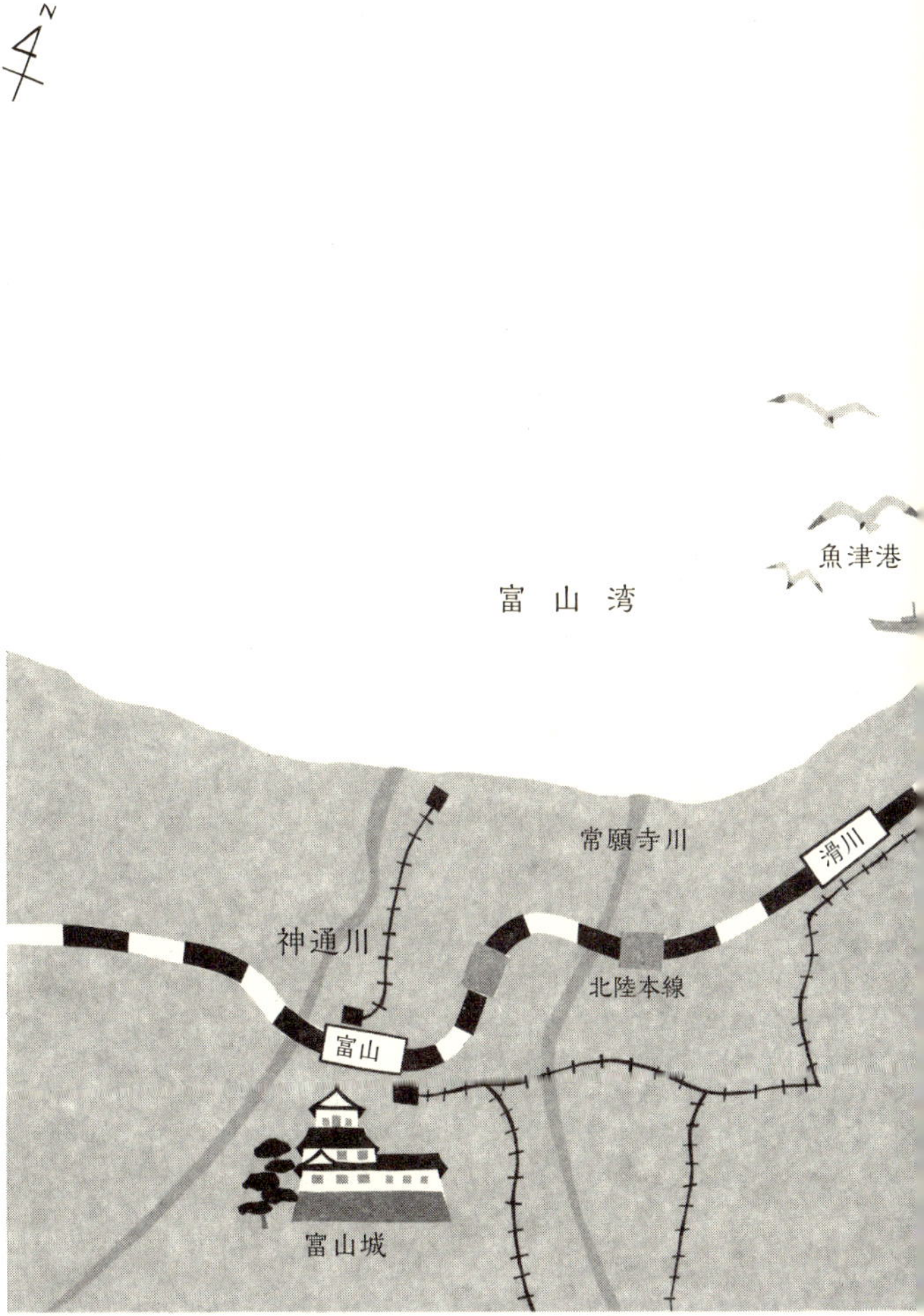

人物紹介

川辺康平　会社員
脇田千春　会社員、富山出身
賀川真帆　絵本作家
賀川直樹　真帆の父、カガワサイクル社長
甲本雪子　京都のお茶屋風バーの経営者
夏目海歩子　美容師
夏目佑樹　海歩子の息子

田園発　港行き自転車　上

第一章

——私は自分のふるさとが好きだ。ふるさとは私の誇りだ。何の取り柄もない二十歳の女の私が自慢できることといえば、あんなに美しいふるさとで生まれ育ったということだけなのだ。

私は、いちにちに一回は、心のなかで富山湾を背にして黒部《くろべ》川の上流に向かって立ち、深い峡谷がそこで終わって扇状の豊かな田園地帯が始まるところに架けられた愛本《あいもと》橋の赤いアーチを思い描く。

どんなにいやなことだらけのいちにちであっても、六畳一間の古いアパートに帰って来て、息をするのも億劫《おっくう》なほどに疲れて畳の上に突っ伏してしまっても、烈《はげ》しい清流の彼方《かなた》に見える赤い橋は必ず私の心に浮かぶ。

むりやり思い浮かべようとするのではない。逢《あ》いたくてたまらなかった人がほほえみながらやって来るかのように、自然に心の奥からあらわれ出るのだ。

そんな私が背を向けているのは、おおまかには富山湾だが、正確には富山県下新川《しもにいかわ》郡入善《にゅうぜん》町の入善漁港という小さな漁港ということになる。その入善漁港の南西の目と鼻の先に、黒部川の清流が輝きながら海へと注ぎ込んでいる。

私は東京に来てから、たいていの人が、立山《たてやま》連峰は富山湾と向かい合って東西につらなっているものと思い込んでいることを知った。

でもそれは間違いだ。日本海から内陸部へと大きくえぐられるようになっている富山湾は、その湾曲の深さで方角を錯覚させるのであろう。立山連峰は、富山県の東側を三千メートル級の峰々で形づくられて、ほぼ南北に横たわっているといっていい。

私が生まれ育った家は、赤く塗られた愛本橋のほうから黒部川の右岸を自転車で十二、三分ほど行った田園のなかにある。

黒部川の西側一帯は黒部市だ。そこも入善町と同じ田園がひろがっている。市町村合併の当初の計画では、黒部川の両側はみな黒部市と一緒になるはずだったのだが、それを断固反対する人たちが多くて、入善町とその東側の朝日《あさひ》町は、以前のままに下新川郡として区分されたという。

黒部川の左右に拡《ひろ》がる広大な田園地帯は、昔から黒部川扇状地と呼ばれた。ひろげた扇の形をしているからだ。

その扇の要《かなめ》となる地点に赤い愛本橋があって、そこからきれいな形で扇はひらかれていき、富山湾までひろがっていくのだ。愛本橋から山間部へ入ると、すぐに宇奈月《うなづき》温泉郷があり、峡谷はさらに深くなり、黒部峡谷へとつながって行く。

黒部川扇状地は、かつては農民を苦しめる痩せた土地だった。険難な黒部峡谷と、そこを源とする黒部川が、海までの短い距離のあいだにある平野部につねに襲いかかって田畑を水びたしにし、さらに一帯を砂で埋めつづけた。暴れ川に翻弄される農民たちの、水利権をめぐっての争いはいまも尾をひいている。

だが、治水事業が成功して豊かな土壌を得た黒部川扇状地では、かつての災禍が恵みと変じた。それは清らかな湧水の出現だ。

立山連峰、黒部峡谷のあちこちで生まれて黒部川流域の地中深くに伏流した良質のミネラル水は、扇状地の砂地を通り道として、町のあちこちで湧き出て来たのだ。

いま、黒部市の生地《いくじ》や入善町や朝日町は、名水の町として知られるようになった。私もこの湧水を飲んで育ったのだ。

私の自慢のひとつは、この湧水のおいしさと豊富さだが、もうひとつ誇れるものがある。

黒部川の川べりには、ゴミひとつ落ちていないということだ。

煙草《たばこ》の吸い殻、スナック菓子の袋、インスタント食品の空容器、食べ残した弁当、新聞や雑誌類……。そんなものを川べりで目にしたことは、私はいちどもない。嘘《うそ》だと思うなら、ぜひ私のふるさとに来てくれ。

近在の人たちが定期的に清掃しているのではない。川べりに物を捨てないようにと呼びかけているのでもない。黒部川の川べりにゴミを捨てる人がいないのだ。

六月から九月の末までは、渓流釣りを楽しむ釣り人の数は多い。だが、その人たちが残していったもつれた釣り糸も、使い物にならなくなったさまざまな釣り具の残骸も、私は見たことがない。

国道にはパチンコ屋も量販店もあるが店舗よりも大きいのではないかと思える看板で風景を損なうようなものではない。ぜひ、私のふるさとに来てくれ。

あと半月もすれば稲刈りの時期だ。海に沈む夕日が、実った稲穂を照らす美しい光のなかを、ゆっくりと散策してみてくれ。この田園地帯の交通の便はとても悪いが。——

少し喋《しゃべ》っては考え込み、次につづく言葉を訥々《とつとつ》と口にし、そうしてまた考え込んでから語りつづける、ということを繰り返したあと、脇田千春《わきたちはる》は襟足から二筋の汗を伝わせながら、上気した顔で、今夜の送別会の礼を述べて挨拶を終えた。

途中からうんざりした表情をあらわにさせていた三人の女子社員は、川辺康平《かわべこうへい》の拍手に合わせて軽く手を叩《たた》き、居酒屋チェーン店の座敷席から身を乗り出すと、そうすることを示し合わせていたかのように、店員に時間を訊《き》いた。十時少し前だった。

小野《おの》建設機械リースの営業一部に所属する社員十人のうち、次長を除く九人が参加した千春のための送別会は、このあと新宿南口にある別の店で二次会を持つという。

川辺康平は、部長の自分は二次会につきあわないほうがいいと考えて、窮屈な座敷席から降りて靴を履きながら、

「ほんとに行くかもしれないぞ、千春ちゃんの自慢のふるさとへ。黒部峡谷と田園地帯とを分ける赤い橋を目印に」

と笑顔で千春に言った。

主任の平松純市《ひらまつじゅんいち》が、あとはまかせて下さいといった表情でかすかに頷《うなず》き返してから、康平を追って来て、

「二次会、中止になったんですよ」

と言った。

「あの子、酒飲めないからなぁ。富山行きの高速バスは何時発だ？　時間もあんまりないんだろう？」

「ええ、まあ、それもあるんですけど、二次会の費用として集めた金で何か欲しいものがあったら買って送ろうかって千春ちゃんに訊いたら、折り畳み式の自転車が欲しいっ

て。二人乗り用の。で、二次会はやめて、その費用を自転車代にあてることにしたんです。みんなもそれでいいっていうから」

「二次会の費用って幾らくらい集まったんだ？」

一階がラーメン店になっているビルを出て、狭い道を歩きながら康平は上着の胸ポケットから財布を出した。

「ちょうど三万円です。ネットの通販でいろいろと調べたんですけど、一万円ほど足りなくて」

それでついて来たのかと思い、康平は笑いながら一万円を平松に渡した。

「てめえ、なめんなよ！」

うしろから走って来た若い男が、平松の肩をつかみ、電柱のところにひきずって行った。不意をつかれて、平松はあお向けに倒れた。

「人ちがいだよ。こいつはいま僕と話をしてたんだ。そこの居酒屋から出て来たばっかりなんだ。きみが腹を立ててる相手は、こいつじゃないよ」

康平は用心しながら、男と平松のあいだに割って入った。

狭い道のどこかから漂ってくるメタンガスのような臭いと、ひしめいている飲食店の電飾看板の色彩が、若い男の顔をマネキンのそれに見せていた。

表情がなく、顔の色は鼠《ねずみ》色で、ところどころに青い絵具を塗っているかのようだった。

こいつは[illegible]中というやつだ。

川辺康平はそう思い、

「きみに失礼なことをしたのは、別の人だよ、ほんとだよ」

と言い、アスファルトの上に倒れたままの平松純市の腕をつかんで立ちあがらせ、ジーンズのうしろのポケットに差し入れている男の右手の動きに神経を集中させた。

平松の背広の肩口をつかんでいた手を離し、何か意味不明の言葉を康平につぶやいて、若い男はコンビニの角を左に曲がってどこかへ去って行った。

「見ました？　あいつ、ポケットにナイフを入れてましたよ。ナイフの柄が見えてましたよ。ハンパなナイフじゃないです。柄がこんなに太いやつです」

ナイフの柄の太さを示そうとする平松の手が震えていた。

「また逢うといけないから、別の道を行こう。ここはどこなんだ？　俺は、ヨコちゃんにつれられて来たから、どこをどう行ったら新宿西口に出るのかわからないよ」

康平の言葉に、平松は、こっちですと言って来た道を戻り、さっき出て来た雑居ビルの前を通り過ぎると、駅のほうへ斜めに延びている暗い路地へと入った。

「すぐ大きな通りに出ます。ここだけいつも暗いんです。店が一軒もないですからね」

平松の声の震えは止まっていなかった。ときおり不安そうにうしろを振り返りながら、生ゴミの臭いの充満する路地を急ぎ足で歩きつづける平松の背を見て、ひとつ間違えば、人間はあんなことで殺されてしまうのかと康平は思った。
　カプセルホテルの裏側から人通りの多い通りへ出ると、康平は自分が靖国《やすくに》通りを駅のほうへと寄ったところにいるのだとやっと気づいた。
「ぼく、あいつの目を見たとき、ああ、もう駄目だって思って……。殺されるって……。ぼく、ほんとに怖かったです」
　ゴールした長距離ランナーのように上体を苦しそうに前に折り、両手を両膝に押し当て、顔を深くうなだれさせて、平松はそう言った。
　泣いているのかと思い、康平はその背を軽く何度も叩いた。
「ぼく、きょう誕生日なんですよ。誕生日に、見も知らないヤク中みたいなやつに殺されかけるなんて」
「お前もあいつをヤク中かもって思ったのか？」
「あの顔色と、腕の静脈の浮きあがりかたは、ヤク中でも末期ですよ。あいつの腹には、膨れた静脈が蜘《く》
巣状にひろがってますよ」
「詳しいん
「ネット
で見たんです」
　道
このか、平松の背広の上着は濡《ぬ》れていて、それは
東

康平がそれを教えると、平松は慌てて上着を脱ぎ、どこかに捨て場所はないかとあたりを見廻《みまわ》した。

いま歩いて来た路地の、カプセルホテルの裏側のところにゴミ捨て用の大きなポリ容器があった。平松はポケットに入れてあったものを出してから、上着をそこに投げ捨て、

「この夏物の背広、買ったばっかりなんです」

と言った。

「どこか静かなとこで飲み直そうか。俺が誕生日のお祝いをするよ。俺じゃあつまんないだろうけど。誰かがどこかで待っててくれてるんなら、無理には誘わないぜ」

「いませんよ、そんな相手は」

と、やっと笑みを浮かべて答えたが、平松は自分の腕時計に目をやり、脇田千春を見送ってやろうと思っているのだと言った。

千春の荷物が多くて、それを持ってあの歌舞伎町《かぶきちょう》に近い居酒屋まで歩くのは無理だったので、新宿駅のコインロッカーに三つに分けて入れた。東京住まいが長い者でも、新宿駅のなかはうっかり間違えると迷路と化す。千春がちゃんとコインロッカーのところに行けるかどうかおぼつかないし、ひとりで大きな荷物を四つも持って高速バスのターミナルに辿《たど》り着けるかも心配だ。

うちの課の女子社員たちは、みな家が遠いので、バスが出る時刻まで千春につきあっ

てやるわけにはいかない。

それで仕方なく、自分が荷物の半分を持ってバスターミナルまで一緒に行くことにした。

千春は遠慮して、ひとりでも大丈夫だと言ったが、あの子を見ていると、どうも大丈夫という気がしない。

平松純市の説明で、

「そうだな。どでかい新宿駅で迷子になってバスに乗り遅れたら大変だもんな。よろしく伝えてくれ」

と言い、康平はタクシーに乗った。ひさしぶりに道玄坂《どうげんざか》の「ルーシェ」に行きたくなったのだ。

よく冷房の効いたタクシーが動きだしたとき、康平は運転手に停《と》めてくれるよう頼み、後部座席の窓を降ろして、店へと戻って行く平松に、

「きょうで何歳になったんだ?」

と大声で訊いた。三十六ですという声が返ってきた。

きょうは二〇〇八年九月一日。俺は十月一日に五十歳になる。四十代最後の一ヵ月がきょうから始まるというわけだ。

康平はそう思いながら、後部座席の窓を閉めた。五十歳になった途端に、自分のなか

で何かすばらしいことが起こりそうな気がした。

それはいま突然そんな気がしたというのではなく、一、二年ほど前からの、理由も根拠もない予感だった。

康平は、平松の手の震えを思い浮かべ、仕事ではいつもあと一押し足りないという弱さがあるが、得意先の担当者たちには可愛《かわい》がられる特質をもっと伸ばしてやる方法はないかと考えた。

そうか、脇田千春を見送ってやるのか。下手《へた》をしたら、ヤク中らしい若い男にナイフで刺されていたかもしれないのだ。恐怖はそう簡単には去らないであろうに、千春の荷物を持ってやるために気をとり直して雑踏へと入って行きやがった。いいとこあるじゃないか。平松には、本人も気づいていない強さがあるのかもしれない。

脇田千春も頑張り屋だった。洗練という言葉とはおよそ縁遠くて、どちらかといえば「おでぶちゃん」の部類で、若い男どもの気を惹《ひ》く要素を探すのは難しいが、黒目勝ちの大きな目には、やはり美しいというしかない清らかさがあった。

千春は、依願退社の理由を、一身上の都合としか説明しなかったし、こちらもそれ以上は深く立ち入らなかった。俺は、上司として、もう少し立ち入るべきではなかったのか。

高校を卒業してすぐに富山県入善町から単身上京し、一年半勤めて、今夜の高速バスでふるさとへ帰って行く。

自慢の美しいふるさとへこれから帰れるとしても、ひとりでバスに乗り込み、誰にも送られずにターミナルから離れていく瞬間には、つかのまにせよ寂しさや孤独感に包まれるのではないか。

平松が千春をおもんぱかって、荷物を運ぶことを口実に見送ってやろうとしているなら、うん、あいつ、いいとこあるよ。

よし、俺も本気で平松純市という部下の壁を乗り越えさせるために、これまでのやり方では通用しない仕事を担当させよう。

川辺康平は、体を捻《ひね》って、高層のホテルやマンションのあいだに見え隠れしている都庁のビルの骨張った巨人に似た形を目で追いながら、そう思った。

次の信号を左に、その次の四つ角を右に、と運転手に指示して、道玄坂の曲がりくねった坂道の中途でタクシーから降りると、康平は古い五階建てのオフィスビルの地下にある「ルーシェ」のぶあつい木のドアをあけた。

ラフマニノフの「ピアノ協奏曲」が低い音量で流れていて、カウンター席にはマスターに見えないようにして手をつなぎ合った中年のカップルが、紅茶色のカクテルを飲んでいた。

絵に描いたようなわけありのカップルで、どちらにも家庭があって、片方の手で相手の手を握り、そこだけ目をそむけたくなるほどに卑猥《ひわい》な気配を発散させてはいるが、別れ話の最中だな。

そう見当をつけながら、康平はマスターの日吉京介《ひよしきようすけ》に、手を洗いたいのだと身振りで示し、先にトイレに入った。

平松の上着の背の部分についていたのが缶ジュースの中身なのか、もっと不潔な液体なのかわからないまま、康平は「ルーシェ」の洗面所に置いてあるニナ・リッチの石鹼《せっけん》で何度も両手を洗った。

ハンカチで手を拭き、あと一ヵ月で五十歳になる自分の顔にながめいっていると、日吉京介がドアをそっとノックしながら、

「どうしたんだ？　大丈夫か？」

と訊いた。

「手に何か気持悪いものが付いてね」

トイレから出て、そう言いながらカウンター席の右端に坐《すわ》り、康平がギムレットを頼むと、三十代半ばくらいの女性客が五人入って来て、入口の横にひとつだけあるテーブル席に坐った。予約してあったらしかった。

「ギムレットにはまだ早すぎるね、だぜ」

日吉は半分に切ったライムを絞りながら言った。

「ぱっとフィリップ・マーロウが出てくるなんて、おっさんだなァ」

大学二年生のときに知り合って以来の友だちである日吉京介は、その康平の言葉に苦笑し、ギムレットのグラスを差し出すと、女性客たちの席へ註文《ちゆうもん》を訊きに行った。

千春の送別会では、康平は生ビールの中ジョッキを一杯飲んで、枝豆と、豆腐サラダというのを少し食べただけだった。

急に空腹を感じて、手書きのメニューをひろげたとき、平松が「二人乗り用の自転車」とか何とか言ったことを思い出し、

「そんなもの、あるわけないだろう」

と康平は声に出してつぶやきながら笑った。

三人分の椅子をへだてて坐っている、どちらも四十五、六歳くらいのカップルが同時にきつい目を向けてきた。

「あ、失礼。ひとりごとを言って思い出し笑いをしちゃったんです」

カップルにそう言って、康平は笑いをこらえようとギムレットをいっぺんに半分ほど飲んだ。

いくらネットのサイトで探しても、二人乗り用の自転車なんかあるはずがない。自転車は二人乗り禁止なのだ。二人乗りは交通違反だ。

そんなのを欲しいと頼んだ千春も千春だが、頼まれたとおりに二人乗り用の自転車を

探した平松も平松だ。

しかし、四万円で、折り畳み式の二人乗り用の自転車をみつけたらしい。それはどういうことなのだ……。

こんな間抜けな話をバーのうす暗いカウンターで思い出して、ひとりで笑っているのは、今夜の俺にはとてもよく効く精神療法だ。この十日ほどは仕事で神経をすり減らすことばかりだったのに、居酒屋から出たあと、ナイフを隠し持った若い男にひとつ間違えば殺されるところだった。

俺のなだめ方が上手だったのではない。あのヤク中の、ほんの微細な心の動き次第だったのだ。

もう忘れよう。そのために「ルーシェ」に来たのだから。しかし、千春の送別会の途中から生じた両方の目の奥の鈍痛が消えない。

夜、家に帰ってベッドに入るころにはおさまるのだが、この重い痛みは三ヵ月ほど前から日が落ちるころになると起こるようになり、盆休みの前に眼科で診《み》てもらった。

医師の診断は眼精疲労だった。仕事以外ではパソコンや携帯電話の画面を見ないこと。できるだけ、空の遠くのほうをぼんやりと見る時間を持つこと。

医者はそう言って点眼薬を出してくれた。網膜剝離の兆候もないし、眼底の血管もきれいだし、他の検査も異常なし、ということだったから心配する必要はないにしても、いやにしつこい鈍痛だ。

俺が暮らしている東京という大都市には、無用な光と色彩が溢《あふ》れかえっていて、自分の視界には動かないものなどひとつもない。

光や色だけではない。音も匂いも、人間の五感の許容能力をはるかに超えている。眼、耳、鼻、舌、身が五感で、そこに「意」を加えて六感となるそうだが、五感の許容能力を超えたところでは「意」も疲れ果ててもちこたえられなくなるのは理の当然だ……。

そう考えながら、ギムレットを飲み干し、

「まったく疲れることをしてるよ」

と康平は胸のなかで言った。

その無言のつぶやきと中年のカップルが立ちあがったのが同時だったので、

「いやいや、あなたがたを皮肉ったんじゃありませんよ」

とさらに心でつぶやいて、カウンターのなかに戻って来た日吉京介の、手慣れたとは思えないビーフシチューの温め方に見入った。

「ルーシェ」は、つまみはナッツ類だけのショット・バーだったのだが、もう少し儲《もう》けることも考えたらどうかとビルのオーナー夫人に勧められ、日吉は自分の店をビストロ・バーに変えたのだ。

ビストロといっても、出せる料理は四品だけだった。

「南仏風ビーフシチューのセット」、「手造りソーセージ三種のセット」、「エダムチーズと季節の野菜サラダ」、「ペンネ・アラビアータ」。

どれも、料理も出せとうるさく勧めたオーナー夫人の考案で、できるだけ傷みにくいものという条件にかなっている。

ビーフシチューは、大鍋で煮込んだものに、いちにち二度ほど火を入れれば四、五日はもつし、ソーセージは、店から十分ほどのところでハムとソーセージの専門店を営んでいるオランダ人が毎日配達してくれる。チーズもオランダ産の硬質なものなので日もちがするし、ペンネ・アラビアータのための、鷹《たか》の爪とガーリックがよく利いたトマトソースは、たくさん作って、保存用の容器に入れて冷凍してある。

付け合わせのキャベツの酢づけはズールコールで、それもオランダ人のマイスターが自分で作ったものだ。

これと同じものが、ドイツではザワークラウトであり、フランスではシュークルート、ポーランドではキショナ・カプスタと呼ばれる発酵食品だから長期保存が可能なのだ。

「そのシチュー、どこが南仏風なんだ？」

と康平は小声で訊いた。

「シチュー皿に盛ってから生クリームを多めにかけるんだ。で、半分に切って軽くオリーブ油で炒《いた》めたマッシュルームをトッピングするってわけ」

日吉も小声で答え、赤ワインを二本持ってテーブル席へ行った。

ギムレットがここちよく神経をほぐし始めたのを感じて、康平は椅子の背凭《せもた》れに上半身をあずけ、両目を閉じてそれを指で軽く押した。

しばらくそうしていた。

東京で生まれ育ったこの俺でさえ耐えきれなくなる光と色と音のるつぼに四六時中翻弄されて、心の堤から泥水が溢れ出ようとしている。富山県入善町の豊かな湧水に恵まれた田園から働きに出て来た十八歳の娘が、仕事を終えて六畳一間のアパートに帰り着き、息をするのも億劫なほどに疲れて、畳の上でしばらく突っ伏してしまうのは当たり前だ。仕事に疲れたのではないのだ。

千春は、そうやって突っ伏しているときでも、黒部川の清流の向こうに架かっている赤い橋が心に浮かぶと言ったな。どんな橋だろう。

たしか千春は、そこから北側が黒部川扇状地と呼ばれる田園地帯で、そこから南が黒部峡谷の深い山間部だということを示す橋だと説明した気がする。

その赤い橋は、黒部川が富山湾へと注ぎ込む地点から見えるのだろうか。

赤い橋の彼方には、立山連峰がそびえているさまが見えるのだろうか。

ゴミひとつ落ちていない川べり？　何気なく聞き流してしまったが、俺はそんな川べりを歩いたことがない。

海に沈む夕日が、実った稲穂を照らす美しい光？　俺はそんな光を見たことはない……。

康平は閉じた目にそっと三本の指を押し当てたまま、千春の最後の挨拶を正確に思い出そうと努めた。

自分がいま思い浮かべた千春の言葉のなかには、千春が実際には言わなかったものもあるような気がしたのだ。

千春は、逢いたくてたまらなかった人がほほえみながらやって来るかのように、という言い方をしたはずだが、あれは何を指して言ったのだったろう。

立山連峰がか？　黒部川の烈しい流れか？　町のあちこちに湧き出る良質の天然水か？

それとも、口にはしなかったが、誰か特定の人間のことなのか？　いや、赤い橋か？

康平は、自分の記憶の曖昧さに少しなさけなさを感じ、カウンターのなかに戻ってマッシュルームを切り始めた日吉京介に、ギムレットのお代わりを頼んだ。

「悪いけど、十分待ってくれよ。こっちのソーセージは茹《ゆ》でて、こっちのは焼くんだ。それをしながら、トマトソースを湯煎《ゆせん》しなきゃいけねェ。口はひとつで手は一本だ。それまでこれを飲んでてくれよ。ただし、一杯だけだぞ」

日吉は、罎《びん》に三分の一ほど残っているバランタインの二十一年物を康平の前に置き、ストレートグラスを出してきた。

「氷、くれよ」

「こんな上等のスコッチを薄めようってのか？　いやなら、なかに入って手伝え」

「そんな狭いとこに段取りの悪いおっさんがふたり入ったら、よけいに遅くなるぞ」

そう言って、康平は二十一年物のスコッチを自分で小さなグラスに注いだ。日吉は、ペンネを茹でるための鍋をコンロに載せてから、グラスに氷とミネラルウォーターを入れて康平の前に置いた。

女子社員の送別会で遅くなる、食事は済ませてくる、とは言ってあったが、最近、娘のことで悩んで不眠症になっている妻にひとこと声をかけておこうと思い、康平はスコッチをグラスに半分ほど飲んだあと、同量の氷水も喉に流し込んで、「ルーシェ」から出ると階段をのぼってビルの外に出た。

ビルは二十八年前に建てられたもので、映画のセットみたいな薄っぺらな建物は嫌いだと主張し、堅牢《けんろう》な材質を使ったために、各フロアは電波状態が悪い。「ルーシェ」は地下にあるので、ほとんどの客の携帯電話の画面には「圏外」と表示されるのだ。

ビルの前の、人通りのない歩道に出た途端にメールの着信音が鳴った。平松純市からで、発信時刻は二十三時四十二分となっている。

――いまバスは新宿西口から出て行きました。部長にはとてもお世話になったのに、ちゃんとお礼を言えなかったと千春ちゃんが申し訳なさそうにしていました。ぼくはあすの七時過ぎの新幹線で資材部長と浜松《はままつ》へ行くので、家に帰ってビールでも飲んで寝ます。添付したURLをクリックすると富山県全体の地図が出ます。――

メールの文章を読み、そうだった、浜松のS土木建設とのあいだで、ちょっと面倒になりそうなトラブルが起こったんだな、と康平は思い、夜道に立ったまま、平松への返信メールを打った。

――千春ちゃんを見送ってくれてありがとう。あしたの件、非は相手にあることは明々白々で、渡辺《わたなべ》さんは戦争も辞さない覚悟だろうけど、十数年来のお得意様で、相手もいま苦しい商売をしてるんだから、お前は中和剤になって落とし所をみつけるまでは帰らないと決めて行ってくれ。どこを落とし所にするかはお前にまかせる。渡辺さんのメンツも立つという落とし所だ。あとは俺が引き受けるよ。――

自分が打ったメールを二度読み返してから、康平は送信ボタンを押した。

それからすぐに妻に電話をかけた。医師に処方された抗うつ剤と誘眠剤を飲んでしまっていたらまずいなと考えて、慌てて切ろうとしたとき、妻の声が聞こえた。

二次会は中止になったが、若い社員たちとバーで飲んでいる。もう一時間はどしたら、タクシーに乗って帰る。先に寝ててくれ。

康平は、わざと機嫌の良さそうな口調で言い、妻の反応に耳をそばだてた。妻の幾代《いくよ》は、二種類の薬を服用しても眠れないときは滑舌が悪くなるのだ。

「うん、いまベッドに入ろうと思ってたの。麻裕《まゆ》は令子《れいこ》さんのとこに泊まるって」

普段の喋り方に安心して、

「令子さんて、大磯《おおいそ》の？」

と康平は訊いた。

「うん、でも嘘ね。しょっちゅう嘘をつくのにも疲れたでしょうに。とことん疲れて苦しんで、ずたずたになって、やっと我に返ったころには傷だらけよ。もう私、あきらめちゃった」

「二十三の娘なんだ。親がひっつかまえとくわけにはいかないよ。あいつが馬鹿か賢いかの問題だ」

「あなた、麻裕の父親なのよ。他人の娘のことを話題にしてるみたいな言い方ね」

「俺は、父親として言うべきことはすべて言ったよ。二度も三度もね。だから、あとはひとえにあいつが馬鹿か賢いかにかかってるんだ。そうだろう？」

妻に電話をかけてしまったことを後悔しながら、康平は声をあらだてないようにと自分の感情を抑え、静かにそう言った。

「麻裕があの男と知り合ったのは二十歳のときなのよ。まだ大学の二年生だったのよ。

妻も子もある四十五歳の男。妻子があることを隠しつづけて、最近になってやっと明かして、妻とは別れるから待ってくれって……。そんな男の言葉を信じてるってことは、馬鹿だってことじゃないの」

妻の声が高く大きくなってきたので、康平は、そのことについてはもういちど、麻裕も交えて話し合おうと言い、電話を切った。

俺だって腹のなかは煮えくりかえってるんだ。父親の娘への思いなんて、女房にわかってたまるか。

そう思いながら、「ルーシェ」への階段を降りかけたとき、またメールの着信音が鳴った。平松純市からで、

——了解しました。がんばります。——

という文面だった。

落とし所か……。麻裕と、妻子持ちの四十五歳の男にも、落とし所はあるはずだ。それをみつけてやるのは、男親の俺の役目ではないのか。俺の娘は、ひととき愚かな恋愛で我を忘れているが馬鹿ではない。あの子は賢い子なのだ。悪い酒に酔って、正気を失《な》くしているだけだ。

その悪い酒からどう醒《さ》まさせるか……。

康平は、「ルーシェ」のドアをあけるとき、男と逢って話をしようと決めた。

もっと早くにそうすべきだったが、俺にも、そんな直接対決を避けたいという気持があったし、麻裕も断固として逢わせたがらなかった。男は男で、いつでもご両親とお逢いすると言ってはいたが、それは口先だけで、実際は逃げ腰であることを麻裕自身が感じ取っていたはずなのだ。

逢うと決めたら戦闘開始だ。男がいっときも早く妻と離婚し、麻裕との結婚を急ぐか、それができないのなら、こちらが訴訟を起こし、法的に償わせるか。そのどちらかしかない。

俺は、どちらも麻裕にとって幸福な結果をもたらすものではないと考えたからこそ、静観してきたのだ。

だがそれは間違いだった。二十三歳の世間知らずの女は、絵に描いたような小娘にすぎず、妻子のある四十五歳の、自分で商売を始めて十五年たつ男はそれなりに世智《せち》に長《た》けている。その場その場の適当な甘い言葉で小娘をつなぎ止めておくことなど簡単なのだ。

男も、麻裕という女と知り合ったころは、妻とうまくいかなくなっていて、真剣に離婚について話し合う状況だったのかもしれない。だから、いちがいに、男が若い娘をだましたと決めつけることはできないであろう。

しかし、男は、妻と子を捨てることができない。男の家にも事情があるだろうし、ましてふたりの子がいるのだ。仕方がない。ついに親父《おやじ》の出番がやって来た……。

康平はそう考えながら、カウンター席に戻った。湯煎したトマトソースを鍋に移してそっと加えながら、日吉は三人分のペンネを皿に盛ると、薄く切ってガーリックバターを塗ったバゲットをオーブントースターから出した。

「それはシチューに付いてるのか？」

「うん、これもオーナー夫人のアイデア」

と答えて、五人の女客が註文した料理をすべてテーブルに運び、日吉はカウンターの奥の、客からは見えないところに置いてある椅子に腰を降ろすと煙草を吸った。

「せっかく一服してるのに申し訳ないけど、俺にもその南仏風ビーフシチューを頼むよ」

と言って、康平は携帯メールに平松が添付してきたＵＲＬをクリックした。

「ああ、そうか。ここは圏外なんだ」

康平の言葉で、日吉京介は自分のノート型パソコンを持って来た。

「ケーブル回線をつないだから、このビルのなかでは、とにかくパソコン環境だけは整ったよ」

「他にこのビルで、改善しなきゃいけないのは何だ？」

「空調システムさ。これは簡単じゃないんだ」

康平は日吉と会話しながら、平松の教えてくれたＵＲＬをパソコンに入力した。富山県の地図が画面一杯にあらわれた。

千春の説明どおりに陸地のほうへと深くえぐれるように富山湾があり、その西側に半島が突き出している。能登《のと》半島だ。東側は陸地が魚津《うおづ》港のあたりから湾のほうへと突き出ていて、その角のところに黒部川が南東へと青い線を描いていた。

「なるほどなァ、たしかに立山連峰ってのは富山の北東側でほとんど南北につらなってるんだ。あっここが入善町。入善漁港は、ここ。小さな港だなァ。あっ、あったあった、愛本橋があったよ。この橋、赤いんだぜ」

さっきの妻との電話でのやり取りが残した不愉快さを消すために、康平はわざとはしゃぎ声を出して言った。

「赤い橋なんて、日本中にいくらでもあるだろう。何を見てるんだ？」

日吉の問いに、

「富山県入善町。うちの社で一年半働いた二十歳の女の子が、さっき高速バスでここに帰って行ったんだ」

そう答えたあと、康平は、千春の送別会での最後の挨拶の言葉をその喋り方も真似《まね》て再現した。少し喋っては考え込み、次の言葉を探し、また少し喋る……。最後は二人乗り用自転車のことを話して聞かせた。

日吉は、パソコンの画面を自分のほうに向け、地図を拡大し、

「俺、魚津港には行ったことがあるんだ。この店を開いて六年くらいのころかな。だから四年前だよ。三月の中旬でね。三日間ずっと小雪が降りつづいて、立山連峰なんかまったく見えなかったよ。真っ黒な雲のかたまりを見に行ったようなもんさ」

と言った。

「入善町には？」

「行かなかった。魚津から電車で富山駅まで戻って、タクシーで富山空港へ行って、飛行機で羽田《はねだ》へ帰ったんだ。雪のなかを雨合羽を着て、岩瀬《いわせ》ってとこから魚津まで歩いたんだぜ。俺は滑川《なめりかわ》漁港が好きだな。また行きたいな」

日吉はパソコンの画面を康平にも見えるようにしてから、これが神通《じんづう》川と指さした。

「この河口に岩瀬ってとこがあるだろう？　ここから海に沿うようにして旧北陸街道ってのが魚津の町とをつないでるんだ。昔は、加賀《かが》藩が参勤交代でこの街道を使った、っていうよりも、江戸へ行くにはこの街道しかなかったんだな。旧街道だから狭くてね、普通の乗用車が二台やっとすれちがえるくらいの道だけど、両側には古民家とか古い寺とかがずらっと並んでて、なかなか風情《ふぜい》のある街道だよ。でも、岩瀬ってとこから、雪のなかを魚津港まで歩くのは難行苦行だったぜ。約二十キロだからな」

そう言いながら、日吉は「北陸街道」と入力して検索した。

それは中仙道《なかせんどう》の関ケ原《せきがはら》のあたりから始まって琵琶《びわ》湖《こ》東岸を北上し、鯖江《さばえ》や福井を通り、小松《こまつ》、金沢と経て高岡《たかおか》、富山から海岸沿いに親不知《おやしらず》の難所を越えて新潟に至る約五百キロの街道だと説明されてあった。

「親不知？　昔はとんでもない難所だろ？」

という康平の問いに日吉は、自分は行ったことがないのでわからないと答えた。

「お前、三月の寒い魚津港に何しに行ったんだ？」

「港に水揚げされるホタルイカの見学と、ホタルイカ三昧《ざんまい》の料理を食べに行ったんだ。お客さんに誘われて、断り切れなくなっちゃって……」

「それでどうしてこの岩瀬ってとこから魚津港まで雪のなかを歩いたんだよ」

地図をさらに拡大し、画面の中心が黒部川扇状地と愛本橋になるようにしながら、康平は日吉京介に訊いた。

もう一本煙草を吸うためにカウンターの奥の椅子に坐り、換気扇のスイッチを入れてから、雪の旧北陸街道を海に沿ってただ歩いてみたかっただけだと日吉は言った。

料理を作るのに忙しくて、ＣＤを換えなかったので、「ルーシェ」の店内に音楽は途切れてしまっていた。

康平は、日吉が選んで聞こえるか聞こえないかの音量で流す曲が好きだった。ジャズならマイルス・デイビスかキース・ジャレット。クラシックならラフマニノフの「ピアノ協奏曲」。この三種以外は、日吉は自分の店内に流さないのだ。

「ラフマニノフの『ピアノ協奏曲』第三番を頼む」

康平に促されて、日吉はＣＤコンポを置いてあるところに行った。

「ギムレットにはまだ早すぎる、ってのはフィリップ・マーロウのセリフじゃないんだ。名前は忘れたけど『長いお別れ』って小説のなかの重要な登場人物のセリフだよ」

そう言いながら、日吉は、ラフマニノフ自身のピアノ演奏によるＣＤをかけた。

「ギムレットにはまだ早すぎるねなんてセリフを口にできる男は、マーロウの知るかぎりでは、この世でたったひとりだけなんだ。このひとことが、小説として重要な意味を持ってくるってわけだ」

と日吉は言って、康平のためのギムレットを作り始めた。

「ドライジン四分の三にライムジュースを四分の一。これをシェーク。シェークしないものはジンライム。どっちも、使うライムジュースはおんなじ。壜入りのコーディアル・ライムで、甘味がついてるけど、俺はライムだけを絞った甘くないフレッシュジュースで作るのが好きなんだ。だから、どの客にも、このギムレットを出す」

「そうかァ……、一句万了《いっくばんりょう》のカクテルかァ。俺は現実から逃避したいときのカクテルのほうがいいなァ」

康平のつぶやきに笑みを浮かべ、

「逃避したいのか？　それならドライ・マティーニを三杯一気飲みだな」

と日吉は言った。

「娘のことで悩んでてね」

「麻裕ちゃんか？」

日吉は康平を見やったが、悩みの理由を訊こうとはしなかった。

三十分ほどたって、日吉がビーフシチューを運んでくれたころ、テーブル席の女性たちのうちの三人が帰って行った。

テーブルに載っているものを片づけに行った日吉に、残ったふたりが何か喋っていた。カウンター席に行ってもいいかと訊いているようだった。

一人は酒を飲めないのだが、もう一人のために食後用の軽いカクテルを作ってくれないか、と。

「ディジェスティフですね。その代表はアフターディナーって名前のカクテルです。お作りします」

「ディジェスティフって名前のカクテルなのかと思っちゃった」

女のひとりが言った。

どちらも麻のワンピースを着ていて、身につけているアクセサリーは、結婚式の披露宴とまではいかなくても、フォーマルな服装を求められる場所に行ったことを示していた。

「食前酒はアペリティフ。食後酒はディジェスティフなんです」

日吉のやつ、気取りやがって。なにがディジェスティフだよ。舌を嚙《か》みそうになってるじゃねェか。

康平はふたりの女に見えないようにして微笑《ほほえ》みながら、胸のなかでそうつぶやいた。

それぞれ洋風と和風の典型のような顔立ちの女がふたり残ったようだが、どちらも身につけているものは趣味が良くて品がある。

そう思いながら、康平は南仏風ビーフシチューをゆっくりと食べつづけ、パソコンの画面をときどき拡大したり縮小したりして、富山市の神通川の河口から旧北陸街道を滑川のほうへと移動させ、そこからさらに魚津市、黒部市、入善町、朝日町へと動かしていった。

「胃がすっきりするんですよ」

日吉は、カクテルグラスに「アフターディナー」を注ぎながら、カウンターに移動してきた女たちに言った。

「岩瀬ってとこから魚津まで約二十キロだろう？　雪のなかをよくも歩いたなァ」

と康平は日吉に話しかけた。

「最近は富山も雪が少なくなったんだ。あの日も小雪でね。道の真ん中には雪を溶かす水が出る装置がついてるんだ。だから滑らないんだよ」

「何時間かかったんだ？」

「途中、喫茶店でコーヒーを飲んだから、合計で八時間くらいかな。俺はあの道をまた歩きたいね。なんだか好きだな」

康平が日吉と話をしていると、ときおりふたりの女の会話が聞こえた。盗み聞きをするつもりはなかったのに、ゴッホという言葉で康平は失礼なことだと思いながらも神経をふたりの女の会話に注いでしまった。洋風の顔立ちの女が、

「ゴッホの『星月夜』がもうじき真帆《まほ》の部屋に届くわ」

と言ったのだ。

「あと三週間くらいかな。楽しみにしててね」

「嬉《うれ》しくて、届いたらどこに飾ろうかって、マンションの部屋の壁に掛かってるものを全部降ろしちゃった。横が九十二センチの油絵だもんね。私の狭い部屋に飾るとこなんかないんじゃないかって心配で」

と和風の小づくりな顔立ちの女は言った。

「縦は七十四センチよ。リビングの窓際の本棚をどこかに移したらいいのよ」

「その、どこかがないんだもん。それに、あそこの壁に掛けたら、西日が当たるの」

「あっ、直射日光は厳禁よ」

「アメリカのニューヨーク近代美術館から届くって感じね」

こら、お前が聞き耳をたててるって相手にわかっちゃうぞ。そんな表情で、日吉が見つめてきたので、康平は慌てて、

「愛本橋の写真は見られるか？」

と言い、パソコンの画面を日吉のほうに向け、ガーリックバターを塗ってあるバゲットを食べた。

食後のカクテルを飲んだあと、十分ほど話をして、ふたりの女は「ルーシェ」から出て行った。

「ゴッホって言ってたよな？」

と康平は日吉に訊いた。

「うん、言った。ゴッホの『星月夜』って」

「ゴッホって、あのゴッホだよな」

「うん、フィンセント・ファン・ゴッホだろう。『星月夜』でゴッホときたら、あのゴッホしかないよ」

「そのゴッホの『星月夜』が、あと三週間くらいで、あの女のマンションに届くのか？」

「ふたりの会話では、そういうことのようだったな」

「ゴッホだぜ。何億円レベルじゃねぇぞ。何十億円って世界だぞ」

「でも届くんだよ、三週間後に。ニューヨーク近代美術館から、あの三十四、五のいい女のところに」

「うん、なかなかあれだけの女はいないよ。ゴッホの絵を自分の部屋に飾る？　何者なんだ？」

康平が声を大きくさせてそう言ったとき、愛本橋の画像を探していたはずの日吉がパソコンの画面を康平のほうに向けた。ゴッホの「星月夜」が画面一杯に浮かび出ていた。

第二章

――ラフマニノフというカタカナ六文字と自分の氏名とが、どんな紙であろうとも、どんな持ち方であろうとも、ひっかかることなく滑るように書けたら、それはその人にとって世界で最高の万年筆だ。――

賀川《かがわ》真帆は「ルーシェ」というバーのテーブル席で、店内に流れている曲がラフマニノフの「ピアノ協奏曲」であることに気づいて、もう十五年も昔に父の直樹《なおき》が言った言葉をふいに思い出し、しばらく聴きいってしまった。それは父が好きだった第二番ではなく第三番だった。

父がたしかに二十歳の真帆に言った言葉ではあったが、この数年間いちどたりとも浮かび出ることのなかったものだったので、なんだか気味が悪くて、お父さんの心の浮遊物のようなものが、この道玄坂の最もにぎやかな通りから二筋南へ入ったところにある古いビルの地下のバーで根気よく待ちつづけていたのではないかと本気で考えたりもした。

それだけではなく、昨夜の「ルーシェ」という初めて入ったバーでは奇妙なことがあった。偶然の重なりと片づけてしまうにはどうにも割り切れないのだ。

バーのマスターと、彼とおない歳《どし》くらいの五十前後の客との会話は、ときおり断片的に聞こえて来たが、自転車の話題とともに、入善町、黒部川、魚津港、滑川、旧北陸街道という地名が出たので少し心臓が絞られるような心持ちになったのに、愛本橋の名をはっきりと耳にしたときは、真帆は二の腕に鳥肌が立つのを感じた。

一緒に「ルーシェ」で食事をした友人のうち三人は夫も子もあるので先に帰り、真帆と桜子《さくらこ》だけ残ったが、それは真帆がカウンターで何かカクテルでも飲んだらと桜子に勧めたからだった。真帆は、マスターと客の近くに場所を移して、ふたりの口から富山県の海沿いの地名が出たのを確認したかったのだ。

カウンター席に移ったので、こんどは鮮明にそれらの地名が聞こえた。マスターも客も、ノート型パソコンで富山県の地図を見ているようだった。

あしたは朝一番の新幹線で名古屋へ行かねばならないがまだまったく旅の用意をしていないという桜子のために、二十分ほどカウンター席にいただけで「ルーシェ」から出た真帆は、タクシーでマンションの三階の自分の部屋に帰ると、クローゼットの上の棚から大きな段ボール箱を降ろして、そのなかに入っているはずの袱紗《ふくさ》で包まれた万年筆を探した。

それはすぐにみつかったが、縮緬《ちりめん》の袱紗に包まれていたのは、父が真帆の二十歳のお祝いとしてイタリアで買って来てくれた万年筆だけではなかった。たぶんこれ以上粒子の細かい柔らかいものはないのであろうと思える砥石《といし》が、別の白い布に包まれて入れられていた。

厚さは七ミリほどで、幅が三センチ、長さが五センチくらいの灰色の砥石は、それよりもやや大きい蒲鉾《かまぼこ》板のようなもののなかに嵌《は》め込まれていた。

そのとき、真帆は、「ルーシェ」で突如甦《よみがえ》った父の言葉にはつづきがあったと気づいたのだ。

――それは自分で作り上げるしかない。――

私を中学生だと思っているのか。二十歳の誕生日を迎えた女に、いくら上等とはいえ、万年筆なんか喜ぶとでも思っているのか。せっかくヨーロッパの各地を旅したのだから、ローマやミラノやパリで何か素敵なアクセサリーでも買ってくれればいいではないか。父に二十歳の娘がどんなものを喜ぶかわからなければ、ずっと通訳として同行してくれたイギリス人女性に相談すればいいのに。

真帆は、楽しみにしていた父からのプレゼントが万年筆だったことに腹を立て、おざなりに礼を言っただけで、いちども使うことなく自分の机にしまい込んだ。父はその年の夏の終わりに五十歳で急死した。

あの父の言葉を、私は万年筆を貰《もら》った際に聞いたのだろうか。それともその少し前だったのか。

父は、ヨーロッパみやげが万年筆だと知った瞬間の私の表情で、娘が喜ぶどころか腹を立ててむくれてしまったのを知ったはずだ。

とすれば、それから少し時間を置いて、
「ラフマニノフというカタカナ六文字と自分の氏名とが……」
と私に言ったとも考えられる。

真帆は、そう思いながら、万年筆を小さな砥石と一緒に袱紗に包んで、段ボール箱のなかではなく、もうじき部屋のどこかに移動させなければならない大きな本棚のなかに置いたのだ。

2LDKのマンションの真帆の部屋で、額に入ったゴッホの「星月夜」を掛けられるのは、やはりそこしかなさそうだった。

真帆が初めてゴッホの「星月夜」を画集で見たのは十歳のときだった。

父は、自分の本棚には画集と写真集と料理に関する洋書以外は並べていなかった。

画集は、レンブラントやセザンヌやモネやゴヤといった、いわば西洋絵画の定番というべき画家たちの作品を網羅したもので、一冊が子供では持ちあぐねる重さで、函《はこ》入り布装の立派な造本だった。

父が留守のときに、こっそりと手に取ったのはモジリアニの画集だったが、近所の八百屋のおばあさんそっくりの女が裸になっていたので、すぐに本棚に戻し、その隣にあったのをひらいた。ゴッホの画集だった。

重い画集は、真帆の手に余って、床に落としかけたとき勝手にひらいたのだ。それが、「星月夜」の載っているページだった。

真帆は、そのとき、口を半開きにして茫然《ぼうぜん》と見入っていたであろうと、いまでも思う。茫然というのは正しい表現ではない。恍惚《こうこつ》が正しいと真帆は恍惚の意味を知ったとき思った。

その日から、真帆はゴッホの「星月夜」を色鉛筆やクレヨンで模写し始めたのだ。それはすぐに父にわかってしまった。父は、油絵の道具を買ってやろうかと言ったが、母が反対した。有名な進学校の受験が近づいていたからだ。

一心不乱といってもいいほどに模写をつづけている真帆に、

「あるところに行ったら、このゴッホの『星月夜』にそっくりの夜に出逢えるぞ」

と父がそっと話しかけてきた。

「どこ？　オランダかフランスのいなか？」

「アイモト……」

「えっ？　アイモト？　どこなの？」

よく聞き取れなかったのでそう言って見つめ返すと、父は視線を真帆から外し、しばらく考え込んで、

「いや、べつにどこってわけじゃないんだ。月が皓々《こうこう》と出て、星がちらばってたら、そこがどこだろうと『星月夜』だ。これはゴッホの心のなかの『星月夜』なんだ」

と言って微笑んだ。

あっ、お父さん、何かをごまかしてしまったと感じたが、真帆は、この絵を買ってくれと言った。そんなことは不可能だと充分に承知しながら、わざと子供っぽくねだってみただけだったのだ。

よし、買ってやろう。ただし本物ではない。複製画だ。それを専門とする画家の肉筆による複製画だ。お前がおとなになって、なおゴッホの「星月夜」に惹かれつづけていたら、註文して描いてもらおう。

父はそう言ったが、約束は果たされなかった。九州の宮崎県でゴルフをすると言って出かけて行った父は、富山県のＪＲ滑川駅の改札口で心筋梗塞で倒れて、病院に運ばれたときには死亡していたのだ。

所持品で身元はすぐに判明し、滑川の警察署から自宅に連絡があった。

土曜日だったので、動転しながらも母の初美《はつみ》はカガワサイクルの専務である平岩壮吉《ひらいわそうきち》の自宅に電話をかけたが留守だった。

母が平岩の妻に事のあらましを伝え、なんとかして平岩壮吉に連絡をとってくれるよう頼んでいるとき、日本橋《にほんばし》の大きな書店に行っていた真帆が帰宅したのだ。

真帆は、とっさの判断で、とにかく病院に行くことが先決だと考え、富山の滑川市にはどうやって行くのが最も早いかを調べた。

夕方に羽田空港から富山行きの便があった。富山空港からはタクシーが早いのか、それともJR富山駅まで行って電車に乗るのがいいのか、真帆にはまったくわからなかった。

姉の恵莉《えり》は神戸に嫁いでいて、おととい妊娠したことがわかったばかりだ。最も流産しやすい時期だそうだから、いましらせていいものかどうか……。

そう考えて、真帆は母が持っているメモ用紙を見た。滑川警察署の電話番号と、連絡をくれた警官の名字が震える字で走り書きされていた。

真帆はそこに電話をかけて、飛行機で行くことになるが、空港からはどんな交通手段がいちばん早いのかを訊きながら、母に、出かける用意を急ぐようにと言った。

十五年前は、それをよほど必要とする人以外は携帯電話を持っていない時代だった。

文京区小日向《こひなた》の家からタクシーで羽田空港まで行き、飛行機の搭乗を待つあいだ、真帆はじっとしていられなくて、空港内の本屋で富山県の地図を探したがみつからないのでガイドブックを買った。

その間に、母は何度も公衆電話で平岩の家に電話をかけつづけた。平岩壮吉の居所がわからないので、平岩の妻は、カガワサイクルの常務である門脇二郎《かどわきじろう》の家に電話をかけてみたということだった。

門脇も出かけていたが、どこにいるかはわかっているので、すぐにしらせに行くと家人は言ったという。

しかし、富山行きの飛行機に門脇は乗ってこなかった。間に合わなかったのだ。

「どうして滑川にいたの？　ねェ、どうしてなの？」

飛行機が離陸してから、母は真帆に訊いた。真帆に訊いてもわかるはずがないと承知のうえで口にしているのだと思ったが、三百二十人もの社員がいる老舗《しにせ》の自転車メーカーの社長が急死したというのに、社員の誰とも連絡がとれないなんて、いったいどういうことかと腹を立てていた真帆は、

「私にわかるはずないでしょう」

と邪険に言った。

飛行機の窓からは、真帆がこれまでいちども目にしたことのない方向からの富士山が見えていた。富士山の北側らしかったが、そこに夕日が当たっていて、これが「赤富

士」と呼ばれる富士であろうかと思い、最近やっと使い方を習得しかけている「面取り筆」で輪郭を描いて、水彩絵具を丹念に塗り込んでみようと、心のなかでその作業を始めた。

あれは、人間が具《そな》え持っている自衛の力の為《な》す業なのだと真帆はいまでも思い出す。受け容《い》れ難い現実から自分を遠ざけるための無意識下での逃避なのだ。

たしかに、宮崎県でゴルフをしていたはずの夫がＪＲ滑川駅の改札口で急死したことは、妻にとっては不穏な謎であったろう。けれども、夫が旅先で死んだことのほうが、はるかに大きな衝撃と動揺をもたらしていたはずで、なぜ滑川で、とそればかりつぶやきつづけることで、母は母なりに突然の不幸から心を守っていたのだ。

そのことも、いまなら真帆は理解できるが、あのときは、とにかく二十歳になったばかりだった。

夜の八時半ごろに滑川市内の病院に着くと、真帆と母は、警官と一緒に遺体安置室に入り、遺体が賀川直樹であることを確認した。

若い警官がやって来て、カガワサイクルの平岩という人から署に何度も電話があったと伝えてくれた。門脇という人からも三回あった、と。医師の説明を聞いたあと、保管されている旅行用バッグや財布などの所持品を受け取るために、真帆と母は、いったん病院から警察署へ移った。

母が何枚かの書類に署名捺印《なついん》しているあいだに、真帆は専務の平岩に電話をかけて、遺体が父であることに間違いはなかったと言った。

いまから社の車でそちらへ向かう方法もあるが、朝一番の飛行機を使っても、着く時間はさほど変わらない。社長秘書の高木《たかぎ》にはさっきやっと連絡がついた。高木は社の車でそちらへ向かうと言い張っているので、そうしてもらうことにした。いずれにしても、社長の遺体を東京へ運ばなければならない。それには現地の葬儀社に頼むのがいちばんいい方法だと思うがどうだろうか。お母さまと相談をして、折り返し、電話をくれ。指示どおりにこちらですべて手配をする。

平岩は、真帆が子供のころからまったく変わらない、私情を表に出さない口調で言って電話を切った。母の父が社長だったときから、カガワサイクルの、いわば番頭役を務めてきた男だった。

急性心筋梗塞、つまり、あきらかに病死なので、このまま遺体を遺族に渡して、警察の役目は完了だ。

担当の警官はそう言い、真帆と母に、滑川駅の改札口にいた駅員から聞いた話をしてくれた。

賀川直樹さんは、駅の西側、つまり海側から自転車に乗ってやって来て、自転車置き場のほうへ行き、そこからボストンバッグを持って駅舎へ来ると、時刻表を見たあと、自動券売機で切符を買った。

乗って来た自転車は自転車置き場に置かれたと思うが、それは駅員には見えなかった。この町には、家から自転車で来て、また駅から自転車で帰宅する人が多いので、昼間、自転車置き場には数十台が置かれている。

賀川直樹さんは、しばらく駅舎のなかの待合室の椅子に腰かけてから、改札口へと歩いて来て、西入善までは何分くらいかかるかと駅員に訊いた。待合室には誰もいなかった。

駅員は、賀川直樹さんの顔色の青さと汗のかきかたを怪訝《けげん》に思いながら、滑川駅から西入善駅までは約二十分だと答えた。

それでは、入善駅までは？　と賀川直樹さんは訊いた。駅員はその問いにも答えて、渡された切符にスタンプを捺《お》しながら、

「直江津《なおえつ》行きの各駅停車がもう来ますよ」

と言った。

はい、と小さく応じ返して、切符を駅員から受け取ると同時に、賀川直樹さんはその場にうずくまった。

駅員は賀川直樹さんが切符を落としたのだと思った。だが、ほとんど同時に直江津行きの電車が入って来たというのに、賀川直樹さんはうずくまったままだった。

駅員が手渡した切符が、風でホームのほうへと二、三メートル飛んだ。そこでやっと駅員は、賀川直樹さんの異常に気づいたのだ。

救急車が駅に来るまで、賀川直樹さんは駅員の呼びかけにかすかに反応していたが、救急隊員が駅舎のなかに入って来たときには意識を失ってしまっていた……。

警官がそこで話を終えてしまったので、

「じゃあ、その自転車は、まだ自転車置き場にあるんですよね」

と真帆は言った。どうしてその自転車の所有者を調べないのかという抗議を含んでいた。ゆきずりの旅人が、誰の自転車で海のほうから滑川駅に来たのだ、と。

その真帆の気持を見抜いたらしく、いちおう自転車置き場に行ってはみたが、賀川さんがどれに乗って来たのかはわからないと警官は言った。

これが犯罪の疑いのある事件なら警察は調べるのだが、明白に病死と確定されている。となると、あとは私的な出来事であって、宮崎県に行ったはずの賀川さんがなぜ富山県の滑川市にいたのかは、警察が立ち入ることではない。

警官は柔和な表情でそう言ったが、そこには取りつく島もない強さがあった。

警察署を出てタクシーで病院に戻ったが、遺体安置室で遺族が夜を明かすことはできないと知り、真帆は母と一緒に駅の近くにあるビジネスホテルへ行き、宿泊の手つづきをした。

地図を見ると海はすぐ近くのようだったが、そんな気配はまったく感じられず、北陸の夏はこんなに蒸し暑いのかと溜息《ためいき》をつくほどで、ベッドに腰かけて泣き始めた母の背を撫《な》でながら、何か食べ物を探して来ると言って、真帆はJR滑川駅前のロータリーへと行った。

十時を廻っていて、線路を渡ったところに菓子パンを置いている店がまだあいていたので、パンを四つとパック入りのアップル・ジュースを二個買い、それを持ったまま、真帆は再び線路を渡った。

直江津のほうへ行く電車がやって来て、十人ほどの乗客が改札口から出て来た。家族の誰かが軽自動車で迎えに来てくれている人がふたり。徒歩で駅前の通りへ急ぐ人が五、六人。自転車置き場に置いてあった自転車を漕《こ》ぎだす人が三、四人。

駅の明かりがやっと届く自転車置き場には、まだ十二、三台の自転車があった。ツーリング用のが三台ほどで、あとは普通の自転車だった。

自転車で駅まで来たということは、歩くには遠すぎるところにいたのだ。だが、乗って来た自転車を、父はどうするつもりだったのか。

西入善駅か、その向こうの入善駅からまたこの滑川駅へと戻り、自転車でどこかへ帰るつもりだったとしたら、二泊三日分の着替えやらゴルフウェアの入っているボストンバッグを持って行く必要はないはずだ。

父は、入善町のどこかに行ったあと、もう滑川に戻るつもりはなかったのだ。

予定では、父はあしたの日曜日の午後の飛行機で東京に戻ることになっていたから、今夜は新潟か富山市内で一泊するつもりだったと推測できる。

だとしたら、自転車はどうするのだ。持ち主が滑川駅まで取りに来るてはずになっていたのだろうか。

いったい誰が取りに来るのだ。海に近いところに旅館があり、そこに泊まった父は、歩くには遠いので自転車を貸してもらったのだろうか。あとで誰かが取りに行くから、どうかこの自転車に乗って行ってくれ、と旅館の主人が勧めたのだろうか。

旅館の者は、何かの用事のついでに駅まで来て、自転車を使った宿泊客の身に起こったことなど知らずに、その自転車を漕いで帰った……。

考えつくことをすべて頭のなかで描きながら、真帆は立っているだけで汗ばんでくる蒸し暑い夜の滑川駅の自転車置き場から海の方へと歩いてみた。

七、八分歩いて、道に勾配があることに気づいた。海のほうへと下っているのだ。

たぶん、富山湾沿いの町の道という道は、どれも立山連峰を含む北アルプスの山々のほうへとのぼり坂のようになっているのかもしれない。勾配は目には見えない程度であっても、山側に向かって歩くのは骨が折れるであろう。

真帆はそう考えて、ホテルへと引き返した。母をひとりにしておいてはいけないという思いもあった。

その夜、真帆はホテルの狭い部屋で、ベッドに寝転がったまま、羽田空港で買った富山のガイドブックを見るともなく見ていた。

テレビをつける気にはならなかったし、母に話しかけるとなぜ滑川でという、いまのところは答の出ない話題に向かうしかなさそうだったからだ。

母がもしその謎への問いかけをあえて避けたとしても、最も重要な問題を口にしないわけにはいかない。カガワサイクルという社員三百二十人の、大正十四年創業の長い歴史を持つ自転車メーカーを、これからどうするのかと相談されても、二十歳の私は何の役にもたたないのだから。

真帆はそう思って、無言でガイドブックのページをめくっていった。

「真帆がパンを買いに行ってるとき、恵莉に電話をかけたわ。いくらなんでも黙っとくわけにはいかないもんね」

と隣のベッドに横たわって背を向けたまま母が言った。

「どうしてすぐにしらせないのかって、ものすごく怒ってた。あした小日向の家に行くって。飛行機にするか新幹線にするかは、あした決めるって」

「そりゃあ、怒るわよねェ」

そう小声で応じ返して、真帆はガイドブックの「入善町」のページにある地図に目をやった。黒部川はここを流れているのかと思い、目を上流のほうへ移した。愛本橋という、黒部大橋と比べるとうんと長さの短そうな橋が山の入口近くにあった。

アイモト……。父がそこまで口にして、あとは言葉を濁してしまったのは、この愛本橋ではないのか。ゴッホの「星月夜」が見られるところ……。

私はあのとき、アイモトとは外国のどこかの地名であろうと思い、そのまま聞き流してしまったのだ。しかし、アイモトというような地名はドイツやフランスやイタリアやスイスやオランダにはない響きだ。アイモトとはきっと愛本のことなのだ。

父は、この黒部川の上流の愛本橋に来たことがあるのだ。JRの滑川駅から入善駅のあいだには五つの駅がある。東滑川、魚津、黒部、生地、西入善。

これらの駅を各駅停車の電車は何分で通過するのであろう。せいぜい二、三十分くらいではないだろうか。

いちどでも乗ったことがあるとすれば、滑川から西入善か入善までのだいたいの所要時間は頭に入っているのだから、駅員にあえて訊くまでもない。

それなのに、父は滑川駅の駅員にそれを訊いている。なぜだろう。

真帆はそこで考えるのをやめた。頭の芯が痛くなって、父がなぜ、何のために、妻に嘘をついて滑川へ来たのか、愛本橋で、いつゴッホの「星月夜」と同じ夜を目にしたのか、などはもうどうでもいいと自分に言い聞かせたのだ。

父が急死した日のことを順を追って思い出しながら、寝室の隣の仕事部屋で机の上をかたづけて、真帆はあしたの打ち合わせのための資料を大きくて薄い長方形の革鞄《かわかばん》に入れた。

昼の二時に、京都の中京区にあるクララ社に行かねばならなかった。クラフ社は、主に三歳から五歳までの幼児向けの絵本を専門とする出版社で、真帆の描く童画で最初に絵本を作って以来、いまでも年に二、三冊をまかせてくれるのだ。

十歳のときからゴッホの「星月夜」の模写を始めたのは、将来、画家になろうなどと考えたからではなかった。

色鉛筆やクレヨンを使って、少しでも本物の線や色に近づこうとして描きつづけることが、真帆にとっては楽しくて仕方がなかっただけなのだ。

そのうちゴッホの他の絵の模写も試みるようになった。「烏《からす》のいる麦畑」、「緑の麦畑」、「オーヴェールの家並」等々。

真帆にはそうしていることが好きで楽しくて、母や姉にどんなにあきれられても叱られても、やめられなかった。

大学では心理学を専攻したが、父が死んだ翌年の春から、イラストレーションの技法を教える学校の夜間コースに通った。それも、イラストレーターになろうと思ったからではない。

線の引き方、色の塗り方、用具の使い方などの基本を学びたくなったのだ。がむしゃらに我流で模写してきただけの素人芸に根本的に足りないものは「基本」だと気づいて、絵画教室よりもイラストレーションの学校のほうが自分には向いている気がしただけのことだった。

その学校に通いだしたころに、真帆は日本橋の大きな書店でヨーロッパの何人かの童画家たちの絵を所収してある画集と出会った。

幼児用の絵本画と童画とどう違うのか、真帆にはよくわからなかったが、このような童画の領域なら自分も参加できるのではないかと思った。

最初は、そのヨーロッパでは有名な童画家たちの作品を模写していたが、そのうち自分独自のキャラクターたちが生まれてきた。

顔のある雲や柳やポプラやバラや水仙。剽軽《ひょうきん》な表情のアヒルや豚や馬や鳥たち。

少しずつそのキャラクターは増えていったが、同時に描き方も自然に変化が生じた。

鉛筆で下絵を描いたり、ペンで線のふち取りをせず、薄い茶色の墨を面取り筆という極《ご》く細い筆につけて下絵の線を引く方法が気にいったのだ。

そうやって数十点の童画を描いたが、誰にも見せないまま机の抽斗《ひきだし》にしまっておいた。

時間を置いて見直してみると、自分独自のものだと思えた多くのキャラクターが、模倣から一歩も出ていないのに気づいて、真帆は嫌気がさして、描くのをやめてしまった。

大学を卒業すると大手の証券会社に勤めたが、それは真帆の父の急死のあとカガワサイクルの社長になっていた平岩壮吉の口きき、いわゆるコネのお陰だった。

「真帆の道楽もやっと卒業ね」

と姉の恵莉に電話で小馬鹿にするように笑われたが、真帆は自分が十歳のときからつづけてきたことを道楽だとは思っていなかったし、人生を賭して取り組む仕事だと意識していたわけでもなかった。

自分は、好きで楽しいから絵を描いてきたのだ。それもほとんどは模写だ。それでいいと思ってきたが、いつのまにか模写ではなく模倣になっていた。模倣は嫌いだ。

自分が嫌う方向へ進みだしたと気づいたからやめたのだ。証券会社での日々の仕事も、女子社員だからといって甘くはない。株式の世界の用語を覚えるだけでも自分ののんびりとしている頭脳では追いつかないし、残業のない日などない。

仕事を終えて帰宅すると、疲れ切ってしまって、何をする気も起こらない。休日はいちにち中寝ていたいというときもある。

ちょっと男たちにちやほやされる器量を鼻にかけて、恋のかけひきとやらにうつつを抜かしてきて、大学を卒業するとすぐに、祖父の代からの歯科医院を継いだ男とさっさと結婚してしまったお馬鹿な姉には、どう説明してもわからないだろう。

そう思って、相手にしなかったが、京都のクララ社の当時の女性編集長に真帆の童画を見せたのは姉だった。

三歳になった娘をつれて文京区小日向の実家に里帰りしていた姉の恵莉は、勝手に真帆の部屋に入って、抽斗にしまってあった数十点の童画のなかから十点ほどを持ち出し、仕事で上京していた吉良朱実《きらあけみ》に見せたのだ。

大きな雲に乗ったカンガルーが空を気ままに旅している。カンガルーのお腹の袋のなかには三匹のカメの赤ちゃんがしあわせに暮らしている。雲の上で暮らしているのは、カンガルーとカメだけではない。二本の太い糸杉、蔓《つる》バラ、何種類かの野菜たち。

白い雲には、ときに嵐や雷が襲ってくるし、いじわるな黒い雲たちが飲み込もうと狙っているし、うさぎのパイロットが乱暴な操縦をして突っ込んできたりもする。

そんな物語も加えた童画だった。

クララ社の吉良朱実は、姉の夫である遠山慎也《とおやましんや》の遠縁にあたる女だった。父方の叔父《おじ》さんの妻の従兄《いとこ》の娘だと思う……。結婚式で紹介されたとき、新郎の慎也はたしかそう説明したと記憶しているが、それが正しいのかどうか、当の慎也も自信がなさそうだった。

だが、姉の恵莉は、嫁ぎ先の遠山家にやって来る人のなかでは七つも年上の吉良朱実と気が合って、二ヵ月にいちどくらいの割合で一緒に食事をする仲になったのだ。

恵莉は、吉良朱実の仕事と真帆の描いている絵とを結びつけることなどなかったらしいが、娘をつれて里帰りしてきて、三日ほど実家にいるうちに、ゴッホの模写以外の、真帆の童画を初めて目にして、朱実に見てもらったらいいのではないかと閃《ひらめ》いたのだという。

妹の部屋に入り、許可なく抽斗をあけ、十点ほどの童画を自分で選択し、それを他人に見せたと知って、真帆は激怒した。

あまりの怒りでうまく言葉が出ないまま、近くにあった鉛筆や雑誌類を姉に投げつけたが、何をそんなに怒っているのかと納得のいかない表情の恵莉の、

「これを一冊にさせてくれないかなァって朱実が言ったよ。彼女、本気よ。ねェ、真帆の描いた童画が一冊の絵本になるのよ。凄《すご》いと思わない？」

という言葉で、真帆はフローリングの床に坐り込んでしまった。

もしその気があるなら、あしたかあさってに京都のクララ社まで来てくれないか。絵はさっそく社のスタッフや社長にも見せたいので借りて帰る。いずれにしても電話をくれ。

吉良朱実は、恵莉に自分の名刺を渡しながら、そうことづてして京都へ帰って行ったという。

真帆は翌々日、神戸の家に帰る恵莉と姪《めい》の麻美子《まみこ》と一緒に新幹線に乗った。

クララ社は、中京区の、有名な高級旅館に近い碁盤の目状に入り組んだ細い通りに建つ古いビルの二階にあった。

三階はクララ社の社長の住居で、一階は倉庫兼駐車場になっているし、左右に建つビルも、同じ高さと幅なので、初めて訪ねて来る者は必ず迷うと電話で吉良朱実に言われていたのに、真帆は迷って、周辺を十五分ほど行ったり来たりして汗まみれになった。九月の中旬だったが、粘りつくような蒸し暑さで、ふと滑川の夜を思い浮かべたことを、真帆ははっきりと覚えている。

クララ社は社員十五名の、絵本専門の小さな出版社だったが、創業は昭和三十年で、時流におもねらない良質な絵本を堅実に出しつづけることで知られていた。

吉良朱実が持ち帰った十点ばかりの童画を見た瞬間に、社長も古参の編集者も営業担当の社員も出版を決めていて、あとは作者が承諾するかどうかだけなのだという言葉に、

「ありがとうございます。よろしくお願いします」

そう応じ返したときの自分の声の震えも、真帆はよく覚えている。

この絵本には、いっさい文章は入れない。ただ絵だけで、幼い子供たちに想像してもらおう。白い雲にも、カンガルーにも、カメの赤ちゃんたちにも名前はつけない。それも、子供たちがそれぞれ自分が名づけ親となるのだ。ただ、題だけは必要だ。

この童画を見たときから、ついさっきまで、ここにいる社員全員で題の案を出しつづ

けた。賀川さんはどれがいいと思うか。

吉良朱実は、十幾つもの題を印刷してある紙を真帆に見せた。「やさしいおうち」を真帆は選んだ。

その絵本はクリスマスの十日前に書店に並んだ。初版部数は三千部だった。年が明けてすぐに五百部増刷し、それから一ヵ月ごとに増刷を重ねて、次のクリスマスのころには累計部数が八千部にもなったのだ。

続篇《ぞくへん》の出版を求める手紙や葉書がクララ社経由で真帆の家にも届くようになった。その八割は子供の母親が書いたものだったが、二割は子供の字だった。

なんとかひら仮名が書けるようになった子が、母親に助けられながら一生懸命に鉛筆を握りしめて、大小ふぞろいの字でしたためた手紙や葉書は、「まほせんせい」と呼びかける言葉で始まっていた。

「やさしいおうち」の続篇を描き始めて一年がたったころ、賀川直樹がめざしていたカガワサイクルの株式上場への計画が白紙に戻された。

真帆の父の急死のあと、事業のことは何もわからない賀川初美を強引に取締役会長に就任させ、自分は社長の座についてしまった平岩壮吉の真意を、社員の多くはこのことによって知ったのだ。

株式上場を果たせば、カガワサイクルは賀川一族のものではなくなる。上場しなければ、賀川直樹の遺族が時の経過とともに会社から見捨てられていくことを避けられる。

　直樹の娘ふたりのうちのどちらかが、カガワサイクルに入社して跡を継ぐことは不可能だ。直樹の妻は、主婦以外に何の経験もない。上場してしまっては、そんな三人に名目のない給料を払いつづけることはできない。

　平岩壮吉は、初美の父である先代の社長から会社の将来を託されたという強い使命感を蔵していたので、その賀川家の婿養子となった直樹の番頭役に徹しつつも、上場をめざそうとする直樹の願望を抑えつづけた。平岩は株式上場に反対だった。

　そして、非公開ではあっても直樹の大量の持ち株は家族に相続されることになったが、これは平岩の進言によってだった。さらに、平岩は、当時、社内では多数を占めていた株式上場推進派をおさえ込むために、初美を経営権のある会長にさせたのだ。

　上場していないのなら、そのような強引な人事も内輪の問題にすぎない。社内の反対など黙殺すればいい。

　実際、平岩壮吉が、初美の会長就任にあからさまに難色を示すふたりの役員に「いやなら、きみたちが辞めろ」と言ったことを、真帆はあとになって知った。

　その際、社内でいかなる駆け引きがあったのか詳しくは知らないが、父が保有していた株の一部は真帆が相続したのだ。

　その後、平岩の剛腕によって会社に利益があるかぎりは、真帆にも株式の配当金が入ることになった。それは会社の業績次第ではあったが、真帆が勤める証券会社での年収とさして変わらない額のようだった。

それを確かめ、真帆は絵本作家としてひとり立ちすることに決めた。童画を描いて得られる収入はまだ微々たるものだったが、父が遺《のこ》した株式の配当が真帆の経済的な下支えとなったのだ。

平岩壮吉は社長職を八年つづけて新しい社長と交代し、カガワサイクルから完全に身を退《ひ》いて、いまは夫人と伊豆《いず》で暮らしている。真帆の父よりも七歳上なので、ことし七十二歳ということになる。

自分の絵本が出版されると、真帆はそれを必ず平岩に送ってきた。そのたびに、平岩から丁寧な礼状が届く。

「長いことごぶさたしちゃった。平岩さんにご挨拶に行かなくっちゃあ……」

京都行きの準備を終えてからシャワーを浴び、髪を洗って、それをバスタオルで包むように巻くと、浴室から出てひと息つきながら、真帆はそうつぶやいた。

平岩壮吉がカガワサイクルと賀川家の三人の遺族のためにしてくれたことへの恩返しなど到底できるものではない。感謝の思いは、まさに筆舌に尽くし難い。無私という言葉があるが、社長の急死以後の平岩は、それをはるかに超えた行動をとりつづけた。己を捨てたといっても過言ではない八年間だったと、いまでもカガワサイクルの誰もが感嘆し尊敬の念を抱きつづけている。

真帆も母の初美もその点に関しては同じ思いであったけれども、真帆には、平岩の献身には、何かもっと別の理由も隠されているような気がしていた。

あの平岩が、賀川直樹の滑川行きを知らなかったはずはないという疑念は、年月を経るごとに真帆のなかで大きくなっていくのだ。

宮崎県でのゴルフは、あの地域の大きな自転車販売店の経営者たち六人を招待してコンペを催すという名目だったとあとで知ったが、それならば社による接待ゴルフなのだ。社長ひとりで行くだろうか。本来なら同行すべき秘書の高木も社長は宮崎県でゴルフをしていると信じていたというのは、どう考えても奇妙で腑《ふ》に落ちない。

社長に、今回は自分ひとりで行くと言い張られたら、高木はそれに従うしかなかったとしても、平岩専務には報告しておかなければならない。当時のカガワサイクルは、社内で起こっているどんな些細《ささい》なことも、平岩に報告するというシステムになっていたのだ。

平岩は、宮崎県でゴルフをしていることになっている社長が、じつは富山県の滑川市にいたと知っていたのではないのか。いや、きっと知っていたにちがいない。ならば、その理由も当然知っていたことになる。

とりわけ家族には明かせない理由となると、ひとつしかないではないか。

だが、それを知ることが、母にとっても自分にとっても不快なだけだとしたら、あえて探るべきではないのだ。きっとそれも、平岩壮吉が隠密裏に処理し、解決してしまったのであろう。

真帆は、ドライヤーで髪を乾かしながら、そんな考えのなかにしばらくひたったあと、父の死後、ずっと自分の心の奥でくすぶっていたものが、「ルーシェ」のマスターと彼の友人らしい客との会話を耳にしたことで、にわかにうごめきだしたのだと思った。

あのふたりの会話は断片的にしか聞き取れなかったが、マスターは小雪の降る旧北陸街道をイワセというところから魚津まで歩いたらしい。

真帆はその会話を思い出し、いまも本棚の隅に立ててある富山県のガイドブックを出した。滑川市は、その岩瀬と魚津とのちょうど中間あたりに位置していた。

京都駅からバスで堀川通《ほりかわどおり》を北へ上がり、京都の中心部を東西に延びる御池《おいけ》通と交差するところで降りると、真帆は少し南へと戻って一方通行の細い道を東へと曲がった。碁盤の目状の京都の町には、その碁盤の目のなかにさらに小さな碁盤の目が張りめぐらされる形で細道が入り組んでいる。

クララ社の界隈《かいわい》は、とりわけその細道に小さな店舗や古い町家が軒を並べている。密集しているといってもいいほどで、近くまで寄ってみないと民家なのか店舗なのか、店舗だとしても何を商っているのかわからない。

　ここは民家であろうと思い、古いべんがら格子の向こうのガラス窓からなかを覗《のぞ》くと、喫茶店であったり、足袋《たび》専門の店であったり、香具店であったり、和装小物を扱う店であったりする。

　蕎麦《そば》屋、せいぜい四、五台しか入らない有料駐車場、茶道具店、洋菓子店、若者向けのカジュアル・ウェア店、古いレコード盤専門店、古道具屋、ブティック、居酒屋、歯科や内科の医院、念珠店、美容院、法衣店、ピアスとネックレスだけを置いているアクセサリー店、陶磁器店、写真館、扇子店、和紙製品の卸屋、革製品専門店、京菓子店……。

　それらに挟まれるようにして、十階建ての新しいマンションが建っていたりする。

　東のほうには御池通に面して京都で一、二を争う高級旅館が細道をあいだにして向かい合っているし、そこからさらに東へと歩けば本能寺《ほんのうじ》がある。

　どの細道も一方通行で、人の往来も多いので、うしろからやって来る車をさけるために、しょっちゅう立ち止まらなければならず、散策するのは疲れるのだが、真帆はこのクララ社界隈が好きだった。

「暑い……。私が京都に来るのは、とびきり暑い日か、とびきり底冷えする日かのどっちかなのよね」

胸のなかでそうつぶやきながら、真帆は洋菓子店に入り、五種類のケーキを二個ずつ買った。クララ社を訪ねるときはいつもそうするのだ。

洋菓子店を出て東へと歩きだしたとき、携帯電話が鳴った。クララ社の担当編集者である寺尾多美子《てらおたみこ》からだった。

五年前の出産を機にクララ社を辞めた吉良朱実に代わって真帆の担当となった寺尾多美子はおない歳で、絵本専門の出版社の編集者と、いまはその世界では名を知られる絵本作家という関係を超えた、仲のいい友だちとなっている。

「いま、どこ？」

と多美子は訊いた。

「あと五分ほどで着くわ。ケーキを買ってたの」

「うちのビル、冷房が壊れて蒸し風呂状態やねん。私なんか、もう熱中症寸前や」

「えっ！　冷蔵庫は大丈夫なんでしょう？」

真帆の問いに、壊れたのは空調設備だけだと答え、ケーキは冷蔵庫に入れて、近くの喫茶店で打ち合わせをしようと多美子は言った。

幅は狭いが奥行きのあるクララ社のビルの前で待っていた寺尾多美子は、耳に赤鉛筆を挟んだままケーキの箱を持って二階へあがって行き、すぐに戻って来て、御池通のほうへと歩きだした。

江戸時代の両替屋とか呉服屋とかの大店《おおだな》が白い土蔵とともに残っているかに思える建物の前を通るのは初めてだったので、真帆は、ここは何を扱う店なのかを訊いた。

「お蕎麦屋さんや」

「これが？　すごいお蕎麦屋さんねェ。京都って、お蕎麦屋さんが多いけど、こんなに大きなお店は東京にもないわ」

「ここは総本家やねん。支店が七つもあるねん。京都に三軒、大阪に三軒、大津に一軒」

そう言いながら、蕎麦屋の前を通り過ぎ、多美子は細道を西へ曲がり、すぐに同じような道を北へ曲がった。御池通の広い道が見えた。

右側に京町家の内部だけを改装した店舗が二軒並んでいた。どちらも古いべんがら格子と犬矢来《いぬやらい》をそのまま使っている。

手前の店は鞄屋だった。女性用のボストンバッグ、ハンドバッグ、ショルダーバッグがショーウィンドウに並べてあり、店の奥では主人らしい男が作業をしていた。

帆布で作った大きな前掛けで首の下あたりから足首までを覆って、太い千枚通しのような道具で革に穴をあけている。

この店は、あの人が作った革製の鞄だけを売っているのであろうと思い、真帆はそれぞれの商品の値段を見た。一泊の旅にちょうどよさそうなボストンバッグは十万六千円だった。

良質の天然皮革だけを使って、専門の職人が何もかもひとりで手間暇をかけて丁寧に作ってあるにしても、若い女たちは、この価格ならヨーロッパ製のブランド品を買うだろうと真帆は思い、ショーウィンドウではなく店の奥に並べてある男物の鞄にも目をやった。父が愛用していたボストンバッグと似たものがあった。大きさ、形、色、太い糸による手縫いの跡を意図的に表現して、それをさりげない飾りに見せている技法。似ているどころではない。同じ物だとしか思えない。

隣の喫茶店に先に入った寺尾多美子が、どうしたのかといった表情で出て来て、同時に、奥で鞄を作っている主人と目が合ったので、真帆は慌てて鞄屋の前から離れた。

冷たいカフェ・オレを飲んで、新しい仕事の打ち合わせを始めたが、二、三分もたたないうちに、多美子は耳に挟んでいた赤鉛筆の尻でテーブルを何度も叩き、

「聞いてんのん？　なんやしらんけど、心ここにあらずって感じやなァ。たぶん真帆は、こういう絵本は嫌いというのか、自分の得意分野やないというのか、どっちにしても断られるかなァとは思てたんけど」

と言った。

クララ社からの新しい依頼は、「しつけシリーズ」のうちの「トイレ篇」だった。幼児がひとりでトイレを使えるようにするための絵本なのだ。

真帆は、これまでいちども人間を描いたことがなかったので、多美子が話し始めたと

きに、やってみたいと思ったのだが、さっき見た鞄のことが心のほとんどを占めていて、十五年前、滑川署員から渡された父のボストンバッグはいまどこにあるのかと考えをめぐらせてしまったのだ。

「ごめんね」

と謝り、ちょっと気がかりなことがあったのでと言葉をつづけかけると、それよりも先に、

「いまはクララ社だけの『かがわまほ』とはちがうよってに……」

そう多美子は言い、真帆を見やった。

「なんだか心臓がドキドキしてるの」

と真帆は言い、両手を胸のところに当てがった。

「暑気あたりやわ。ジャケットを脱いだら？　ほんまにきょうの京都は暑すぎるよってに」

薄い藍色の麻のパンツスーツにタンクトップのインナーという組み合わせの真帆のうしろに廻り、多美子はジャケットを脱がしてくれた。

「きのうの夜から、変なことばっかりつづくのよ。何かの祟《たた》りみたいに、急に変なことばっかりが」

と真帆は言い、冷たいカフェ・オレを飲んで心を落ち着かせようと努めながら、隣の

鞄屋のほうを指さした。

　死んだ父が愛用していたのと同じボストンバッグが店の奥の棚に置いてあったような気がする。それが自分に何か胸騒ぎのようなものを引き起こしたのだ。

　真帆はそう説明したあと、多美子にならば話してもいいという気がしてきた。

　寺尾多美子は童顔で、とても三十五歳には見えない。化粧によっては、二十五、六歳かと思えるときもある。

　整った美人顔ではなく、キュートという言葉がふさわしくて、「京都の下町のお嬢」といった雰囲気だが、クララ社に入社するまでは、大学に行きながら夜は祇園《ぎおん》の高級クラブで三年間ホステスをしていた。

　自分だけでなく、弟も妹も大学に行かせるためには、そうするしかなかったのだ。

　染料店を営む父親が死んで、もうそのころには傾きかけていた店を閉めたのは多美子が大学に入学して半年ほどたったころだったという。

　母親は知人の口ききで先斗町《ぽんとちょう》の料理屋の仲居となり、多美子はクラブのホステスになった。

　ただお金が欲しかっただけだと多美子はクララ社の社員たちに隠すことなく口にする。

　たとえば馴染《なじ》みの客とどういうつきあいをするのかと、クララ社の忘年会の酒席で酔った後輩に無遠慮に問われたことがあった。

その忘年会には真帆も招かれて同席していたのだ。

周りの社員の多くは、そんなことを訊くなとたしなめる表情をしたが、多美子は意に介した様子もなく、「平家物語」の初めのほうに出てくる言葉をよどみなくそらんじた。

――とほく異朝をとぶらへば、秦の趙高《てうかう》、漢の王莽《わうまう》、梁《りやう》の朱异《しゆい》、唐の禄山《ろくさん》、これらはみな旧主先王のまつりごとにもしたがはず、たのしみをきはめ、いさめをも思ひいれず、天下《てんが》の乱れんことをもさとらずして、民間のうれふるところを知らざりしかば、ひさしからずしてほろびし者どもなり。ちかく本朝をうかがふに、承平《じようへい》の将門《まさかど》、天慶《てんぎやう》の純友《すみとも》、康和の義親《よしちか》、平治の信頼《のぶより》、これらはみなおごれることも、たけき心も、みなとりどりにこそありしか、まぢかくは六波羅《ろくはら》の入道前《さき》の太政大臣平《たひら》の朝臣《あそん》清盛公と申せし人のありさま、つたへ聞くこそ心もことばもおよばれね。――

無粋な質問をした女子社員が口を半開きにして聞いていると、多美子はそこで琵琶をかき鳴らす格好をしてから、

「男の栄枯盛衰をいやというほど見たえ。自分の目で。これでもかっていうくらいに」

と微笑みながら言って、話題を変えた。

ああ、この人はおとなだ。そしてとてもかしこい人だと感心し、真帆は寺尾多美子を好きになったのだ。

そのときの多美子の顔を思い浮かべ、

「私の話、長くなるけど聞いてくれる？　時間、ある？」

と真帆は訊いた。

「きょうは、真帆から承諾の返事を貰《もろ》たら、夜の七時までは仕事はなし。七時に印刷会社の人が来て、色校正をしたら終わりや」

その多美子の言葉で、真帆は十五年前の父の急死から話を始めた。

昨夜の「ルーシェ」で耳に入ってきた会話、さっき、隣の鞄店で見たボストンバッグ、と順序だてて話し終えると、真帆は自分の大きなショルダーバッグから、まだいちども使ったことのない万年筆と小さな砥石を出した。

袱紗の包みを解《ほど》いて、喫茶店のテーブルに置かれた万年筆と砥石を手に取って見つめていた多美子は、

「これはそこの刃物店で売ってる砥石やわ」

と言った。

「どうしてわかるの？」

「これほど粒子の細かい、柔らかい砥石は、もうあとここくらいしか日本にはないねん」

多美子はそう言いながら、両手で煉瓦《れんが》の形を作った。

「それを持ってるのは、そこの甲本《こうもと》刃物店だけや」

「すぐ近くなの？」

「四条と五条のあいだの鴨川《かもがわ》沿い」

「じゃあ、そんな近くでもないね」

「そやけど歩いて行ける距離ではあるでェ」

「多美子はどうして砥石のことに詳しいの？」

「クラブに勤めてたときの私のお客さんが、ときどき宮大工さんをつれて来はってん。もう亡くなりはったけど、有名な宮大工さんや。きさくなおもしろいおじいちゃんで、古いお寺の修復工事には絶対に必要な名人やねん。その人が、甲本刃物店にだけ残ってる貴重な砥石の話をしはって……。それがおもしろかったから、私、記憶に残ってるねん」

「でも、それがこの砥石だとはかぎらないでしょう？」

多美子はかぶりを振り、その砥石を、老宮大工が自分の使いやすい寸法に切ってもらって、木の台にはめ込んだものを見せてくれたのだと言った。

自分がこの砥石で鑿《のみ》や鉋《かんな》を研ぐことはもうないだろうが、いま買っておかないと失くなってしまう。弟子の誰かに伝えたい。

さっき出かけるときに出来上がったと電話があったので、甲本刃物店に寄って受け取って来たのだ。

老宮大工はそう言ったという。

「私のお父さん、京都のこの周辺を自分のテリトリーにしてたんだ……」

「まだわかれへんわ。電話かファクスで註文したとも考えられるやろ？　ボストンバッグが、隣の鞄店で買《こ》うたもんやったら、真帆のお父さんは、このあたりに詳しかったってことになるで」

「どうして？」

「三宅《みやけ》鞄店は、註文製作専門で商売をしてきた京都の老舗やけど、知る人ぞ知るっていう、まあつまり、ええものにはお金に糸目はつけへんという客しか手が出えへん値段やねん。ここに店を移したのは三年ほど前や。それまでは、ここから三筋南に下がったとこにお店があってん。ここは住まいやったそうやけど、先代のご主人が亡くなって、息子さんが跡を継いだときに、自分らの住まいやった京町家を改装して店にしはったんや。そのころに、註文製作だけという商売のやり方も変えて、造った鞄もお店に並べて売るようになりはってん。前のお店は三間くらいの間口の、わかりにくいとこに、看板もない、暖簾《のれん》も吊《つ》ってない、まさに『一見《いちげん》さんお断り』っていう感じで、よっぽど知ってる人でないと入られへん」

「何を知ってるの？」

「三宅鞄店の鞄のすごさと、値段。私がホステスをしてるとき、そのころよう儲けてはった呉服商さんがアタッシェ・ケースを註文しはってん。現金で払うお客さんが多いから、集金に行くとき、頼りない鞄では危ないやろ？　そやけどアタッシェ・ケースって丈夫やけど重たいねん。それで自分の理想とするアタッシェ・ケースを三宅鞄店に註文しはってん。なんぼやったと思う？　縦が五十センチ、横が六十五センチ、厚さが十二センチの、頑丈で軽いアタッシェ・ケースが、九十八万円。たしかにフランスの超有名な鞄メーカーの、おんなじ大きさのアタッシェ・ケースの三分の一の軽さやったわ。そやけど九十八万円」

真帆は腕時計を見た。四時前になっていた。

「ほな、たしかめに行こか」

と言って立ちあがり、代金を払って喫茶店から出ると、寺尾多美子は隣の三宅鞄店に入って行った。真帆はあとを追った。

喫茶店の冷房は少し効き過ぎだと感じるほどだったので、真帆は三宅鞄店の入口までのたったの七、八歩を歩くだけで軽い眩暈《めまい》に襲われた。

なんという暑さだろう。こんなに暑い京都は初めてだと思いながら、真帆は寺尾多美子の背に隠れるようにして三宅鞄店に入り、漆喰《しっくい》壁から突き出る格好のぶ厚い木の棚に並べられているショルダーバッグやポシェットや財布などを見るふりをして、作業場に最も近いところにある棚の上に置かれているボストンバッグに神経を注いだ。

もしそれが父のものと同じだとわかったら、自分や母にとって決して愉快ではない何

かが始まっていくような気がしてきて、真帆は多美子の背をそっと叩き、

「私、もういい」

とささやいた。

それと同時に、鞄店の主人が作業の手を止め、棚の上のボストンバッグを見た。きっと、多美子が店に入ってからずっと視線をそれに向けていたのであろうと真帆は思った。

主人は、聞こえるか聞こえないかの声で、

「いらっしゃいませ」

と言ったが、それきりふたりを無視して、太い糸を通すための穴を千枚通しに似た金具であけつづけた。

「気になることは、さっさと解決しとくほうがええねん」

多美子は振り返って真帆にそう耳打ちし、このボストンバッグと同じものは、これまでにもたくさん造って販売してきたのかと主人に訊いた。

質問の意味がよくわからなかったらしく、帆布製の前掛けに付いた革くずを手で払いながら椅子から立ちあがり、

「どうぞご覧になって下さい」

と言いながら、主人は白くて薄い手袋を多美子に差し出した。

それを真帆に渡し、

「見せてもらい」

と多美子は言ってから、主人にかいつまんで説明した。

この人のお父さんが十五年以上前から愛用していたボストンバッグとよく似ているのだ、と。

四十二、三歳と思える短髪の主人は、自分も白い手袋をはめるとボストンバッグを棚から降ろして、
「十五年前ですか?」

と訊いた。

「いまもお使いですか?」

「いえ、父は十五年前に亡くなりまして、いまは家のどこかにしまったままなんです」

そう答えて、真帆はボストンバッグの外側を見つめ、ジッパーをあけて、なかの幾つものポケットにながめ入った。

これは新品で革もまだ硬い。父のはかなり使い込まれていたので、ボストンバッグ全体が柔らかくなり、底の角にあたるところの金色の金具も光沢を失ってしまっていた。

しかし、その違いはあっても、まちがいなく同じ色と形と大きさだ。

真帆はそう思った。

三宅鞄店の主人は、作業場の机の抽斗から楕円形の革を出してきて、うちの鞄には、

内側にどれもこの商標マークの革が縫い付けてあるのだが、あなたのお父様のはどうかと訊いた。

真帆は首をかしげて、帰って調べてみないとわからないと答えた。

楕円形の縦五センチ、横八センチほどの革には「MIYAKE Since1932 KYOTO」と型押ししてあった。

「もしおんなじもんやったら、たぶん私の父が造ったもんです。この『1932』の下に小さく『A・M』と刻印されてます」

「創業一九三二年なんですか？」

と寺尾多美子は訊いた。

「ええ、昭和七年です。私の祖父が創業したんです」

やっと笑みを浮かべ、主人は自分の名刺を出した。そして、もしそのお父様のボストンバッグがうちの製品で、傷んでいるところがあったら持って来てくれ、傷み方にもよるが、ほとんど無料で修繕すると言った。

礼を言って名刺を受け取り、真帆は三宅鞄店から出た。

「おんなじもんやった？」

と多美子は訊いた。

「うん、まちがいないと思う。ただ、お父さんのボストンバッグをじっくり見たのは滑川の警察署からホテルへ帰ったときだけだもん。鞄をあけて、なかのものを出したのは東京に帰ってからだし、それはお母さんがひとりでしたのよ。私はその場にはいなかったの」

多美子は無言で頷き返し、しばらく何か考え込んでから、真帆の予定を訊いた。

「きょうの夕方の新幹線で帰るつもりだけど、多美子がどこかで夕食でもって誘ってくれたら、今夜は京都に泊まってもいいってつもりで来たの」

その真帆の言葉で、また何か考え込み、自分はことしはお盆休みを取っていないので、仕事の都合さえつけばいつでも休めと社長にせっつかれているのだと言った。

「じゃあ、私、今夜ご馳走《ちそう》するわ。それで京都に泊まって、あした帰るわ」

「そのために遅いお盆休みを取るなんて勿体《もったい》ないやん」

「でも、あした休みだと思ったら、のんびりできるでしょう？」

「旅をしようよ、旅を。三、四日、私につきおうてェな」

「どこへ行くの？　あてはあるの？」

真帆の問いに、

「富山の滑川」

と多美子は笑顔で言った。

「えっ？　本気なの？」

「もう滑川には二度と行きとないって思うんやったら無理には誘えへんで。そやけど、真帆のなかには、なんていうのか……、もやもやっとしたものがくすぶりつづけてるやろ？　きりをつけに行くねん」

「きりなんてつかないわよ。滑川に私と多美子が行ったって、何がわかるわけでもないわ」

「真帆は何がわかりたいねん？」

そう訊かれると、真帆はなぜか、たしかに私には知りたいことが幾つもあるという気がしてきた。けれども、そのどれもが、いまさら知りようのないことばかりではないか。

自分のそんな思いを口にしかけたとき、真帆は、子供のように小さく跳びはねながら笑顔を向けつづけている多美子のはしゃぎ方に少し驚いて見惚《みと》れた。

お盆休みも取れなかったということは、暑い盛りの京都で忙しく仕事をしていたのだ。やっと一段落ついて、いつでも三、四日休みが取れる多美子は富山でおいしい魚を食べ、海をながめ、立山連峰や北アルプスの峰々を仰ぎ見ようよと誘っている。

こんな多美子につきあってやらなかったら、私は友だちではない。

真帆はそんな気がして、苦笑しながら、

「じゃあ、行くわ。でも私、三泊しかできないわよ。六日の土曜日は、三時に人と逢う約束をしてるの」

と言った。

「よし、印刷会社の人に色校は八日に延ばしてくれるよう頼んでくる」

多美子はそう言いながら、クララ社のビルへと走って行った。

すぐに戻ってくるだろうと、真帆はクララ社のある通りの人混みに立って待ちながら、いくら一泊する用意をしてきたとはいえ、大きなショルダーバッグのなかには夏物のパジャマとTシャツと着替えの下着しか入れてこなかったと思った。

いま着ているパンツスーツも、仕事の打ち合わせで出版社を訪ねるのに無礼でないようにと選んだもので、遊びの旅にふさわしくないし、中ヒールの靴も長く歩くと脚にこたえる。

ウォーキングシューズを買おう。上はTシャツということになれば、下はバミューダ・パンツのようなのがいいのではないか。

この界隈には洋品店も若者向けのカジュアルな服を専門とする店が多いから、適当にみつくろって買うことにしよう。

真帆はそう考えて、しかし、ここから東に五分ほど歩いたところにある画材店で面取り筆を五本買うことだけは先に済ませておこうと決めた。

携帯電話が鳴ったのでディスプレイに表示された名前を見ると多美子だった。

「ごめん。仕事がでけてしもたァ」

と多美子は言った。

それを片づけていたら富山へ行く最後の列車に間に合わないという。

「私かて旅の用意をするために家に帰らんとあかんし」

かすかな落胆のあとに、真帆は、ああ、よかったという気持も抱いて、

「じゃあ、滑川への旅は中止ね」

と言った。

「中止なんかせえへんで。いちにち延期や。出発はあしたっていうのはどう？　きょうは京都に泊まりィ。一緒に食事して、遅うまで遊ぼう」

真帆は笑いながら画材店へと歩きだし、

「多美子の仕事が終わるまで、私、この暑い京都の街をうろついてるの？　会社の冷房はまだ直らないの？」

と訊いた。

謝りながら、八時に木屋町《きやまち》筋のあの割烹《かっぽう》料理店で待っていてくれと多美子は言って電話を切った。ひどく急いでいるようだった。

あのお店に行くということは、私にお金を払わせないつもりなのだな。「てらにし」という割烹料理店は、店構えや店内のしつらえから推測するよりもはるかに高いのだ。

つまり今夜は、クララ社が「かがわまほ」を接待してくれるのだ。きっと社長が、ま

ほ先生には払わせるなと多美子を叱ったのだ。

そう考えながら画材店に入り、腕時計を見ると、まだ五時前だった。

また電話が鳴ったので、真帆は画材店から出て、小さなブティックの前まで行った。

「あした、富山はいちにち中雨やて。いまネットのお天気サイトを見たら、傘のマークがべたっと描いてあったわ。あさっては曇りマーク。いちにち延期したから、雨に濡れんですむえ」

それだけ言って、多美子は電話を切った。

「晴れてないと星月夜が見られないわよ」

胸のなかでそうつぶやき、真帆は、多美子に突然滑川へ行こうと誘われたとき、無意識のうちに「星月夜、愛本橋」というふたつの鎖が心のなかで絡み合っていたことに気づいた。


翌日の昼過ぎに富山行きの特急列車に乗ると、多美子は家の近くにあるパン屋で作っているというサンドイッチの入った紙の箱を出した。

「私、きのうからご馳走ばっかり食べて、けさは軽くパンとサラダとコーヒーだけにしようと思ってホテルの食堂へ行ったら、朝食バイキングの品数が多くて、どれもおいしそうで、料金のうちだから食べなきゃ損だと思って、思いっ切り食べちゃったの。悪いけど、私、このトマトとピクルスのサンドだけでいいわ」

真帆はそう言って、きのうとはまったく異なる曇り空を見やった。

「そんなこと言わんとき。せっかく並んで買《こ》うたんやから」

笑顔でサンドイッチの箱を真帆に渡し、多美子はやって来た車内販売の係員にコーヒーをふたつ註文した。

「並んで買ったの？　そんなにはやってるお店なの？」

そう言いながら、真帆は多美子のいでたちを見た。ピンクの半袖のポロシャツと、脚の部分を膝のところで切ったジーンズはよく似合っていたが、ヒマラヤ・トレッキングでもするつもりかとあきれるほどの本格的なトレッキングシューズがいやに大きくて、全体のバランスを崩している。

「それ、足に合ってるの？　向こうから多美子が歩いて来たとき、なんか靴だけが息せき切ってやって来たって感じだったわよ。その真っ赤なロープみたいな靴紐《くつひも》が妙に浮いてるのよね」

「人のことをどうこう言う前に、真帆も自分のリュックサックを見てみ。夜逃げでもできそうなくらいでかいがな。もっと小さいリュック、なかったん？」

「ちょうどいい大きさのがなかったのよ。でも、このクロップドパンツ、いいでしょう？　それにこの柔らかい革のウォーキングシューズ。きのう買って、きょう初めて履いたって感じがしないの。靴屋のおじさんが、絶対に靴ずれしまへん、て断言してくれたけど、凄く高かったんだから」

「なんせ、今回は歩く旅やからね」

多美子はロースハム・サンドを頰張ったまま言った。

真帆はきのう画材店で面取り筆と仕事用の絵具を購入して、それから迷ったあげく油絵セットも買い、文京区小日向の母の家に宅配便で送ってくれるように頼んだあと、通りの向かい側のブティックでふくらはぎの少し下あたりの丈のクロップドパンツを選んだのだ。淡いオリーブ色が気にいったし、試着するとどこも直す必要がなかったからだ。

それから別の店でTシャツを二枚買い、スニーカーソックスも三足買ってから、スポーツ用品店に行った。

大きいのを買うときはったほうがええと思いますというアルバイトの大学生らしい青年に勧められて、山登りするわけじゃないんだけどと思いながらもリュックサックを買い、クララ社の裏の筋の靴店に入って、突然の富山への旅の準備を終えたのだ。

そのリュックサックには、きのう着ていたものもショルダーバッグも難なく入った。

食べだすとおいしくて、真帆はトマトとピクルスのサンドだけでなく、玉子サンドもたいらげてしまった。

琵琶湖の西側が視界から消えて福井県に入ったころ、雨あがりの道路や畑が車窓の右側にあらわれた。

「きのう『てらにし』で話してくれたゴッホの『星月夜』、いつ完成の予定やのん?」

と多美子が訊いた。あのあと家に帰って、自分のパソコンで複製画を製作販売する会社のウェブサイトを見てみたのだという。

真帆は、いまは人間が自筆で模写せず、コンピューター処理で本物とほとんど同じものが作れるのだと説明した。

それはあまりに本物そっくりで、見ているると気味が悪くなってくるほどだ。そのために、コンピューター処理による複製画を製作する会社と、絵を所蔵する美術館とのあいだには厳密な協定が結ばれている。

まず、その美術館が許可した絵以外は複製販売してはならないし、複製する際は、本物とは大きくサイズを変えなくてはならない。

真帆はひとつひとつ説明していった。

その画家が亡くなって五十年を経ないと複製画を販売してはならない。

複製画には画家のサインは除かなければならない。

まだ他にも取り決めがあった気がしたが、真帆は思い出せなかった。

「でも、私の友だちがお金を出し合ってプレゼントしてくれる『星月夜』の複製画は、コンピューターを使ったものじゃなくて、それを専門とする絵描きさんが自筆で描くの。だから出来不出来があるし、註文してから最低でも一ヵ月はかかるわ。ヨーロッパの複製画家のはとても高いから、アジアのどこかの国の絵描きに註文するんだって。出来不出来があるって言ったけど、その差は大きいのよ。どんな複製画が届くかはクジ引きみたいなもんね。でも、私はコンピューター処理の本物そっくりのものよりも、人間が手で描いたもののほうがいいの。ひどい絵が届くのは覚悟のうえよ」

「なんで？　私やったら、ひどい出来の複製画なんて見る気もせえへんわ」

　と多美子は言った。

「私が自分で直していくのよ」

　その言葉の意味がわからないという表情で多美子は真帆を見つめた。

「本物の『星月夜』に近い色とか線とか油絵具の盛り上がりとかを、その複製画の上から塗り直していくの」

「ああ、それできのう油絵のためのセットを買うたん？」

「うん。だけど相手はゴッホだもん。手強《てごわ》いよねェ。仕事の合間に、それも、よしやるぞって気合が入ったときにしか取り組めないだろうから、一年かかるか二年かかるか……。でも私、これがゴッホの『星月夜』の究極の複製画だっていうのをきっと仕上げてみせようと思って。で、『かがわまほ』ってサインを入れちゃおうと思って……」

その真帆の言葉に、

「本物を見たことあるのん？」

と多美子は訊いた。あれはよく知られた有名な作品で、世界中にファンが多いから、欧米各地の美術館を巡っているとウェブサイトには書いてあった、と。

「ない。だから、あのゴッホ独特の厚塗りの具合がわからないの。どんなに優れた印刷技術を駆使した画集でも、それを再現するのは無理だもん。いろんな画集を見たけど、お父さんが持ってたのがいちばんいいって、最近わかったの」

「届いた複製画の上から手直しを始める前に、本物を見たほうがええでェ。所蔵はニューヨーク近代美術館やろ？　ニューヨークに行く前に、いまそちらで展示されてますかってたしかめとかんと」

「うん。そうするつもり。日本に来てくれないかなァ」

真帆はそう応じ直してから、コンピューターを駆使した複製画の進化は著しくて、それぞれの画家の筆遣いによる微妙な凹凸も、一枚の絵のなかの絵具の厚いところ薄いところなども、本物と変わりなく再現できるようになったそうだと言った。

「それって反則やて思うなァ。禁じ手やわ」

多美子の言葉に頷き直し、複製画は所詮偽物ではないかと馬鹿にする日本人は多いが、欧米ではとても貴重なものとして扱われてきたことを話して聞かせた。

「だから、複製画を専門とする絵描きさんの技術も凄く高いし、それで生活していけるらしいの」

話はそこで途切れ、真帆も多美子も無言で車窓からの景色に見入った。

武生《たけふ》を過ぎると、きのうの京都はあんなに日が照って暑かったというのに、この地方ではよほどの雨が降ったのだなと思わせる水溜りや、増水している小さな川などが見えた。

列車が福井駅を出ると、

「私ら、旅の予定なんか何ひとつたててないねんけど……」

そう多美子は言い、まだ書店の紙袋に入れたままのガイドブックと地図を出した。

「今晩、どこに泊まるかも決めてないねんで。とりあえず滑川まで電車で行ってしまう？　それとも、きょうは富山市内に泊まる？」

うーんと考え込み、真帆は、おとといの夜の「ルーシェ」での男ふたりの会話を思い浮かべた。

「ルーシェ」のマスターも、昔からの気のおけない友だちらしい男も、響きのいい声の持ち主だったし、店内は静かで、ＣＤの音量も低かった。

だから、カウンター席に移った私と桜子が不快でないようにふたりは声を落としたが、それでもきれぎれではあってても会話のほとんどは耳に入ってきたのだ。

「ルーシェ」のマスターは、以前に旧北陸街道を魚津まで歩いたと言ったな。たしか、岩瀬というところから。

真帆は、滑川へ行く前に、どこかで一拍置きたかった。富山に着き、そのまま別の電車に乗り換えて、父が急死したあの滑川の改札口へ直接行ってしまいたくない。父は急死しただけではない。たくさんの不可解なものをあそこに残したのだ。もう遠い昔のことになったとはいえ、私の心のなかには、駅の海側の自転車置き場に一台だけぽつんと残されたままの自転車がある。

何か恐ろしいものが待ち受けていそうなところに入っていくためには、その心構えをする控え室のようなものが私には必要だ。

真帆はそんなことを考えたあげく、きょうは九月三日の水曜日で、土曜日の一番の飛行機で東京へ帰るとしたらきょうから三泊できると計算した。

それならば三時に原宿《はらじゅく》でS社の編集者と逢う約束が守れるだろう、と。

「私、旧北陸街道を歩いて滑川まで行きたいなァ」

と真帆は言った。

富山県のガイドブックをひらいて、滑川市の旅館やホテルを調べていた多美子は、別の大きな地図をひろげ、

「旧北陸街道？　ああ、これかっ……。この街道のどこから歩きたいの？」

と訊いた。

「岩瀬ってところからよ」

多美子は、岩瀬、岩瀬とつぶやきながら、富山湾の線に沿って人差し指を左へと動かしていった。

「ああ、ここや。神通川の河口の近くや。ここから滑川まで歩くのん？　かなりの距離やでェ。私、最近、歩くのん嫌いやねん」

「よく言うわねェ。今回は歩く旅だから覚悟しなって言ったのは誰なのよ。その本格的なトレッキングシューズは何なのよ」

「春か秋やったら歩けるけど、いまは夏の終わりやで。熱中症って怖いねんでェ」

「あしたの富山は一日中曇りだって天気予報で調べたんでしょう？　岩瀬から魚津まで雪のなかを歩いた人がいるのよ」

「それ、アホちゃうか？　きのうの話に出たバーのマスターやろ？」

多美子の言葉に笑いながら、そうだ、レンタル・サイクルを使うという手があると真帆は思った。いまはたいていの街にレンタル・サイクル屋があるのだ。

二つ折りにできるタイプを借りよう。その自転車を畳んで電車にも乗れる。自転車でなら、入善駅から愛本橋へも行けるではないか。

真帆は我ながら名案だと思える考えを多美子に言い、

「自転車、乗れるでしょう？」

と訊いた。

「自転車に乗れるかって？　なんちゅう失礼なことを。私はなァ、中学生のとき、曲乗りのタミーって呼ばれた女やで」

その言葉で、真帆は声をあげて笑い、

「そんな曲乗りなんて高度な技は要求してないのよ。普通に漕げればいいのよ」

と言ったとき、多美子は、何かを突然思い出したといったふうに、

「あっ、そうや」

とつぶやき、携帯電話を持つとデッキへと行った。

用事を思い出して、誰かに電話をかけに行き、そのあとトイレにでも入ったのだろうと真帆は思ったが、多美子は十五分ほどたっても戻ってこなかった。

二十分が過ぎ、少し心配になってきて、真帆がデッキに行こうと立ちあがると、多美子は笑みを浮かべて帰って来た。

「自転車二台、調達できたえ」

座席に坐りながら多美子はそう言った。

「どうやって？」

「金沢に住んでる知り合いが自転車大好き人間やということを思い出してん。彼、ツー

リング用自転車を五台持ってたはずやから。二台くらいは貸してくれへんかなァと思て、頼んだら、ＢＨっていうスペイン製のと、ビアンキっていうイタリア製を貸したるって」

「ＢＨとビアンキ？　それって、ツール・ド・フランスとかの世界的なロードレースで使う自転車よ。高価なものだと百万円以上するのよ」

「さすがは自転車メーカーの娘、詳しいねんなァ」

まるごと自社ブランドの自転車でツール・ド・フランスに参加するというのが夢だった父は、何度もヨーロッパ各地を視察したあげく断念したのだと真帆は説明した。

その分野の自転車は、機能もブランド力も圧倒的に欧米のメーカーのものが強くて、日本製が入り込む余地は皆無に等しいと悟るまで父は七年かかったのだ、と。

欧米だけではない。日本でも、ツーリング用自転車に憧れる人は、日本製には目もくれない。

イタリアのビアンキやコルナゴ、ジオス。フランスのＬＯＯＫやスペインのＢＨ。アメリカのブルーやキャノンデール。

それらは十万円くらいから二百万円くらいまでとグレード別に価格の差はあっても、ツーリング用自転車マニアの垂涎《すいぜん》の的なのだ。

凝りに凝って、各パーツを気に入ったものに取り換えたりしていたら、一台が三百万円近くにもなったりする。自動車の新車がゆうに買える値段だ。

四畳半一間の安アパートに住み、月給十二、三万円で、夜は別のアルバイトをしているという青年が、そんなツーリング用自転車を宝物のように磨きあげて乗っていたりする。そういう世界なのだ。

真帆の言葉を聞き終えると、多美子はなるほどといった表情で、

「シゲオちゃんの好きそうな世界やわ」

そう苦笑混じりに言った。

「じゃあ、私たち、金沢でいったん降りるの？」

と真帆は訊いた。

多美子は首を横に振って、

「シゲオちゃんが車のトランクに積んで、富山のホテルまで届けてくれるねん。金沢から富山まで北陸自動車道をぶっ飛ばしたら三十分ほどやから届けたるって。私が、ぶっ飛ばしたらあかんえって言うてる間に電話を切ってしまいはった」

と言った。

「ホテルって、どこのホテル？　まだ決めてないのよ」

「それも彼が予約しとくって」

そう言って、多美子は富山城のすぐ近くだというホテルの名を口にした。そして、シ

ゲオちゃんは、私が祇園のクラブでホステスをしていたときのお客さんだったのだとつけくわえた。

当時は京都の山科《やましな》で建設会社を経営していたが倒産し、その後、金沢に移って警備会社を興した。とにかく働き者で、お金の使い方を見ていると先を考えない遊び人と誤解されるが、じつは後々ちゃんと帳尻の合う使い方をしていたのだとわかる。私が夜はホステスをしながら大学を卒業できたのは、シゲオちゃんのお陰だ。

シゲオちゃんが私に使ったお金は半端ではない。店に払う金以外に、びっくりするくらいのお年玉もくれる。お店で着るための洋服や着物も買ってくれる。それとはまた別に、妹や弟の学費にしろとお金をくれる。

週に二度のノルマである「同伴」というシステムにも必ず応じてくれる。

シゲオちゃんは、事あるごとに、絶対に大学を卒業しろ、卒業したら、絶対にホステスを辞めろ、妹と弟も絶対に大学に行かせて、ちゃんと卒業させろと私に言った。

事あるごとに、というのは、シゲオちゃんがどんなにお金を使ってくれても、自分の客が彼ひとりでは祇園の一流のクラブのホステスはつづけていかれないので、ママが暗に勧める客とも食事やゴルフのお伴《とも》をしなければならなくて、大学の講義に出席できない日が多くなり、つい弱気になってしまうときという意味だ。

多美子がそこまで喋ったとき、列車は金沢駅に停まった。

真帆は、話のつづきを待ったが、列車が金沢駅を出ても多美子は口をひらかなかった。列車が石川と富山の県境にさしかかったころ雨が降ってきた。

なんと見事に当たる天気予報であろうと思ったが、西から東へと移動しつづける雨雲に、列車が追いついたのだと真帆は大発見でもしたかのように考えて、それを多美子に言った。

「やっぱりいちにち延期して正解やったやろ？」

と多美子は得意そうに言った。

その瞬間、真帆は、多美子がもう二度とシゲオちゃんと逢わないと決めていたのだとわかったのだ。

なぜわかったのかと問われても答えようがなかったが、真帆は自分の勘にはほぼ間違いはないと確信できた。

「シゲオさんはお幾つ？」

どんなに親しくても、相手が人に話したがっていないであろうことには、決してこちらから水を向けてはいけない。

これは幼いころから、父に何度も言われてきたことだった。父からのお説教めいた言葉は、あるいはこのひとことだけだったかもしれないと思い、真帆は多美子への問いをひどく後悔した。

「いま五十二かな……。うん、五十二やわ」

頭のなかで計算している顔つきで答え、

「建設会社が倒産するひと月ほど前に、奥さんと離婚しはってん。娘さんがふたりいてはったけど、両方とも奥さんがつれて行きはった……。そやけど、あれは偽装離婚ていうやつやわ。負債が奥さんにも及んでいかんように、倒産前に手を打ったんやと思うねん」

神通川を渡るとき、真帆も多美子も車窓の右側の彼方を眺めたが、黒味がかった灰色の厚い雲で立山や北アルプスの峰々はまったく見えなかった。

真帆が自分の大き過ぎるリュックサックと、多美子の使い込まれた中サイズのそれとを棚から降ろしていると、車窓を打つ雨の音が烈しくなった。

富山駅に着き、改札口への階段を降りると、直江津行きの電車が停まっていた。三輛《りょう》連結の各駅停車で、十五年前の夜の滑川駅で見たのと同じ型だった。

真帆は、改札口の近くで歩を止めて、雨で濡れているその電車の車体や窓ガラスを見やった。乗客のほとんどは学校帰りの高校生のようだった。

時刻は違うが、この富山駅から出て、ひとつずつ駅に停まりながら新潟の直江津まで行く電車に乗るつもりで父は滑川駅で切符を買ったのだと真帆は思った。

父の遺留品のなかには、滑川から入善駅への切符があった。たぶん、風で飛んだ切符を駅員が拾っておいてくれたのであろう。あの切符を、母はどうしたのだろう。きっと捨ててしまったに違いない。

捨てずに残したとしたら、ボストンバッグのなかに入れたままになっているはずだ。母は葬儀を終えて以来、なぜ夫が滑川にいたのか、なぜ入善駅までの切符を買ったのかという疑問を決して口にしなかった。十五年間、その問いを誰にも発しないで、カガワサイクルの会長職を懸命に務めてきた。会長ではあっても、ただのお飾りだと当初は誰もが思っていたが、それは間違いだったのだ。

真帆がそんなことを考えながら直江津行きの各駅停車の電車に見入っているあいだ、多美子は無言で待ちつづけていた。

改札口から出て、客待ちをしているタクシーが並ぶところへ行くと、雨に濡れながら、真帆は駅前の風景を見た。

ビジネスホテルがあちこちにあり、それよりもさらに大きいシティーホテルも通りの向こうに見えていて、寿司《すし》屋や炉端焼き店や居酒屋の看板が多かった。

「歩いて行ける距離やけど、この雨やもんねェ」

と多美子は言い、いったんリュックサックから折り畳み傘を出したが、それを持ったままタクシーのところへと走った。真帆も少し遅れて走り出し、タクシーに乗った。

「可愛らしいお城……」

富山城の横を通るとき、真帆がそうつぶやくと、ホテルはもうそこですと運転手は右前方を指差しながら教えてくれた。

「こんな立派なホテルでのうてもええのに。シゲオちゃんのことやから、もう予約したときに、私らに宿泊代を払わんでええように手配してしもてるえ。そういう人やねん」

と言い、タクシーから降りると、多美子はエントランスに立って周りに目をやった。

シゲオちゃんが先に着いてしまっていないかを調べているのだなと思いながら、荷物を持ってくれた女性の従業員について行くと、広いロビーの右側にあるコーヒー・ショップから、仕立てのいいグレーの背広と黒いニットタイをしめた長身の男が手を振りながら歩いてきた。

「やっぱり、高速道路をぶっ飛ばして来たんや。こんな雨の日に、事故でも起こしたらどうすんの」

と多美子は言い、真帆にシゲオちゃんを紹介した。

シゲオちゃんは笑顔で自分の名刺を真帆に渡した。真帆は大きなリュックサックから名刺入れを出し、自分の名刺をシゲオちゃんに渡しながら初対面の挨拶をして、

「突然にお世話をおかけして申し訳ありません」

と言った。

「キタダ綜合《そうごう》警備保障株式会社　取締役社長　北田茂生《きただしげお》」

と名刺には刷られていた。

荷物は係員に部屋に運んでおいてもらうことにして、先に自転車の練習をしようとシゲオちゃんは言って、ホテルから出て行った。

真帆と多美子はチェックインの手続きをしながら、

「この雨のなかで練習？」

と同時に同じ言葉を口にした。それでお互い笑い合って、ホテルのエントランスへと出た。

エントランスの奥に黒い大型のワゴン車が停めてあり、すでにそこから車輪を外してケースに入れた二台のツーリング用自転車を降ろしたシゲオちゃんが待っていた。自転車用の本格的なヘルメットをふたつ持っている。

「こっちがBH。こっちがビアンキ。このビアンキはすぐに慣れるけど、BHはちょっと難しいから、タミー、お前、BHにせえよ」

そう言いながら、シゲオちゃんはケースからBHを出して慣れた手つきで組み立てた。

「ちょっとまたがってみィ」

シゲオちゃんに言われて、多美子はBHのサドルに乗った。

「十センチほど下げよか」

ホステスのときの名はタミーだったのだろうかと思いながら、真帆は、小さな道具を器用に使ってサドルを下げているシゲオちゃんの顔や身につけているものを観察した。

色が白くて、唇が薄く、目も細いので、冷たいものを感じさせるが、笑うと高校生が照れているような表情になる。

ポーラ地のグレーの背広も薄いブルーのカッターシャツも誂《あつら》えたもので、その組み合わせに黒のニットタイはよく似合う。腕時計も靴もとてもいいものだ。それらすべてが、これみよがしではないところがすてきだ。

一見、線が細そうだが、芯は強いという雰囲気を持っている。

多美子はこの人のことを好きだったにちがいない。

真帆はそう思った。

「このホテルの周りをゆっくりと一周してこいよ」

「こんな雨のなかを？」

「そんなポロシャツとぼろぼろのジーンズが濡れたって、どうっちゅうことないやろ。これが変速機のレバーや。スピードを出すなよ。こっちが前輪、こっちが後輪のブレーキや。さあ、行ってこい」

そう言って、シゲオちゃんは多美子の頭にヘルメットをかぶせ、背中を押した。

多美子は恐る恐るペダルを漕ぎ、歩道に出て、何台かの車が通り過ぎてしまうのを待ってから車道を左へと走りだした。

それを目で追っていたシゲオちゃんは、

「こら！　そんなにスピードを出すなァ。まっすぐ行くな。右に曲がれ。あっ、ちゃうちゃう。左や。左に曲がって、ホテルの裏をまた左に曲がれ」

そう言いながら、背広の上着を脱ぐと、あとを追って雨のなかを走りだした。

「私がＢＨに乗るほうがいいわ。なにが曲乗りのタミーよ。ふらふらしてるじゃないの」

笑ってつぶやき、真帆はもうひとつのケースからビアンキを出し、自分で組み立てた。

真帆がまだ高校生のころ、自社でもツーリング用自転車をと試作を始めていた父は、欧米の優れた製品を何台か家に持ち帰ってくることがあって、真帆も何度か試乗させてもらったのだ。

だから、組み立て方も、ハンドルやサドルの位置を変える方法も知っている。

「やっぱり、いい色よねェ。ミラノの空の色。ビアンキのチェレステカラー。エメラルドブルーってやつね」

真帆はだいたいの見当でサドルを下げ、またがってみてから、さらに三センチほど下げると、ハンドルの位置も自分に合わせた。

多美子とシゲオちゃんは、いつまでたっても戻ってこなかった。

雨は富山駅に着いたときよりも強くなっていた。

大きな通りを隔てて木々の向こう側に見えるこぢんまりとした富山城の甍《いらか》も霞《かす》んでいた。

真帆は、シゲオちゃんの会社名が書かれた黒いワゴン車の横で自転車にまたがったまま、さて自分はどうしたらいいのかと考えた。

ホテルの周りを一周するだけでもびしょ濡れになってしまう。髪やTシャツやクロップドパンツだけでなく、下着までも濡れてしまうだろう。

ツーリング用自転車の乗り方を習うのは雨があがってからにしよう。

真帆がそう思って、自転車をいったんワゴン車のなかに入れようとしたとき、多美子から電話がかかってきた。

クロップドパンツのポケットに入れておいた携帯電話を出し、

「自転車から転げ落ちちゃったんじゃないでしょうね」

と真帆は訊いた。

「シゲオちゃん、追いかけて来て、うしろから石を投げはっててん。それが首に当たって……。ひどいやろ？」

「怪我《けが》したの？」

「たいしたことあらへん。そやけど、ふたりともびしょ濡れで、近くの喫茶店に入ってるねん。練習は雨があがってからにするから、真帆はホテルの部屋でのんびりしてて。

二、三十分ほどで私もホテルに戻るから」
「ワゴン車のキー、シゲオちゃんが持ったままなのよ。こういう自転車って盗まれやすいんだから」

「ホテルのドアマンに頼んどいたら大丈夫や」

ふたりきりで話したいことがあるのだなと思い、電話を切ると、真帆はビアンキを両手で持ちあげ、あまりの軽さに驚いてしまった。

自分が何種類もの有名ブランドのツーリング用自転車に乗ったのは十七、八年前だが、そのころでも普通の自転車よりも数倍も軽かった。

その間、徹底的な軽量化が為《な》されつづけたことは知っていたが、こんなにも軽くなっていたとは……。

真帆は女の腕力でも軽々と持ちあげられる自転車をワゴン車に入れ、若いドアマンに事情を話すとシゲオちゃんが予約しておいてくれた部屋に入った。

ツイン・ベッドの部屋で、さっき富山駅からタクシーで来た大通りが眼下にあったが、お城は見えなかった。

立山連峰はどこだろうと思って、大きなガラス窓のところに立って見つめたが、永遠に消えないのではないかと不安になるほどの黒くて厚い雲が富山全体にかぶさっていた。

「三日間で月がいちどくらい出てくれないと『星月夜』はどうなるの？　私、怒っちゃうからね」

黒い雲に向かって言い、真帆はふたつ並んでいるベッドの窓ぎわのほうにあお向けに寝転んだ。ベッドサイドの時計を見ると五時を少し廻っていた。

昼間、大学に通いながら、夜は祇園の高級クラブでホステスをしていた多美子の三年間を思った。

そんな高級クラブというところに行ったことのない真帆には見当もつかなかったが、多美子と北田茂生が、ただのホステスと客の関係ではなかったことだけはわかったのだ。

ホテルのロビーで、多美子がシゲオちゃんを見た瞬間に、ああ、やっぱりと真帆は思ったが、自分を贔屓《ひいき》にしてくれる客に求められたら、高級クラブであろうがなかろうが、ホステス稼業をしているかぎりは、いつまでも拒否しつづけるわけにはいかないのだろうかと考えて、真帆は、シゲオちゃんの自転車を借りることに同意してしまったのを少し後悔した。

しかし、その後のふたりの会話や視線のやりとりで、多美子はシゲオちゃんを好きだったとわかって、なんとなく心がほぐれていったのだ。

多美子のお陰で大学を卒業できた妹は小学校の教師となり、弟は四国の大学病院に外科医として勤めたあと、去年、京都の西京区で医院を開業した。

「タミー姉ちゃんは、えらいなァ。妹さんも弟さんも、タミー姉ちゃんを大事にしないと罰《ばち》が当たるからね」

ホテルの部屋の天井に向かってそうつぶやき、真帆はこの大きなガラス窓は東西南北のどっち側なのだろうと心のなかに富山県の地図を描いた。

とにかく子供のころから、右か左か、前か後ろかしかわからない。その道を西に曲がって五分ほどだと教えられても、どっちが西なのか東なのか途方に暮れる。

だから真帆はおとなになってからは、東京なら東京の、京都なら京都の、全体の地図を頭に入れておいて、自分がいまいるところの東側はどっちなのか、西側はどっちなのかを確かめるのが癖になった。

「富山駅はあっちでしょう？　あっちは北よね。そしたら、こっちが南。ということは、この窓は東に向いてるのよね」

寝転んだまま、電車の運転手が信号確認をするように人差し指をガラス窓に向かって突き出し、

「ひがーし！」

と真帆は声に出して言った。

ポケットに入れたままだった携帯電話を出すと、メールの着信を教える青い小さな光が点滅していた。

――京都の画材屋さんからたくさん荷物が届いてるわよいまどこにいるの電話をちょ

うだい――

母の初美は、相手が誰であろうと、携帯メールを打つときは「。」も「、」も使わないし、一文字あけるところでもそのまま文字をつづけていく。

そのほうが早いし、意味さえ通じればいいのだと母は言うのだが、長いメールのときはどこで区切ったらいいのかわからなくなる。

真帆は、さあ、どこにいると言おうかと考えながら母に電話をかけた。

かなり人の多いところにいるらしく、周りの人々の話し声には幼い子供の泣き声も混じっていた。

「にぎやかすぎて、お母さんの声、よく聞こえないわ。どこにいるの？　仕事中？」

真帆の問いに、初美は、高知に行くために羽田空港にいるのだと答えた。

「私はいま京都。新しい仕事をまかせてもらって、それを引き受けちゃって、ちょっと後悔してるの。画材は小日向の家に置いといて。月曜日の夜に取りに行くから」

「新しい仕事って、どんな？」

と母は訊いた。

「幼児に、ひとりでトイレが使えるようにさせるための躾《しつけ》の絵本」

「子供を育てたこともないのに、よく簡単に引き受けちゃったわねェ。そんな躾の絵本、真帆がどうやって描こうっていうの？」

言われてみれば確かにそのとおりだなと思ったが、それには答えずに、

「高知県だけ？　今回は何軒の自転車屋さんを訪ねるの？」

と真帆は訊いた。

「十二軒の予定よ」

「暑いから、しょっちゅう水分をとらなきゃ駄目よ。じゃあ、気をつけてね」

と言い、真帆は電話を切った。幼児の躾などという話題が出たのをいいきっかけとして、母がまた、そろそろ本気で結婚を考えろと言いだしそうな気がしたのだ。


翌朝、雨はあがっていたが、黒い雲は斑《まだら》状になって残っていた。

七時半に朝食をとって、八時過ぎには出発するからと決めたくせに、多美子はホステス時代に実際に目の当《ま》たりにした幾人かの男たちの「栄枯盛衰」を自分から話し始めて、ふたりが寝たのは夜中の二時だった。

ロビーの一角にあるコーヒー・ショップでバイキング式の朝食をとると、急いでチェックアウトしたが、案の定、宿泊代金はシゲオちゃんが払ってしまっていた。

再びケースに入れてあった二台の自転車を、真帆はきのうと同じようにエントランスの隅で組み立てた。

「もう九時前や。きょう中に滑川まで行けるやろか」

と多美子は言い、ツーリング自転車用のヘルメットを自分のリュックサックにしまった。

「かぶらないの？」

「髪がくちゃくちゃになるぇ。真帆のそのきれいなカットのボブヘアーも」

「かぶりたくないけど、自分の身を守るためなんだもん」

そう言いながらも、真帆もヘルメットをリュックサックに入れた。

「私、そのエメラルドブルーのほうがええなァ。真帆はこっちのＢＨにしたら？　スピードが出るぇ。ビアンキは私に似合いそうやろ？」

「私には似合わないっていうの？　勝手なやつ」

笑いながら言って、真帆はＢＨのサドルにまたがった。多美子とはほとんど背丈が違わないので、高さの調節は不要だった。

真帆が先に行き、そのうしろに多美子がつづく形でホテル前の大通りを西へ行き、岩瀬浜のほうへと北へ曲がって、北陸本線の線路をくぐったころには、真帆はＢＨというツーリング用自転車の扱い方がわかりかけていた。

シゲオちゃんは、ＢＨにもビアンキにも改造を加えていなかったが、五台持っているという自転車のなかから、あえて無改造車を選んでくれたのであろうと真帆は思った。

しばらく富山湾の方向へと進んでいくうちに道は広くなり、車の通行も減ったが、周りには人の姿もまばらになった。

やがて、きのうシゲオちゃんがメモ用紙に描いてくれた地図どおりに左側に運河が見えてきた。

このあたりに、シゲオちゃんの会社が警備をまかされている工場があるのだなと、閑散とした周辺の風景を眺めながら、真帆は自転車のスピードをあげた。速度計が時速三十キロを示した。

車も人もいないのだから時速を四十キロにあげてみようかと真帆が思ったとき、

「休憩、休憩」

と多美子がうしろで声をあげた。

自転車を停めて、サドルにまたがったまま、

「もうばてちゃったの？」

と真帆は訊いた。

「シゲオちゃんから、しつこいくらいに、三十キロ以上は出すなって念を押されてんで。いま、真帆の背中からは、もっとスピードを出してやるっていう炎がめらめらっとあがったえ」

「えっ！　わかった？」

「わかった、わかった。私にははっきりと見えたわ」

真帆は、四十キロくらいなら出してもいいかなと思ったのだと言い、ミネラルウォーターのペットボトルを出した。

多美子の携帯電話が鳴った。

「きっとシゲオちゃんやわ」

と言いながら、多美子は携帯電話を耳に当てがった。

曇り空で、太陽はどこにもその気配すら見せてはいないのに、真帆のTシャツの背の部分は汗で大きく濡れていた。

「そうやねん。いま、まさにそんな感じやったから、私が慌てて止めたんや。四代つづく自転車メーカーの娘や。血筋や。私がうしろで手綱をしめとかんと、BHをぶっ飛ばして、どっかに消えていってしまうえ」

電話を切り、

「シゲオちゃん、朝からずっと心配で心配で、仕事になれへんらしいえ」

と言い、多美子はミネラルウォーターを飲んだ。

「タミー、私の倍くらい汗かいてない？　さっきホテルを出たばかりなのよ」

「日頃の運動不足をひしひしと感じるわ」

「私も、ふとももが重くなってきたけど、さすがにBHねェ。変速機のレバーを動かしても、チェーンのひっかかりなんて、まったくないんだもん」

「時速三十キロ以上はあかんえ」

母親が子供に言って聞かせるような表情と口調で真帆を見つめ、こんどは多美子が先に走りだした。

岩瀬西宮《にしみや》というところで道は三叉路《さんさろ》になっていた。

左側の海岸通りというのを進み、ちょっと脇に入ると、江戸時代の廻船《かいせん》問屋の旧家があって、古民家が並ぶ静かな町に入る、とシゲオちゃんに教えられた。そう説明し、多美子は三叉路の左側の道へと向かった。

「こんな調子で自転車を漕ぎつづけたら、一時間足らずで滑川市に入っちゃうわよ。どこかあっちこっち寄り道しながら行こうよ。もう旧北陸街道に入ってるの？　ねェ、神通川の畔《ほとり》に行ってみない？」

道の右側に寺があった。すぐ左側に神社もあったので、返事をしない多美子を不審に思い、こんどは真帆が、

「休憩、休憩」

とうしろから声をかけた。多美子が気分でも悪くなったのではと案じたのだ。

大きな杉の木の下に自転車を停め、ちょっと考え事をしていたのだと照れたような笑みを浮かべて多美子は言い、またミネラルウォーターを飲んだ。

真帆は、きのうの夜から多美子がときおり何か物思いにふけるような表情になるのに

気づいていたが、そのことには触れずにいたのだ。

――母との電話を切ったあと、私は目を閉じているうちに眠ってしまった。さらに強くなった雨がガラス窓を烈しく打っていて、もしあしたも雨だとしたら、三日間を富山でどうすごそうかと思いながら目を醒ますと、それは雨ではなく、多美子が使うシャワーの音だった。

多美子は、シゲオちゃんと別れてホテルの部屋に入ると、眠っている私のために部屋の冷房の温度を少し上げて、薄いブランケットをかけてくれてからシャワーを浴びたのだ。

私は、シゲオちゃんに挨拶せずに別れてしまったことを悔いたが、それを多美子に言うと、気にしなくてもいいと笑みを浮かべた。

二台の自転車をケースに入れ、この部屋の前まで運んでくれると、賀川さんによろしく伝えてくれと言って、シゲオちゃんはすぐに金沢へと帰って行ったという。

それからしばらく部屋で時間をつぶし、シゲオちゃんが勧めてくれたトンカツの専門店で夕食をとり、ホテルに戻って、最上階にあるバーへ行った。酒の飲める多美子は「アレキサンダー」を二杯飲んだ。

あのバーでは、多美子は私に何かを話したそうだった。――

きのうの夜のことを思い浮かべながら、真帆は自転車を漕いで、静かな町へと入って行った。

新工法による新しい二階建ての家も混じっていたが、道の左右には屋根の瓦に薄く苔《こけ》がへばりつく古い木造の民家や店舗が軒を並べていた。

そのほとんどは、玄関の戸だけでなく表側の壁もべんがら格子で、とりわけこのあたりはかつて栄えた旧街道に並ぶ宿場町とも漁師町とも呼べない独特の町並を文化財として残そうとしている一画なのであろうと真帆は思い、自転車から降りて、それを押しながらゆっくりと一軒一軒を眺めながら歩いた。多美子もそうした。

観光客らしい五人の初老の婦人たちが、土蔵のある大きな家の前に立ち止まって、その家の由来を書いた板の文章を読んでいた。

「これが森《もり》家の旧宅やわ」

と言って、多美子はガイドブックをひろげた。かつては越中《えっちゅう》富山で二番目に大きな廻船問屋だったという。

見学料を払えば家のなかを見ることができるがどうするかと多美子は言ったが、五人の婦人たちが広い三和土《たたき》のところで靴を脱いでいたので、真帆は首を横に振った。紐を解いて靴を脱ぎ、また靴を履いて紐を結ぶのが、いやに面倒臭く感じられたのだ。

「私、名所旧跡ってあんまり好きじゃないの。外国に行っても、そういうところにはなるべく近づかないの」

「あっ、私も。博物館なんて、五分もいてたらいやになるわ。アンコール・ワットに行ったとき、カンボジア人のガイドさんの説明は長いし、どの遺跡もおんなじに見えて、三時間ていう時間は難行苦行やったえ」

地元の人々の息づかいが聞こえるところをのんびりと散策するのが好きなのだという点も私とおんなじなのだなと思い、真帆は江戸時代の豪商の旧宅の前を通り過ぎたが、古民家の並ぶ通りは、すぐに終わってしまった。

多美子がどうしても神通川の河口が見たいというので、真帆は自転車を押したまま路地を左に曲がった。

展望台があったが、そこには行かず、少し高台になっているところに自転車を置き、運河なのか海の領域なのかわからない幅広い水の流れに見入った。

中洲《なかす》のように突き出ている陸地の向こうが神通川だった。

「富山七大河川」と呼ばれていて、西から小矢部《おやべ》川、庄《しょう》川、神通川、常願寺《じょうがんじ》川、早月《はやつき》川、片貝《かたかい》川、黒部川という七つの大きな川が北アルプスの峰々から流れてくる。

そのうちの常願寺川と早月川と片貝川、それに黒部川が立山連峰を源としている。それより西側の小矢部川が白山山地、庄川、神通川は飛騨《ひだ》山地が源なのだ……。

多美子はガイドブックに書かれている文章を声に出して読んでから、

「ひとつの川を渡るごとに文化も方言もちょっとずつ違うそうやねん」

と言った。

胸のところだけ色の異なる海鳥の群れが、突き出た陸地からいっせいに海のほうへと飛んで行った。

「文化って、たとえばどんな？」

と真帆は訊き、草の上に腰を降ろした。

「たとえば、お雑煮。味噌《みそ》仕立てか、醬油《しょうゆ》だし、すまし仕立てかの違い」

「ほかには？」

「シゲオちゃんが教えてくれたのは、それだけ」

「なんだ、それだけなの？　でも、お雑煮が味噌仕立てか、醬油だし、すまし仕立てか、日本ではその違いは大きいのよね。その違いで、生活様式も習慣も、そこで暮らす人たちの思考形態までもが微妙に異なっていって、その微妙な、言葉では明確に説明できない違いが、大きな摩擦を生んでいく、って何かの本で読んだわ」

さっき海へと飛んで行った海鳥の群れが、またいっせいに神通川と海との境あたりに移ったが、どこが海でどこが川なのか、真帆のいるところからは判別できなかった。

「鱒《ます》寿司を買うといたらよかった。こんな時期はお酢を利かせてあるから、リュックに入れといても夕方くらいまでは傷まへんのに……。そしたら、旧北陸街道のどこかで鱒寿司でお昼ご飯が食べれたのに」

多美子の言葉に、

「私たち、せっかく富山に来た最初の夜に、どうしてトンカツなんか食べちゃったのかしら」

と真帆は笑いながら言い、そろそろ行こうと多美子を促した。

おとといは木屋町筋の割烹料理店でコース料理を食べたが、八品のうち七品が魚料理だった。その前日も、京都の別の料理屋に著名な絵本作家を招待したが、そこでも魚づくしだったので、今夜はもう魚は見るのもいやだと多美子がシゲオちゃんに言ったらしい。

それで、シゲオちゃんは、自分が富山でいちばんうまいと評価しているトンカツ屋を紹介してくれたのだ。

真帆は、クララ社の担当編集者と絵本作家としてのつきあいも随分長くなったが、多美子が自分の我を先に出すのは初めてだと思い、それもシゲオちゃんと十数年ぶりに再会したせいのように感じた。

自転車を押して古民家の並ぶ静かな道に出たところでサドルにまたがり、真帆と多美子は海のほうへと向かった。

道は狭くなり、古くなった板壁にブリキとかモルタルの板を張りつけている小さな民家が密集している道を曲がると、川の畔に出たが、それも海から引かれた運河だった。

運河にはたくさんの小型の漁船が停泊していて、自転車なら一台しか渡れない幅の、急勾配の橋が架かっていた。

「あっ、これが大漁橋《たいりょう》や」

と言って、多美子がいまいる場所を地図で示した。

運河は南東の方向へと引かれていて、両岸には漁業で生計を得ているらしい家々が並んでいる。

太鼓橋といってもいい形の橋を、自転車を押して渡りながら、多美子は歩を止めて、運河の南東側を指差し、ここは晴れていれば立山連峰がとても美しく見えるビューポイントなのだと言った。

「詳しいわねェ。地元のガイドさんみたい。どうしてそんなに詳しいの？　畠山は初めてなんでしょう？」

そう言って、真帆は橋の最も頂点のところで立ち止まり、多美子が指差す方向に目をこらしたが、黒い雲が空から地上へとわずかにその色を薄めてはいたものの、立山連峰の裾さえ見えなかった。

「きのう、シゲオちゃんに教えてもろたんえ」

「タミーは、なんでもかんでも、シゲオちゃん、シゲオちゃん、シゲオちゃん、なのね。朝起きてから、いったい何回、シゲオちゃんの名前を口にしたと思う？」

それには答えず、

「あっ、魚や。ぎょうさんの魚や」

と多美子は言って橋を渡り、たもとの岸辺にしゃがんで、流れているのか流れていないのかわからない運河をのぞき込んだ。

そして、橋の上にいる真帆に、

「嬉しかってん。金沢に移って始めた商売が、なんとか軌道に乗って、元気で頑張ってるってわかって。シゲオちゃんは働き者やから……」

と言った。

船体は小さいのに、操舵室《そうだしつ》の上に長いアンテナを幾つか具えている船があったし、その対岸のところにはクレーンのような機械を取り付けてある船もあった。

運河と両側の民家のあいだには、船が荷を降ろすための場所もあって、そこには海のほうへとつづく遊歩道も設けられていた。

いずれにしても、船を行き来させるためには、この大漁橋は頂点のかなり高い太鼓橋にしなければならなかったのであろうと真帆は考えながら、多美子の次の言葉を待った。

「いま、凄い大きい魚がそっちへ行ったえ」

と言ったが、多美子はシゲオちゃんのことについてはそれきりにしてしまって、真帆が立っているところへ歩いてきた。

「あの漁船は、ぎりぎりこの橋をくぐれるとしても、長いもんを載せてる船はどうやって海からあそこへと行けたんやろ……」

「タミー、きのうの夕方くらいから、ちょっと変よ。言いたいことがあるんだったら言ったら？」

　笑顔でそうささやいてから、真帆は、自分もきのうの夜、ホテルのバーに入ったあたりで、いつのまにか多美子を「タミー」と呼びつづけるようになってしまったと気づいた。

「タミー」は、幼いころから妹と弟がそう呼ぶようになった愛称で、ホステス名ではないと多美子が教えてくれたからだ。ホステスとしての名が何であったのかは、多美子は知られたくないようだった。

「シゲオちゃんと奥さん、偽装離婚やなかってん。正真正銘の離婚や。ふたりの子供さんは奥さんと一緒に暮らしてるけど、ふた月にいっぺんくらい、シゲオちゃんが逢いに行って、食事をするそうやねん。そやけど、奥さんとは離婚して以来、一回も逢《お》うてないそうやねん」

　と多美子は欄干に頬杖《ほおづえ》をついて言った。

「じゃあ、シゲオちゃんは、いま独身？」

「うん、ずっと独身で彼女もいてない寂しい中年男やって笑《わろ》てたわ」

喫茶店では三十分ほどしか話をしなかったので、それ以上のことは知らない。シゲオちゃんは七時に金沢の料亭で得意先の社長と逢う約束をしていたから。

多美子はそう話をつづけながら、真帆に自分の首のうしろ側を見せた。一円玉くらいの大きさで赤くなっているところがあった。

「まさかあんな小さな石が、見事に命中するとは思わんかったって言うて、えらい謝ってたわ。雨の音で、シゲオちゃんがうしろから追いかけて来ながら『停まれ』って叫んでるのん聞こえへんかってん」

「私もずっとシゲオちゃんて呼んでるけど五十二歳の人に対して失礼よね。でも、どう見ても四十三、四よね。誰も彼が五十二歳だとは思わないわ」

真帆は自転車を押して大漁橋を渡り、東京で自分が使っている通称ママチャリでは、この橋を漕いで渡るのは無理であろうと思った。

民家と民家に挟まれた狭い路地を、多美子が先になって漕ぎ始めた。

できるだけ海の近くを進んで行きたかったが、旧北陸街道らしき道は右に曲がっていて、その道はまた左に曲がった。

旧北陸街道であることを示す標示板のところへ行き、それに従ってツーリング用自転車を漕ぎながら、車体のフレームに巻きつけてある小さな円型の寒暖計を見ると二十九・五度だった。

岩瀬浜の南側を過ぎ、天満宮《てんまんぐう》神社の前を通ると住宅地がつらなっていたが、車の通行が多くなり、狭い路地から子供や老人が歩いて来るようにもなって、真帆と多美子はスピードを落とした。

左側の家々の向こうに松並木が見えた。海水浴場でもあるのだとしたら、ちょっと浜辺で遊びたいと真帆は思ったが、多美子に、とにかく常願寺川を渡ってしまおうと先に言われてしまって、それに従うことにした。

車の通行が多くなったといっても、たまに業務用車が通るだけで、あとは近在の人が運転する軽乗用車だった。

「岩瀬から歩いたら大変ね。私だったら、頑張っても、だいたいこのあたりでギブアップしちゃう」

真帆の言葉に、

「私も」

と応じ返してから、きのう喫茶店で、真帆ちゃんのお母さんはカガワサイクルの会長だと話したら、シゲオちゃんはびっくりしていた、そのびっくりの仕方は、私のほうがびっくりするほどだった、と多美子は言った。

カガワサイクルのツーリング用自転車の変速機は世界でもトップレベルで、たしかフランスのメーカー二社とドイツのメーカー一社が、変速機はカガワサイクルのものを採用しているはずだ。シゲオちゃんはそう説明したという。

　真帆は、母と逢っても、カガワサイクルの事業内容については触れもしないし、母も話そうとはしないので、主力製品は何なのか、会社の経営状態がどうなのか、いまどんな自転車が売れているのか、まったく知らないのだ。

　多美子は、ときおりうしろを振り向きながら、なぜお母さんが会長なのか、お父さんはカガワサイクルでどんな役職についているのかとシゲオちゃんに訊かれたので、お父さんは十五年前に亡くなったのだと答えたら、またこっちがびっくりするほどにシゲオちゃんはびっくりしていた。

　そう言ってから自転車を停めた。浜黒崎《はまくろさき》キャンプ場と書かれた看板があり、近くにアイスクリームを売る店もあった。キャンプ場の向こうは海水浴場だった。

「アイスクリーム、食べる？」

　と多美子が訊いたので、

「駄目よ。アイスクリームを食べながら、片手ハンドルでビアンキを走らせたら危ないわ。プロのツーリング・レーサーが、レース中に走りながら水分を補給したり、軽食をとったりするのはプロだからよ。ちょっと慣れたからって、ツーリング用自転車を甘く考えたら大怪我をするわ。私たち、ヘルメットをかぶってないのよ」

「はーい」

そう返事して、再び自転車を走らせながら、

「私、そのとき、余計なことまで喋ってしもてん」

と多美子は言った。

「どんなこと？」

「シゲオちゃんが、真帆ちゃんのお父さんは病気で亡くなったのか事故で亡くなったのかって訊くから、滑川の駅で心筋梗塞で急死したんやって。家族には、宮崎県でゴルフをするって嘘をついてはったんや、なんてことは喋れへんかったけど」

その程度ならシゲオちゃんに話してもかまわない。本当のことだし、隠す理由もない。宮崎県でゴルフをしているはずだったのにということさえ口外しなければ。

真帆は多美子にそう言ったが、多少不快ではあった。

心筋梗塞で、どこかの駅で急死した、だけでいいではないか。滑川駅という具体的な場所まで話す必要があるのか。

「タミーはきのう嬉しくて、はしゃいでたのよね。シゲオちゃんがほんとに奥さんと離婚してたから」

言ってしまってから、ああ、意地の悪い言葉だったなと真帆は後悔した。

「滑川駅でなんてことまで喋る必要はないのに、うっかり喋ってしもて、ごめんな」

多美子は前を見たまま、ゆっくりとペダルを漕ぎつづけながら言った。

二台の自転車には荷台がないので、真帆も多美子もホテルを出てからずっとリュックサックを背負ったままだった。

「このリュックが背中に汗をかかせるのよね」

と真帆はうしろから多美子にそう言って話題を変えようとした。多美子がシゲオちゃんに喋る必要のないことまで話して聞かせてしまったのを申し訳なく思って、自分を責めているのが伝わってきたのだ。

そうか、私は勘違いをしていた。シゲオちゃんの離婚が正式なものであったことで多美子は昨夜から物思いにひたっていたのではない。たしかにそれも理由のひとつであったろうが、カガワサイクルの社長が急死したのが富山県の滑川駅だったことまでもうっかり喋ったことに対する後悔で気持が沈んでしまったのだ。

真帆はそう考えることができたのだ。

旧北陸街道は、道幅が広くなり、車の通行量も増えた。目の前に大きな橋があった。

「常願寺川や」

と多美子は言い、自転車を停めてサドルにまたがったまま地図を見た。

常願寺川を渡ると水橋《みずはし》という町に入る。その水橋を過ぎると、ほどなく滑川市内だ。

この常願寺川の河口に架かっている大きな橋は今川橋《いまがわ》で、橋の手前あたりも立山連峰のビューポイントらしい。連峰のなかで最も険しい様相の剱岳《つるぎだけ》の頂きが最も美しく見える場所とガイドブックには書いてある。

多美子はそう説明し、

「余計なことを喋って、ごめんな」

とまた謝った。

もうまったく気にしていないから、そんなに何度も謝ることはないと笑顔で言い、真帆はリュックサックを道に置いた。汗で濡れたTシャツの背の部分を乾かしたかった。

「タミーのリュックには何が入ってるの？　破れて弾《はじ》けるんじゃないのかって、うしろから見てたら心配になってくるわよ。所帯道具一式が入ってて、夜逃げしてきたって感じよ。家具と電化製品以外はみんな詰め込んでますって感じ」

「特殊工作員の必須アイテムが揃《そろ》ってるねん。つまり究極のサバイバル・グッズ」

と多美子は言い、今川橋の真ん中あたりまで行き、河口のほうに体を向けた。真帆もそれにならった。そこだけ風が強かった。

ここは風の通り道なのかもしれない。だとしたら、冬にはどんな風が吹きつけるのであろう。

そう考えると、「ルーシェ」のマスターが雨合羽を着て小雪のなかを歩きつづけている姿が浮かんできた。彼もこの今川橋を歩いて渡ったはずなのだ、と。

そう思いながら、

「シゲオちゃんは、私の父が十五年前に急死したって知って、どうしてそんなにびっくりしたの？　タミーがびっくりするくらいのびっくりの仕方だったんでしょう？」

と真帆は訊いた。

川と海の境界あたりにひろがる砂洲《さす》で十数羽の海鳥が羽を休めていた。

なぜそんなにびっくりするのかと訊きかけたが、すぐに別の話題に移ったのでと多美子は答え、体を山側に向けて、

「雲を見に来たみたいやなァ」

と言った。

「私の『星月夜』はどうなるの？」

そう言い返して、私のではなく「父の星月夜」なのだなと真帆は思った。

「祇園の高級クラブのホステスだったタミーは、どのくらいのお給料を貰ってたの？」

「どこのクラブでもみなそうやけど、うちの店は日給月給やねん。私はいちにち四万円。日曜は定休日やから月に二十五日の勤務」

「えっ！　月給百万円？　二十歳そこそこで？」

「いちにち二万円の子も三万円の子もいてるで。いちばんぎょうさん貰《もろ》てた子が七万円やから、私はBクラスや。お店にどれだけ儲けさせるかで日給が決められるねん」

「だから、自分も昼間大学に行って、弟さんと妹さんの学費も稼げたのねェ。弟さんな

んか医大だから授業料も高いもんね」

「うん、あいつからはこれからしっかりと回収せなあかん」

そう言って、多美子はそろそろ行こうかと促し自転車に乗った。

高給取りだと思うだろうが、お金は少しも残らない。クラブにはそれぞれのやり方があるが、同じ洋服を二日つづけて着てはいけない。見かけは派手だが安物の洋服だとママやマネージャーに厳しく注意される。着物は同じものを身につけてもいいが、それにも限度がある。週に三回も同じ着物だと、やはりいやみを言われる。

とにかく衣装代で給料の三分の二を費やすと計算しておかなければならない。

お店で客の相手をするかぎりは、髪型も一般の女性と同じようなわけにはいかない。着物姿の日は、美容院でそれに合った髪にセットしなければならないし、そんな身なりでバスや電車で店に行くこともできないからタクシーを使う。それ以外にも、アクセサリー類、履物、自分を贔屓にしてくれる客へのプレゼントなどと、うんざりするほどの出費が毎月つづくのだ。

だから、あの世界で働いている子に預金なんてほとんどない。

多美子はそう説明しながら、今川橋を渡って、海のほうへの細道へと入って行った。

木造の民家が並んでいて、道はすぐに行き止まりとなった。茶色に変色した防波堤が東に向かってつづいていた。

年中潮風を受けつづける家々の板壁はほとんど腐食してしまって、新建材で周りを囲ってあった。

防波堤と民家の裏側とのあいだには自転車が一台通れそうな道がつづいているのだが、他人の家を裏から覗くことになると思い、真帆は来た道を戻って、別の細道へと入った。

雪を溶かす装置がその細道の真ん中に設置してあったので、真帆はこれが旧北陸街道なのかと思い、

「この融雪装置ってのは、富山県全体を網羅してるのかしら」

と多美子に言った。

「これがなかった道もあったたえ。そやから、全県すべての道にというわけやないんやろなァ」

「全県すべてじゃなくても、これだけの融雪装置から出る水の量って凄いわよ。雪の季節の水道代だけで行政の予算はパンクするんじゃないの？」

「立山連峰、白山連峰の恵み」

と多美子は言った。

「ああ、そうかァ。天然の湧水なのね」

「おまけに地下水やから、冬でも温度が摂氏十度から十三度に保たれておりまして、雪も氷も溶かすのでございまーす」

白岩川《しらいわ》に架かる橋を渡りながら、多美子は言った。

「凄い恵みねェ。きれいな天然水がいつもこんこんと湧き出て、それを利用して冬には雪や氷を溶かしてるなんて、東京の人間にとったら贅沢《ぜいたく》このうえないわよ」

「京都や大阪の人間にとってもおんなじやわ。名古屋にも、九州や四国や北海道にも、こんな贅沢できれいな天然水の恩恵を受けてるとこなんてあれへんえ」

防波堤のところで引き返したときから、真帆が先に進む格好になっていた。

ほとんどの品物が売れてしまっている小さな魚屋の屋根で猫が寝ていた。

頭を下に向けてあお向けになって屋根瓦の上で眠っている猫を見ながら、

「やっぱり、女性よねェ」

と真帆は言った。

店はあいているのに人の気配のない小さな魚屋の前で自転車を停め、多美子は猫を見あげてから、

「オスやでェ。ちゃんとオタマタマが付いてるえ」

と笑った。

「この猫ちゃんのことじゃなくて、なぜお父さんが滑川にいたのか、その理由よ」

真帆は、これまで母にも姉にも平岩壮吉にも口にしなかった言葉を、初めて多美子にだけ言ってみたのだ。

そんなことは誰もが最初にほとんど反射的に推測したであろうが、この十五年間、表立って話題にはしなかっただけだったと真帆は思った。

真帆の言葉の意味を理解したらしく、猫に視線を向けたまま、しばらく考え込んでから、

「もしそうやとしたら、その女性は滑川市の海側に住んでたのか、それとも賀川直樹さんと旅をしてたのか、どっちやろ」

と言った。

「一緒に旅行に出た？　じゃあ、どうしてお父さんは滑川駅にひとりでやって来たの？　女性はどこに行っちゃったの？」

多美子に答えようがないことはわかっていたが、真帆は自転車から降りて押して歩きながら、そう訊いた。

「女の人に何か事情があって先に帰ったとか……。ケンカをして怒って帰ってしもたとか……」

「タミーは、その女の人が滑川に住んでたというふうには考えないってこと？」

「滑川やと逢うのに不便すぎるやろ？　愛人と逢うために、しょっちゅう家族に嘘をつかなあかんねんで？　家族だけやあれへん。会社の秘書にも嘘をつかなあかんし、そうなったら、番頭役の人にも嘘をつくしかあれへんやろ？　そんな面倒なことをつづける

よりも、その女の人を東京のどこかのマンションに住まわせるほうが、なにかにつけて都合がええと考えるのが普通やんか」

「でも、女の人に、どうしても滑川で暮らさなきゃならない事情があったとしたら？」

多美子はまた考え込み、細い道の真ん中に設置してある融雪装置をタイヤで踏まないようにして、右へ行ったり左へ行ったりしながら、ビアンキをゆっくりと漕ぎつづけ、

「真帆は、もし愛人がいたとしたら、その人は当時滑川の海側のどこかで暮らしてたと思てるわけ？　もしかしたら、いまも滑川にいる、と」

と訊いた。

旧北陸街道は右に曲がり、少し行くと左に曲がって広くなった。その民家の並ぶ道には、通る車もほとんどなく、歩いている人もいなくて、九月に入ったばかりの、秋の気配などどこにもない正午前の曇り空の下に物憂さが満ちていた。

「うん、なんとなくそんな気がするの」

と真帆は言った。

「賀川直樹さんとその愛人とのことを、真帆の周りの人が誰も知らんかったとしたら、その女性はどうやって賀川直樹さんが亡くなりはったことを知ったんやろなァ……。まさかいまだにどうしたんやろと待ちつづけるはずはないねんから。新聞には、有名人とか政治家とか経済界の人の死亡告知記事が載るけど、カガワサイクルの社長の記事は載

ったん?」

多美子の問いに、何紙かの新聞の社会面の下のところに小さく載っていたと答えた。だがそれらは全国紙で、地方紙にも載ったとは思えない。カガワサイクルは業界では知られていたが、十五年前は社員三百二十名の、所詮は中小企業なのだ。どの地方都市へ行っても、一般家庭で購読しているのはその地方の有力紙だ。タミーだって、家には京都新聞しかないではないか。

宮城県に住む友人の家には河北新報が置いてあったし、福岡にいる知人は西日本新聞だけを曽祖父の代から購読している。そんな地方紙にまでカガワサイクルの社長の死亡告知記事が載るとは思えない……。

真帆はそう言ってから自転車に乗った。

「ふたりのことを誰も知らん、なんてことは有り得へんえ」

と多美子は言い、前方を指差した。防波堤が立ちはだかっていたが、道は行き止まりではなく、右に曲がっていた。

「もし真帆の勘が当たってたとしても、その人は四、五日のうちには賀川直樹さんが亡くなりはったことを知ったと思うなァ」

そう言ってから、突然何かが閃いたというような表情で、

「真帆のお父さんは、滑川駅で入善駅までの切符を買いはったんやなァ」

と多美子は訊いた。

「うん、それなのに、駅員さんに、西入善駅までは何分かかるかって訊いてるの」

防波堤の前を右に曲がりながら、真帆は答え返し、不動寺という寺の門前で自転車を停め、またがったままミネラルウォーターを飲んだ。

さっきの防波堤の近くには水橋漁港があった。次の川の河口には高月《たかつき》漁港があるらしい。

どれも小さな漁港で、停泊している漁船も小さい。どうやら富山湾には格別に大きな漁港はなくて、小さい漁港が海沿いの町ごとに幾つも並んでいるようだ。そして、滑川市まではもうすぐだ。

そう思うと、真帆は自分の脚が鈍るのを感じたので、さして喉は渇いてはいないのに、ミネラルウォーターを飲んで時間稼ぎをしたかった。

父に愛人がいたとすれば、その人はいまも滑川の海の近くで暮らしている。

何の根拠もないままに、真帆はそんな気がしたのだ。

「真帆のお父さんは、入善駅で誰かと待ち合わせをしてたんとちゃうやろか」

と多美子は言った。

「誰かって、その女性と？」

「それはわかれへんけど、男って、愛人の家を出たら、とにかく急いで帰りたがるもんやねん。罪悪感が家路を急がせるんやて、男にかけては海千山千の上七軒《かみしちけん》の元芸妓《げいこ》はんが言うてはったえ」

「でも、私のお父さんは、愛人の家を出てから富山空港へ急ごうとはしてないのよ。まあこれはどこまでも仮定の話で、もし愛人が滑川に住んでいたらってことが前提だけど、その元芸妓さんの経験則がほとんどの男性にあてはまるとしたら、入善駅で待ち合わせをしてた相手は、当の愛人だってことになるんじゃないの？」

真帆の言葉に、

「なにもかも仮定の話やもんなァ」

と言い、多美子は再び滑川市内に向かって自転車を漕ぎ始めた。

上市川《かみいち》に架かる魚躬《うおのみ》橋を渡るころには、旧北陸街道は、いかにも古《いにしえ》の街道らしい雰囲気が濃くなってきた。

神社の前を通り、また別の神社の近くにさしかかるころ、真帆は腕時計に目をやった。ちょうど十二時だった。

「加賀藩て百万石だったのよね」

と真帆は言った。

「徳川将軍家と姻戚関係が強かったからやねん」

「百万石のお大名が参勤交代するための行列って、総勢何人くらいなのかしら」

真帆のひとりごとに、そういうことは私にまかせてくれと多美子は得意気に言った。自分も教師になりたくて大学へ行ったが、ゼミの研究テーマは「江戸期の庶民文化」だったのだという。

「その日本の江戸期に、中国ではどんな政治が行われて、庶民のあいだではどんな文化が築かれてたのか。ロシアではどうか。ドイツやフランスやイギリスやイタリアではどうやったのか。その時代の比較文化の研究者としては日本で有数の学者のひとりとされてたのが、ゼミの担当教授やってん」

と多美子はつづけた。

「タミーが大学で勉強した比較文化論を拝聴してるあいだに、私たち、滑川市を通り越して、魚津市も通り過ぎて、入善町まで行っちゃうわねェ」

真帆は、多美子が延々と講義を始めるのを制するために、笑い声を交えてそう言った。

「入善町どころか、新潟県を越えて、山形県も越えて秋田県の北部くらいまで行ってしまうわ。青森県に入って、津軽《つがる》海峡を渡って、北海道を縦断しても終わられへんかも」

宅配業者の中型のトラックがやって来たので、真帆も多美子もべんがら格子の壁にべんがら格子の大きな出窓がある家の前に移った。

京町家のべんがら格子は、家のなかからは外がよく見えるが、外からなかは見えにくくするための細工が施されていると真帆は以前誰かに教えてもらったことがあった。だが、この地域では外から屋内がよく見えて、真帆は六畳ほどの和室に置かれている仏壇の大きさにびっくりした。

その和室の半分を占めるのではないかと思えるほどで、古いけれども、いかにも高価そうな仏壇で、さらにその奥の間では蚊遣《かや》りから煙が出ていた。

かつては何かの商家だったが、いまは商いを閉じて、いささか大きすぎる民家と変わったのであろうと思い、真帆は宅配業者の車が行ってしまうと自転車に乗った。

「さっきの加賀藩の参勤交代の話やけど、多いときには三千人ほどの行列やったって文献には載ってたでェ」

と多美子は言った。

「三千人？　三千人がこの街道を歩いて江戸へ行ったの？」

「うん、その文献には、加賀藩主・前田《まえだ》家のお殿さまが江戸屋敷に持って行ったものが事細かく記録されてたけど、忘れてしもたわ」

三千人のなかには、お殿さまの警護役の侍もいれば、同行する重臣もいるし、夥《おびただ》しい荷物をかつぐ役の者たちもいる。人間にはかつげない荷は馬の背に載せなければならなかったにちがいないから、その馬の轡《くつわ》を持つ者も、馬の世話をする者もいたはずだ。

その行列のいちにちの行程がどれほどの距離だったのかわからないが、お殿さまから足軽や駕籠《かご》かきまでが、ひとつの宿場町で泊まることは可能だったのだろうか。

馬も一頭や二頭ではあるまい。少なくとも百頭近く、あるいはそれ以上いたかもしれない。行列に加わった人々の食事だけでなく、その馬たちの餌も、各宿場では用意しておかなければならなかったはずだ。

真帆はそんな疑問を口にしかけてやめた。

あきらかにかつての宿場町の風情を漂わせている古民家が並ぶところに入って、なにげなくそのうちの一軒の壁に目をやると「滑川市」という住居表示板が打ちつけられていたからだ。

「とうとう来てしもたなァ」

と多美子もその表示板を指差して言った。

「うん、ほんとに来ちゃったわねェ。なんでこんなはめになっちゃったのかしら」

「京都で仕事の打ち合わせをするだけのはずやったのになァ」

その多美子の言い方にあきれて、

「誰が私をここまでつれて来たのよ」

と真帆は言い、二階建ての古民家の隣にある小さな有料駐車場や、その隣の、店仕舞いしてしまったのか、夜になると営業を始めるのか、どうにも判断のつきかねる寿司屋の傾きかけている看板を見やった。

洋品店があり、化粧品店があり、まだ店をあけていないカラオケ・スナックがあり、ときおり軽自動車が海側の細道から出て来たりはするが、自分たち以外の人の声は聞こえてこなかった。

真帆は街道を少し東へと進んだ。父が自転車を漕ぎながらJR北陸本線の滑川駅へと向かったであろう場所の近くにいるのだという、勘ではなく、ほとんど気配に近いものを感じた。

父らしい町だ。というよりも、父が好みそうな風情の港町だ。

民家の壁という壁は、長い期間の潮風で傷んでしまい、新建材の防護板で覆われてしまっているが、十五年前は、変色した板壁を剝《む》き出しにしたままの小さな家々ばかりだったかもしれない。

すぐ横は海だ。冬はどんな風が日本海から吹きつけてくるのであろう。

もし父が、この町の海沿いの家で、妻以外の女性と年に合わせて十日ほどの日々をすごしていたとしたら、たとえどんなに苦しまぎれの、誰に怪しまれても不思議ではない嘘をつきとおしてでも、東京からひとりで飛行機に乗り、そこから富山駅へと行き、新潟方面行きの各駅停車に揺られて滑川駅で降りた瞬間、あとさきも考えずに歩きだしたであろう。

父はそのとき、別の人間となり、別の世界の住人となり、あるいはすべてから解き放たれた旅人となり、漁港と、漁業に関わる仕事を生業《なりわい》としている人々の住む板壁の家々と、まるで許されぬ男女の道行きにふさわしいような旧北陸街道の静けさのなかの宿場町へと入って行ったのではあるまいか……。

そんな父の姿を空想していると、真帆の心のなかで、死んだ祖父の言葉が甦った。

祖父は亡くなる二、三年前に、自分の声が聞こえるところに娘の夫がいることを承知したうえで、

「あいつは見込み違いだったなァ。若いが粋《いき》な趣味人で、器も大きいと思ったが、なんのことはない。ただの遊び人だったよ」

と言ったのだ。

祖父が私の母にそう言ったのは、私が小学校にあがったころだ。

父はどうしても賀川家の婿養子になることを拒否しつづけたそうだが、小日向の賀川の家での義父母との同居生活は承諾した。結婚してほどなくして、義父の懇願を受け入れて姓を賀川と改めたのだ。

それなのに、正式に賀川家の婿養子となって一年もたたないうちに、祖父はなにかにつけて娘婿の無能さを罵倒するようになった。

祖父にしてみれば、自分の跡を継ぐ娘婿への叱咤《しった》激励を込めての罵倒だったのかもしれないが、初代から引き継いだ小さな自転車メーカーを、二百人の社員と主要三都市に支店を持つ会社へと発展させた二代目特有の自負は、事業実績とともに尊大さをも増大

させてしまっていたのだ。

　父と母との夫婦仲に問題はなかった。それどころか、とても仲のいい夫婦だった。けれども、母は自分の父と夫とのあいだに入って、両者の仲を中和させる役目をどう担えばいいのかわからなくて、ただ困惑しつづけるばかりだった。

　真帆は、祖父が死んだとき、これでお父さんがいじめられなくなったと安堵《あんど》したことを思い出しながら、この滑川の宿場町では最も大きいのではないかと推測できる二階建ての古民家の前で自転車を停めた。

「昔からある旅館が、このちょっと先の路地を右に行ったとこにあるえ」

と多美子はガイドブックを見せながら言った。他に旅館も民宿もない。ビジネスホテルが駅の周辺にあるだけらしい、と。

　真帆は、多美子が今夜の宿泊場所を選ぼうとしているのだと思ったが、そうではなかった。

　もし十五年前に賀川直樹がその旅館に泊まったとしたら、自転車もそこで借りたことになるし、滑川市に住む愛人のもとにやって来ていたという推測は根底から崩れてしまう。だから、その旅館で十五年前のことを訊いてみよう……。

　多美子がそう考えついたことに気づいて、

「そんなの簡単に教えてくれないわよ。私たち、警察の人間じゃないのよ。それに、旅館の人も十五年前のことなんか覚えてないわよ」

と真帆は言った。

「訊くだけ訊いてみよ。教えてくれへんかっても、十五年前のことなんか覚えてのうても、それはそれでしょうがないがな。ツーリング用のカラフルな自転車にリュックを背負った小娘を怪しんだりはせえへんわ」

「誰が小娘なのよ」

「私ら」

「三十五にもなって、なにが小娘よ。自分がいまでも人から小娘に見られるって信じ込んでるその図々《ずうずう》しさ……。あきれちゃうわ」

真帆の言葉で、体をくの字に折って笑い、多美子はガイドブックの地図を見ながら自転車を押して歩いて行き、幼い子を自転車のうしろに乗せてやって来た若い女性に旅館への道を訊いた。

ふたつめの筋を右に曲がって道なりに行くといい。旧北陸街道と中滑川《なかなめりかわ》駅との中間くらいのところだと女は教えてくれた。

「私、行かない。お父さんのことを調べに来たんじゃないんだもん。滑川へ行こうって言いだしたのはタミーなのよ。私は愛本橋で星月夜が見られるのかどうかを知りたかっただけなの。でもこのお天気じゃそれも確かめようがないし……」

ふいに臆する心が生じて、真帆は川なのか海からの運河なのかわからない幅の狭い澄んだ流れのところで歩を止めた。

そんな真帆の表情を無言で見つめてから、

「ほな、ここで待っとき。私が行って訊いてくるわ」

と多美子は言い、ビアンキにまたがると、さっきの女に教えられた道を曲がって行った。

三メートルくらいの幅の流れの両岸には木造の家が並び、名前のわからない丈の低い木が長く枝を伸ばして、それが清流に濃い緑の影を落としていた。

これは運河ではなく、どこかの川の支流が幾つかに枝分かれして家々のあいだを縫って来ているのだと真帆は思い、BHを電柱に立てかけると流れに沿って歩いて行った。

流れがふた手に分かれるところで、道はゆるやかに左に曲がっていた。都内の下町でよく見かける三叉路に似ている。流れは低い石垣の上に傾くようにして建つ民家の左右へと分かれていく道を思わせる。

真帆は、その川の三叉路のところから水草の生い茂っている水底を見つめた。小さな魚がたくさん泳いでいた。そのとき、真帆は、きょうが父の命日であることに気づいて水底から視線をそらすことができなくなった。

父は、祖父が罵倒するような無能な跡継ぎではなかったと真帆は思った。

カガワサイクルをさらに発展させ、静岡に新しい工場を造り、祖父が基礎を築いた会社を少しずつ大きくしていったではないか。

ヨーロッパの著名なツーリング・レースに参加するためには、自転車のフレームそのものの軽量化と変速機の改良が避けては通れない関門だったが、父はそのための技術陣を強化し、思い切った研究費を投入したという。

役員や古参の社員には無謀だと異を唱える者たちもいた。彼等《ら》のほとんどは、社長とは先代のことであって、三代目の社長になった賀川直樹を陰では「養子さん」と呼んでいたのだ。

そのことも、父はちゃんと知っていたはずだった。

だから、ツール・ド・フランスやジロ・デ・イタリアといった国際レースへの参加断念は、父にとっては大きな挫折であったことだろう。

それ見たことか。不可能な野望に大金を投じて、視察と称して毎年ヨーロッパで散財しやがって。やっぱりただの遊び人じゃねェか。

国際レース参加を断念して、会社の存亡の危機に瀕《ひん》しながらも、陰で「養子さん」の失敗を喜んでいた連中こそが、株式の公開と上場を目論《もくろ》むグループの黒幕だったのだ……。

だが、そのころに開発した変速機は、ヨーロッパで高い評価を受け、いま何社かが自社のツーリング用の自転車に採用していることを、真帆はシゲオちゃん経由で多美子から教えられたのだ。

流れにまかせて揺れている水草と、そのあいだで敏捷《びんしょう》に泳いでいる小魚の群れを見ながら、真帆は父のことを思いつづけた。

経営者としての父をそのように考えたのは初めてだと真帆は思った。ラフマニノフの「ピアノ協奏曲」の第二番と第三番を聴きたくなって、第二番の出だしの部分を心のなかで奏でながら、真帆は自転車を立てかけてある電柱のところへと戻った。

しばらく待っていると、多美子が旧北陸街道の宿場町の真ん中を笑顔でビアンキを走らせて帰って来た。

「スピード、出しすぎよ」

と真帆は言った。

そのビアンキにまたがったまま、

「十五年前のこと、覚えてはったえ」

と多美子は言った。

「えっ！　お父さんはその旅館に泊まったの？」

真帆の問いにかぶりを振り、

「泊まってへん」

多美子はそう答え、旅館の主人の話してくれたことを伝えた。

――自分は滑川駅で旅行者が急死したことなど知らなかった。ところが、その翌日の夕刻に滑川署の人がやって来て、泊まり客に自転車を貸しはしなかったかと訊き、きのうの滑川駅での出来事を話してくれた。

自分は、泊まり客に自転車を貸したというようなことはないと答え、おととい、うちの旅館に泊まったのはふた組で、ひと組はいつもうちを常宿にしてくれる長野県の水産加工品の卸屋で、もうひと組は名古屋に住むという中年の夫婦だ。その夫婦は、自動車を運転して飛驒の高山で一泊してきたそうで、翌日の朝の九時ごろに帰って行った。

水産加工品の卸屋さんは二泊するので、もうそろそろここに帰って来るだろう。

自分がそう説明すると、滑川署員は、ああそうかいとだけ言って、バイクに乗って帰って行った。

十五年も前のことなのに、こうやって覚えているのは、滑川署員が帰ったあとに、その人、誰の自転車で駅まで行ったのだろうと、家人たちがしばらく話題にしたし、自分も冗談で、どこかに置いてあったやつを盗んだんじゃないかと言ったりして、近所の知りあいにも、きのう滑川の駅でこんなことがあったらしいが、周りに自転車を盗まれたやつはいないかと訊いたからだ。――

額や首筋の汗を手の甲でぬぐいながら話し終えると、

「真帆が感じたとおり、ここから駅までの道はきついえ。はっきりと目に見えるほどの坂やないけど、ママチャリではちょっとしんどいわ」

と言い、お腹がすいたと、なさけなさそうに訴えた。

どこかに食堂はないものかと宿場町を進みながら、あの中年の滑川署員は、私たちが遺体とともに東京へ帰ったあと、自転車が誰のものかを調べてくれたのだなと真帆は思った。

警察の手から離れてしまえば、個人的な問題であって云々《うんぬん》と、受け取りようによっては邪険な言い方をしたが、あの警官も気にかけてくれて、旅館を訪ねてくれたのだ。

十五年前の滑川市内、それも海沿いには他に宿泊施設はなかったのだろうか。富山湾のほぼ中心部に位置する滑川には、漁業関係者が各地から訪れて、一、二泊滞在していく場合も多いのではないか。

真帆はそう考えて、どうやら人が住まなくなって何年もたっていそうな、軒の傾いた小さな民家の横の空地で、多美子のガイドブックに見入った。

旅館は、さっき多美子が訪ねてくれたのが一軒きりで、民宿の名はどこにもなかった。

魚津には、旅館も民宿もある。

真帆は、空地から海が見えるのに気づいた。曇り空と海とが同じ色だったので、すぐにはわからなかったのだ。

「駅のほうに行ったら食堂があるわよ」

と言い、数本の松の近くに立ててある案内板の文章を読んだ。「なめりかわ宿場回廊」と書かれてあって、ロードマップも添えられてある。

近年、観光客のために名づけられたのであろうが、この旧北陸街道は確かに回廊だなと真帆は思い、BHを松の木に凭れるようにして立て掛けると、低くて幅広いベンチの上に立派な木の屋根が設けられた場所へと歩いた。

そのベンチに少しのあいだ腰かけて、背中のリュックサックを降ろし、タオルを出して汗をぬぐった。

ビニール袋と小さなスコップを持った女性が中型の雑種犬を散歩させながらやって来たので、真帆は、この旧北陸街道の家々のほとんどは漁業を生業として暮らしているのかと訊いた。

「昔はそうやったけど、今はだいぶ漁師から別の仕事に変わったわ」

と四十代前半と思える女性は言った。

北陸本線と富山地方鉄道のふたつの線路を越えると新興住宅地がひろがり、その向こうには田園や畑がつながっていくが、かなり以前から県あげての企業誘致で、多くの会社の工場が生まれて、地元の人間の雇用を進めたので、仕事をそっちへと移す人が増えたのだという。

「どんなものを造る工場ですか？」

「周りの市も含めて精密機器のメーカーが多いよね。ICチップの基板とか。ああいうのを削るには、きれいな水が大量に要《い》るがいって。この辺一帯は、湧水に恵まれとるし、メーカーにとっては好条件なんやぜ。天然の湧水だといっても、使用料はもらっとるけど、水道代と比べたらえらい安うあがるみたいやし。地元雇用優先だから、住民に働き場所もできるし」

じゃれついて、真帆の膝の上に前脚を載せてきた雑種犬は、耳の形はダックスフント、口の周りはシュナウザー、しっぽの巻きかたは柴犬《しばいぬ》、目はパグといった珍妙さで、愛嬌《あいきょう》のかたまりのようだった。

女性と犬が海のほうへ行ってしまうと、真帆は、自分が犬の可愛らしさに気を取られて、肝心なことを訊き忘れてしまったと思い、案内板のところにいる多美子を見た。多美子は誰かと携帯電話で話をしていた。

きっとシゲオちゃんだ。心配して、また電話をかけてきたのだと真帆は思い、岩瀬から滑川までのと比べるとかなり低くなっている防波堤へと歩いて行った。

そして防波堤をよじ登って、海側に両脚を投げ出すようにして坐った。

足下には消波ブロックが積まれていて、それは魚津のほうまでつづいているかに見えた。

その防波堤と消波ブロックは視界の右側から左側へと大きく曲がって行って、遠くの灯台のようなものは、真帆のほとんど前面に位置していた。

ああ、そうか、幅広い馬蹄《ばてい》が海から陸地へと踏み込む形の富山湾は、滑川の手前あたりを境として東西の直線ではなくなるのだ。私のいるところは、地図では西南から北東への線へと変じているのだ。このままずっと魚津のほうへと進み、黒部川あたりへ行くと海沿いの道は南北の縦の線になるのだ。

宿場回廊か……。旧北陸街道が海に沿ってまっすぐに作れなかったのは、富山七大河川のせいだけではあるまい。

海のほうから田園地帯側へと迂回《うかい》し、またわざわざ海側へと戻り、あっちへ曲がり、こっちへ曲がりと悠長で遠廻りな街道にせざるを得なかった地勢的な理由があるのに違いない。

「ルーシエ」のマスターは、あの道をまた歩きたいと言っていた。なんだか好きだな、と。私も好きだ。人気《ひとけ》のない、強い潮風で風化したさびれた民家の居並びから人間の息づかいが確かに漂いつづけている。

文化財保護と銘打って、古民家のあちこちを補修して安化粧で装い、「なんとかの道」だとか「なんとかの宿跡地」だとか名づけて、おじさんやおばさんが観光バスで乗りつけても、そんなものはせいぜい十五分も歩けば底が知れてしまって、おいしくもない、というよりも、たいていはまずい草餅とか名代のなんとか蕎麦を食べさせられて、古くて風情のある商家ねェ、なんて言って、それきり思い出しもしない観光用の町が、日本中に作られてしまった。

しかし、そんな人工の名所は映画のセットと同じなのだ。

そこでいまを生きている住人の気配もなければ息吹《いぶき》もない。喜怒哀楽のない、ただ古さだけを売り物にした人工物だ。

十五年前、あるいはそのもっと前から、お父さんが年に数日をすごしていたとしたら、そこに女性が絡んでいようがいまいが、この旧北陸街道の海沿いの町が好きだったからだ。きっとそうに違いない。

この静かな古い宿場町で、お父さんは誰も知らない自分だけの世界を得ていたのだ。それでいいではないか。何をしていたのかなんてどうでもいいではないか。

真帆はそんな思いにひたり、こんどは雪の季節に来ようと決めた。

うしろから足音が近づいてきた。お腹がすいたと子供のように訴えたときの、なさけなさそうな声とはまったく異なる弾んだ足音だった。

防波堤をよじ登り、真帆の隣に腰をおろし、

「海や」

と多美子は大声で言った。

「あたりまえでしょう。これ、何だと思うの？　雲じゃないのよ」

「そやけど、雲みたいな海やなァ。雲が波立ってるわ」

さっきの自分と同じように感じているらしい多美子に、

「私、ここでずっと横になっていたいなァ。こんどは冬に来るわ。タミーとね」

と言った。

「冬？　雪のなかをツーリング用自転車で？　それ、きついなァ」

そう言って、多美子は、シゲオちゃんが考えたという案を真帆に伝えた。滑川駅から富山地方鉄道に乗って宇奈月温泉へ行き、今夜はそこで泊まってはどうか、と。

真帆はタオルを枕にして防波堤の上であお向けに横たわり、富山県の地図を見た。曇り空がありがたかった。日が照っていたら、九月が始まったばかりの滑川の海の横で、こうやって手脚を伸ばして防波堤の上であお向けに寝そべったら、日焼けどころの話ではないと思ったのだ。

地図上のどの線がJR北陸本線で、どれが富山地方鉄道なのか、すぐにはわからなかった。

ふたつの鉄路はほとんど並んで運行されていたからだ。しかし、富山地方鉄道は富山駅を東に進むとふたつの線に分かれている。ひとつは不二越《ふじこし》・上滝《かみだき》線と名づけられて常願寺川の上流で立山線と合流し、立山連峰のなかに入って行く。

本線は上市というところから海のほうへとほとんど直角に方向を転じて、中滑川の少し手前から再びJR北陸本線と並行して進み、西魚津駅の手前で北陸本線と交差して海に沿って走り、電鉄石田《でんてついしだ》駅に停まったあと、また北陸本線を横切って、黒部川の南側を田園地帯から山間部へと進み、宇奈月温泉まで行っている。

ＪＲの北陸本線があるのに、富山地方鉄道も並行しているのは一見無駄なようだが、その本線が通る上市方面にも多くの町や集落があり、また、海沿いのほうにも人々が暮らしている。

黒部川の南側の田園地帯にも人々の生活の場があるし、「愛本」という駅の三つ先は「宇奈月温泉」で、そこから人気の高いトロッコ電車に乗り換えて、たくさんの観光客が黒部峡谷の大自然をめざすのだ。中には黒部ダムまで足を延ばす登山客もいる。

真帆は、富山地方鉄道の重要な役割がわかったような気がして、以前にテレビの旅番組で観たトロッコ電車と、列車から見える豊かな渓谷の光景を思い浮かべた。

「うん、そのシゲオちゃんの案は、すごくいいわね。今夜は宇奈月の温泉につかって、きときとの魚を食べようか。やっぱり富山といえばブリよね。ズワイガニも外せないわよ」

真帆の言葉に、

「いま何月やて思てんねん？　九月に入ったばっかりやで。ズワイガニは禁漁期。ブリは冷凍物。えーと、この時期、富山湾で獲れる旬の魚は……」

　そうつぶやきながらガイドブックのページをめくっていた多美子は、それを腹の上に載せてあお向けに横たわった。

「魚、獲れない時期なの？」

　と黒みを増してきた厚い雲を見ながら真帆は訊いた。

「カマスやて」

「カマス？　カマスの干物っておいしいよ」

「きときとの干物？　干物をきときとって言うか？」

「きっと地元の人は、獲れたてのカマスをお刺身にして食べるのよ。カマスの新鮮なお刺身なんて、東京でも京都でも食べられないわよ。焼いてもおいしいんじゃない？」

「私は陸揚げしたばっかりのブリのお刺身が食べたいねん」

「そんな無茶な。いま何月だと思うのかって言ったのはタミーよ。我儘《わがまま》な駄々っ子でも、九月の初めに、ここは富山なんだから獲れたてのブリのお刺身を持ってこいなんて言わないわ」

　笑っている真帆の頭頂部に多美子の頭が小刻みに当たった。多美子もタオルを枕代わりにして、頭を真帆のほうに向けて寝そべっていた。

　真帆は十五年前の蒸し暑い夜を思い出し、駅前のロータリーのところから真っすぐ海のほうへとつづいていた道に行ってみたくなった。

父はあの道を自転車で駅までやって来た。それは駅員が見ていた。だが、父がどっちからあの駅前の道に入ったのかはわからないのだ。父は北東側の滑川漁港のほうから来たのかもしれない……。

「ねェ、滑川漁港の周りを散策してからお昼ご飯にしようよ」

真帆の言葉に多美子は返事をしなかった。防波堤の上から身を起こして多美子を見ると、眠っていた。

夏の炎暑の京都でお盆休みも取らず仕事をしなければならなかったということは、よほど忙しかったのであろう。

それなのに、やっと取れた貴重な休暇を、この賀川真帆のために使ってくれている。それも初めて乗る本格的なツーリング用の自転車で。

曇り空とはいえ、三十度近い気温のなかを、富山城の横から岩瀬へと向かい、そこから海沿いの街道を滑川市へと進んで来たのだ。空腹と疲れで眠ってしまったのであろう……。

真帆はもうしばらく多美子を寝させておきたかったが、いくら曇って太陽の光線が差していないといっても、紫外線は強くて、滑川市の手前あたりから腕や鼻の頭に日焼けによる痛みと火照《ほて》りを感じていたので、このまま寝させておいたら日焼けを通り越して火傷《やけど》してしまうと思った。

真帆は多美子を揺り起こし、日焼け止めクリームを塗り直そうと促した。

「もうふとももに力が入れへん」

と多美子は言い、沖のほうから姿をあらわした小型の漁船をぼんやりと見つめた。それは滑川漁港へと向かっているようだった。

真帆と多美子は防波堤から降りると自転車を停めてあるところへ戻り、日焼け止めクリームを塗り、滑川漁港へと向かった。

漁港は防波堤に取り囲まれて、湾の一角に閉じ込められる格好で静まり返っていた。さほど大きくない漁船が五隻停泊していて、人の姿はなかった。海鳥もいない。漁業会社の古い建物が周りに並び、旧北陸街道沿いから少し山側に入ったところに木造の民家が並んでいる。

あの家々はきっと漁師たちが暮らしているのだ。真帆は二階の窓で蒲団《ふとん》を干そうと身を乗り出している老婦人の皺《しわ》深い顔を見て、そう思った。

漁業から工場勤めに転じた人も多いというが、漁港に面した家々には現役の漁師たちが住んでいるにちがいない。

「ここには漁師たちが暮らしてるんだぞ、って家が語りかけてきてるよね」

と真帆は言った。

「うん、あの十数軒は、漁師さんの家やな。そういう気配に満ちてるわ」

多美子もそう応じ返し、漁港のコンクリートの岸のところから下を覗き込んだ。そして、これからどうするかと真帆に訊いた。

「シゲオちゃんのお勧めどおり、滑川駅から富山地方鉄道の本線に乗って、宇奈月温泉へ行こうよ」

「愛本橋は素通りするのん？」

「夜、旅館で食事をとってから、自転車で愛本橋へ行きたいのよ。もしかしたら、一瞬でも雲が消えて『星月夜』が見られるかもしれないでしょう？」

真帆の言葉に、これは勘だがと前置きして、

「宇奈月温泉から愛本橋までの道は、かなりの登り下りやという気がするねん」

と多美子は言った。

「ということは、行きはよいよい、帰りは怖い……。帰りはしんどいでェ」

「何言ってんのよ。ツール・ド・フランスのピレネー山脈越えって、どれほどきつい登り道だと思うの？　ビアンキの変速機がすいすいと登らせてくれるわよ」

「宇奈月温泉の旅館に獲れたての寒ブリあるやろか」

「きときとのブリはあきらめなさいって」

真帆は笑いながら言い、ＢＨにまたがって漁師たちが住んでいそうな木造の二階屋の

前から滑川駅へと向かった。

地元では「地鉄《ちてつ》」と呼ばれている富山地方鉄道に乗ると、滑川駅を出てからしばらく左側に並んでいたＪＲ北陸本線は、いつのまにか右側へと移っていた。

真帆は滑川駅でビアンキとＢＨの前輪と後輪を外し、自分のリュックサックに入れておいたケースに車体と一緒におさめて改札口を通り、電車の座席に腰かけてすぐに寝てしまったので、いつどこで富山地方鉄道がＪＲ北陸本線と交差したのかわからなかっただけではなく、いつどこで海沿いから田園地帯へと方向を変えたのかも、いつ「愛本」という駅に停まったかさえもわからなかった。

先に目を醒ました多美子に肩を叩かれて、ホームにある「宇奈月温泉」という駅名を見て、慌てて降りた。

「よう寝てたえ」

駅から出て、旅館の広告板の並ぶところへ行くと、多美子はガイドブックに目をやりながら言った。

「愛本橋を見た？　『愛本』ってどんな駅だった？　駅から赤い橋は見えた？　駅からこの宇奈月温泉駅まではどのくらいの距離だった？　道は急だった？」

たてつづけに質問しながら、真帆は二台の自転車をケースから出し、再び組み立てた。

「そないいっぺんに何もかも訊かれても……」

と言いながら、多美子は駅へと戻り、温泉街のロードマップを貰って来て、

「いま真帆に訊かれたことには何ひとつ答えられへんねん」

と言った。

「どうして？」

「私も完全に寝てたから。ふっと目が醒めたら田園がひろがってて、元気な稲穂やなぁと夢うつつに思てるうちにまた眠ってしもて、次に目を醒ましたら、濃い緑の樹林のなかで、あれ？　さっきの田園はどこへ行ってしもたんやろと思てるうちに、また眠って、気がついたら宇奈月温泉駅やってん」

そう言って、多美子は二枚貰ってきたロードマップのうちの一枚を真帆に渡した。

三時半だった。

ロードマップを見ると、宇奈月温泉は黒部川に沿うように旅館やホテルが並んでいて、駅は温泉町から黒部峡谷に寄ったところにあった。駅を山側へと少し行くと黒部峡谷鉄道の乗り場がある。

これがトロッコ電車なのだなと思い、真帆は自転車を押して駅前を少し下り、黒部川のほうへとつながっている湯の町通りへと曲がった。薬局や喫茶店や雑貨屋があり、土産《みやげ》店も並んでいる。銀行もある。

黒部川がよく見える旅館に泊まろうと決めていたが、それらはみな大きな老舗ばかりだった。

そのうちの一軒に目星をつけると、真帆と多美子は道沿いの喫茶店に入った。喉が渇いていたし、熱いコーヒーも飲みたかった。

多美子はきのうシゲオちゃんから渡されたという鍵付きの鎖で二台の自転車を電柱につないだ。

ここは滑川市と比べると二、三度気温が低いのではないかと思いながら、真帆はコーヒーを註文し、

「今夜は贅沢にいこうね。旅館の宿泊代をけちらない。おひとり様五万円です、なんて言われたらやめちゃうけど」

と多美子に言って、運ばれてきた冷たい水を一気に飲み干した。滑川駅の近くの食堂で食べた蕎麦が塩辛かったのだ。

多美子は喫茶店の主人に旅館の名を言って、どんな旅館か、評判はどうか、宿泊代は幾らくらいかと訊いた。

この温泉町では値段は高いほうだが、露天風呂からは蛇行する黒部川が見おろせるし、どの部屋からも黒部川が見られる。

見た目は無愛想だが、主人は丁寧に教えてくれた。

「高いって、どのくらいかしら」

声を落として真帆が言うと、多美子は喫茶店から出て旅館のほうへと歩いて行った。

宿泊代を訊きに行ったのであろうと思っていたが、多美子は二十分ほどたっても戻ってこなかった。

「きょうは木曜日だけど、シーズン中だから満室かもしれませんねェ。午前中のトロッコ電車は満員だったそうです」

と主人は言った。

トレッキング・スタイルの五人づれの客が入って来るのと同時に多美子は戻って来た。

満室ではなかったので、露天風呂も部屋も見せてもらったという。

「たしかにちょっと高いけど、露天風呂の真下にある黒部川はきれいやでェ。ブリのしゃぶしゃぶを出してくれるって」

「えっ！　ブリ？」

「勿論《もちろん》、冷凍物やけど、しゃぶしゃぶにするねんから、きときとでのうてええねん」

そう機嫌良さそうに言い、多美子は宿泊代を真帆に小声で教えた。

「上等の石焼きステーキも付けてもらうことにしたから、そのぶんを加算した料金やねん」

「いいわ、今夜は私が奢《おご》っちゃう。タミーはせっかくの休暇を私のために使ってくれてるんだから」

「あかん、あかん。そんなことをしてもろたら、私、社長に叱られる。クラフ社は、絵描きさんや作家さんのお陰で商売させてもろてんねん。プライベートな旅行やというても、まほ先生に旅館代を出してもらうとは何事やって怒鳴られるわ。うちの社長はそういう人やねん」

多美子の断固とした口調に笑みを返し、

「じゃあ、私のブリのしゃぶしゃぶ、全部タミーにあげるね」

と真帆は言った。

「そんなにぎょうさん食べられるかいな」

笑いながら、多美子は宇奈月温泉町のロードマップと富山県東部のガイドブック、それに大きな地図をテーブルにひろげた。

「この道をずうっと下って行ったら愛本橋や。黒部川はそこから真っすぐに田園地帯を進んで入善漁港のすぐ左側に注いでるわ。あしたは、旅館をチェックアウトしたら、愛本橋から黒部川の右側を走って、入善町の……」

そこまでつぶやいてから、多美子はガイドブックと地図を交互に見やりながら何か考え込んでいた。

「どうしたの？」

と訊きながら、真帆も地図を覗き込んだ。

多美子は黒部川流域の幾つかの道を人差し指でなぞり、この道を行くと西入善駅へ、こっちの道は入善駅へ、とつぶやき、愛本橋から北へ延びる道をさらに指先で追って行った。

「この道は、朝日町へ行くんやなぁ。富山と新潟の県境の町。そこを過ぎたら、新潟県の親不知。この道が、愛本橋のところで黒部川の南側の道とつながってるねん」

「それがどうしたの？」

「私のガイドブックでは、この黒部川の南側の道も、愛本橋を渡って北へ進んで朝日町から親不知へとつながる道も旧北陸街道ということになってるねん。つまり、参勤交代の大名の行列も、一般の旅人も、黒部川の南側から愛本橋まで迂回して、橋を渡って北へと進んで、舟見《ふなみ》って宿場町で泊まることになるねん。なんで河口の近くから真っすぐ海沿いに入善のほうへ行けへんかったんやろ。なんでわざわざこれほどの遠廻りをしたんやろ」

真帆はどこまでが入善町で、どこからが朝日町なのかわからないまま、愛本橋からさほど離れていない街道にある舟見という地名に見入った。

旅館に入ると、真帆も多美子もすぐに浴衣《ゆかた》に着替えて露天風呂につかった。

周りの樹木からの落ち葉が湯に浮かんでいて、ふたり以外に入浴客はいなかった。野鳥のさえずりは、黒部川の下流から上流へと移って行って、これから自分たちの塒《ねぐら》に帰ろうとしているのだと感じさせた。

露天風呂からかなり下方でゆるやかに曲がる黒部川は濃淡の異なる翡翠《ひすい》色で、山の裾にはあちこちに砂洲があり、そこに流れが入り込んで、川はゆったりと蛇行しているようにに見えるのだ。

高さの不揃いな竹の柵は、客たちのそれぞれの背丈に合わせているらしかった。背の低い人は、低い柵から顔だけ出して眼下の黒部川の美しい流れを見ることができる。

露天風呂全体を造っている大小の岩のひとつに腰をかけて、多美子は、真帆の裸体を褒めた。

「その腰のえくぼとくびれが色っぽいわ。ねえちゃん、ええ体してまんなァ。たまらんがな」

「いやらしいわねェ。それ、京都弁？」

「どっちかというと大阪弁かなァ」

それから多美子は、いま恋人はいるのかと真帆に訊いた。

「いないわ。半年ほどつきあった人がいるけど別れちゃった。別れて、もう二年半になるかなァ」

「それ以後は?」

「いない。いいなァって思う人はたまにあらわれるけど、そこから先に進まないの」

「最近の男って、底が浅いわ。どんどん浅くなっていくって感じやなァ。人間として浅いねん」

「タミーは若くして、まだ二十歳になる前から、祇園の高級クラブでたくさんの男性を見つづけて……。だから余計にそう感じるのよ」

また温泉につかり、湯に浮かんでいる落ち葉を一枚手に持って、それを夕暮の明かりにかざして眺めていると、お母さんは会長としてどんな仕事をしているのかと多美子が訊いた。

母がカガワサイクルの会長に就任して約十五年間でやったことはひとつだけだ。それはいまもつづいている。

母は会長になると、すぐに日本中の自転車販売店の店主に直接逢って挨拶すると決め、それを実行に移した。

日本中の自転車屋といっても、カガワサイクルの製品を扱ってくれる店だけだが、それでもかなりの数になる。

母はまず最も売り上げの少なかった四国から始めた。四国を担当する営業部員に、一軒ずつの自転車屋の家族構成を調べさせた。

店主の年齢、配偶者の有無。

母は、ヨーロッパの高価なブランドのショールをデパートの外商部に発注し、それを車に積んで各自転車屋を訪ね、店主や店長に挨拶してから、これを奥様にとショールを渡して歩いた。妻のいない人には、お母様にといった具合にだ。

それはエルメスやセリーヌなどの高級品だったから、経費もかかる。一軒一軒を訪ねて行くのだから日数もかかる。

けれども、カガワサイクルの会長、前社長の夫人が、東京からこんないなかの自転車屋まで挨拶に来てくれて、妻にこんなに高価なおみやげも持参してくれた、という驚きは、それまで店の奥に置いてあったカガワサイクルの自転車を店先の目につく場所に移してやろうという心情に変わる。

そうしない自転車屋も多かったが、数年にいちど会長が訪ねて来て、奥様かお母様にとショールや革手袋などを置いていかれると、やはり人情というものが生まれてくる。

四国の次は中国地方、その次は北陸。

さらに東京、大阪、愛知、九州、北海道……。

会長について各地域を廻る社員もそのうち専属の担当者が決められるようになった。

日本にいったいどれほどの自転車屋があるのかわからないが、持参する手みやげ代は担当役員が顔をしかめるほどで、もうちょっと安い品物にしてくれと母に頼んだという。

しかし、母はそのやり方を変えなかった。そして、カガワサイクルの業績は少しずつ伸びていった。

目に見えて右肩上がりというのではない。去年より少しだけ、といった伸び方なのだ。母が自転車屋廻りをするようになって五年目に、五年前よりも十五パーセントの売り上げ増になって、文句を言う役員はひとりもいなくなった。

「お好きなようになさって下さい」

と何ひとつ口を挟まなかった社長の平岩壮吉は、社長を辞すとき、役員や社員に、会長こそが真の商人《あきんど》だと言ったという。

母は、いまは高知県の自転車屋を廻っている。たぶん、次は愛媛県へ移動し、いったん東京へ帰って二、三日体を休め、また専従の担当者三名と香川県か徳島県へ行くだろう……。

真帆が話し終えると、

「お母さんも凄いけど、その平岩って社長さんもたいした人やなァ」

と多美子は言い、ガラス戸の向こうの大浴場へ行って髪を洗い始めた。真帆もそうした。

夕食を終えたころから、にわかに虫の音が高くなった。

部屋はふたつに仕切られていて、食事が運ばれた八畳の和室の隣に、低いベッドが置かれたフローリング敷きの寝室があり、その奥は洗面所とシャワールームになっていた。どちらの部屋からも黒部川に面したバルコニーに出ることができる。

真帆は八時にいちど空模様を見るためにバルコニーに立ったが、星も月もない夜空には幾層もの雲の流れがかすかに動いているのが感じられただけだった。

黒部川の向こう側の低い山が動いているようで、それが峡谷のほうからの風のせいだとわかると、真帆は両側につらなる山と深い樹木によって川が風の通り道となっているのだなと思った。

その風は川に沿って吹いて行き、ちょうど愛本橋のところに集まるのではないだろうか。そこに集まった風は、愛本橋から始まる黒部川扇状地と呼ばれる広大な田園地帯へと放たれて、豊かな稲穂を揺らしながら富山湾へと抜けていく。

そんな峡谷と風と赤い橋と田園地帯とが融合しているありさまを心のなかで絵に描いているうちに、真帆は、きっと父は夜の愛本橋に立ったはずだと思った。

そうでなければ、ゴッホの「星月夜」と同じ光景が見られる場所として即座に「愛本橋」という名称が口をついて出るはずがない。

父はあのとき、「アイモト」とだけ言って、あとは口をつぐんだのだが、それが「愛本橋」であることは疑いようがない。

「星月夜」を見ることはかなわなくても、私は夜の愛本橋に立ってみよう。

真帆はそう決めて、京都で買ったTシャツに着替えた。

「やっぱり行くのん？　それやったら私も行く。夜道を真帆ひとりでは行かされへん」

と言って、多美子も浴衣からTシャツとバミューダ・パンツに着替え、リュックサックの底のほうをさぐって、四つの小さな懐中電灯とガムテープを出した。

「それがサバイバル・グッズ？」

と真帆は訊きながら、多美子がリュックサックから出すものを見た。

スイス陸軍が使うアーミーナイフ。五センチ四方ほどの携帯ラジオ。十円玉ほどの大きさの方位計。掌《てのひら》におさまるほどのＩＣレコーダーと小型だが高性能の一眼レフカメラ。オイルサーディンの缶詰が五つとアーモンドとカシュー・ナッツが入った袋。携帯電話用の充電器。濡れた紙にも書けるマーカー。携帯カイロ……。

それらを畳の上に並べ、

「完璧やろ」

と言って多美子は笑みを向けた。

「どうして懐中電灯が四つもあるの？」

「電池が切れたら困るやろ？　そやけど、四つの懐中電灯が、富山で役に立つとは予想もせえへんかったわ」

「どうして？」

「シゲオちゃんのビアンキにもBHにも、ライトは付けてないで。前とうしろにこの懐中電灯をガムテープで巻きつけたら、前から来る車にも、うしろからの車にも、二台の自転車がいてることがわかるやろ？」

感心して多美子の笑顔を見つめ、小型の一眼レフカメラを手に取って、

「カメラがあるんだったら、どうしてきょう使わなかったの？」

と真帆は訊いた。

「忘れててん」

「あきれちゃうわねェ。せっかくの旅なのに」

座蒲団で多美子の肩を叩き、笑いながら部屋から出て、旅館の従業員に愛本橋まで行って来ると言うと、真帆は自転車にガムテープで懐中電灯を取り付けた。

小さいのに光は強くて、温泉町を抜けて下り道に入ると、四つの懐中電灯の青白い光に包まれるようだった。

「スピード出したらあかんえ」

うしろからの多美子の声が風に乗って自分を追い越していくのを感じて、真帆はスピードをゆるめた。

黒々とした樹林の下を行くうちに道は曲がり、やがてアーチ状の橋が見えてきた。手前に、何の役割をつとめるのかわからない四角い金属のかたまりのようなものが黒部川

の左右の岸と岸とをつなぐ形で架かっていた。それは愛本橋とほとんど同じ高さのところに設けてある。

ここで急流の水量を調節するのだろうかと思っているうちに、真帆も多美子も愛本橋の横を通り過ぎて、戸数の少ない集落に入ってしまった。

橋の上に行くための道は別のところにあった。川の音が大きくなったが、轟音《ごうおん》というのではなく、水底のうねりのような重い響きだった。

自転車から降り、橋への坂道を押して行くと、峡谷からの風が音をたてて真帆の体に当たった。

「愛本橋って、黒部峡谷からの風の通り道ね」

そう言いながら、真帆は橋のたもとに自転車を置き、夜目でも濃い赤だとわかるアーチを見上げ、それから橋の真ん中へ歩いて行って、峡谷のほうの夜空に視線を凝らした。何も見えなかった。

晴れた夜、月はどの方向から出て、どっちへ動いていくのだろう……。

そう考えながら、峡谷に向かって右側を見ると、街路灯の光がやっと届くところに、他の木よりも丈高い木が揺れていた。

これが「星月夜」に描かれた糸杉だとすれば、どの場所に立てば、より糸杉に見えるのであろう。

真帆は橋を横切って反対側の欄干のところへ行き、その高い木を見ながら歩道をあとずさりした。

ここだ。ここよりも前だと、あの木と周りの木が混じり合うし、ここよりうしろだと木の丈が低くなる。

真帆はそう思ったが、さらにうしろにさがり、それからまた橋の上を横切って峡谷側に移った。

「月はどこに出るのかしら」

真帆は大声で多美子に訊いた。

よく聞こえなかったらしく、多美子は真帆の立っているところへ走って来た。

「あっちに出ないと、ゴッホの『星月夜』にはならないのよ」

真帆の指差す夜空を見て、多美子はバミューダ・パンツのポケットから方位計を出し、自転車から外した懐中電灯で針を照らした。

「あっちは西やなァ。正確には西南西。この愛本橋は、黒部川の上に南西から北東へと架けられてるねん。『月は東に、日は西に』って言葉があるやろ?」

「それって、どういう意味?」

「うーん、ようわからんけど、太陽は東から出て西へ沈むから、月は西から出て東へ落ちて行くってことかなァ」

「それだったら月は黒部峡谷のほうへ移動していくことになるわよ」

「気象台に電話して訊いてみよか」

「そんなことを教えてもらうために電話なんかしたら、気象台の人に怒られるわよ」

「私、東西南北って、ようわかれへんねん。北北西とか西南西なんてことを頭のなかで考えてたら目が廻ってくるねん」

その多美子の言葉に笑い、真帆は自分もそうなのだと言って、田園側に体を向けた。はるか遠くの光が海の上の漁火《いさりび》なのか民家のそれなのかわからなかった。

欄干の手すりから真下の川面《かわも》を懐中電灯で照らし、多美子は、この愛本橋の周りには、黒部川の流れを人工的に操作する重要な施設があるのではないかと言った。

「重要な役割って、どんな？」

「わかれへん」

「わかれへん、ばっかりじゃないの。訊かなきゃよかった。でも、自転車から懐中電灯を外して持って来たのは褒めてあげる。方位計を持って来たのもね」

「褒めてもろて嬉しいけど、私にも真帆にも、方位計なんて何の役にも立てへんなァ」

その邪気のない、飾り気のない口調で、真帆は、多美子を友だちとして大切にしなければと思った。

「ここよ。この場所よ。絶対にここよ。私がいま立ってるところ。ここに、お父さんも立って『星月夜』を見たのよ」

真帆のその言葉に何も答え返さず、夜空の同じ方向を見上げていた多美子は、しばらくして、寒いとつぶやいた。

「うん、寒いね。この山からの風ね」

「日焼けした腕とか膝小僧は、この風で気持ええけど」

「ねェ、ここに立ってる私を、あの小型の一眼レフカメラで撮ってよ。フラッシュをたいたら写るでしょう」

と真帆は頼んだ。

「あしたにしよう。あしたの昼間に」

「夜の愛本橋で撮ってほしいの」

「カメラ、忘れてきてん」

真帆は、多美子の尻を蹴る格好をした。多美子は走って逃げて行き、旅館に帰って、もういちどゆっくりと露天風呂に入ろうと言った。

翌朝、九時ごろに朝食を終えると、真帆と多美子はバルコニーに出て、木の椅子に坐り、顔をくっつけ合うようにしてガイドブックと地図に見入り、きょうのツーリングコースを決めた。

まず愛本橋へ行き、旧北陸街道を舟見の宿場町へと進み、そこを過ぎたら、田園地帯のあちこちへと枝分かれしている農道を気の向くままに黒部川のほうへと行く。

そして適当なところで入善町の中心部をめざし、北陸本線の入善駅から海沿いの道を黒部川の河口へと向かって、そのあと西入善駅か川向こうの黒部市の生地駅かへ行く。

いずれにしてもそのときの気分次第だが、西入善駅にせよ生地駅にせよ、二台の自転車の車輪を外してケースに納め、それを宅配便でシゲオちゃんに送っておいて、自分たちは北陸本線で富山駅に戻る。

お互いにもう一泊する余裕はあるのだが、きょうも天気予報では一日中曇り空がつづくらしいので、今回の旅はそこで終わりにして、真帆は富山空港から羽田へ、多美子は北陸本線の特急で京都へ帰る。

「よし、そういうスケジュールに決定ね」

「朝日町にもちょっと寄ろうよ。そしたら、私らは富山県の東部を全域周遊したってことになるで」

その多美子の意見に賛成し、真帆は化粧道具などを手早くリュックサックに入れた。

旅館をチェックアウトして温泉町の通りに出ると、川沿いの旅館に泊まったらしい人々はみな宇奈月温泉駅のほうへと歩いていた。

おそらくトロッコ電車で黒部峡谷へ行く人たちなのであろうと思いながら、真帆はそれらとは逆の方向へと自転車を漕ぎ始めた。

愛本橋の上に着くと、昨夜、父が「星月夜」を見たのはここにちがいないと思い定めた場所に立って、多美子に写真を撮ってもらった。

真帆も多美子をカメラに収め、きのうよりも少し明るい空と、「星月夜」の糸杉の代わりとなる一本の木を眺めていると、初老の婦人が自転車を押しながら集落のほうからやって来た。

私たちを写してくれないかと頼み、真帆は婦人にカメラを渡した。婦人は一眼レフのデジタルカメラを持つのは初めてのようだったが、真帆と多美子を、愛本橋の歩道に立たせ、扇状地を背にして三回、峡谷を背にして四回シャッターを切った。

その写し方で、婦人がのんびりとした性格だとわかり、真帆は礼を言ってカメラを受け取りながら、山側と平野部とにまたがって設置されている施設は何なのかと訊いた。

「ちゃんと写ってるかねェ」

と笑顔で言ってから、これは黒部市側と下新川郡の入善町や朝日町のほうへと平等に川の水を分配するための施設なのだと説明してくれた。

農家はどこもそうなのであろうが、水争いはときに血を見ないではおさまらないほどの騒動を引き起こす。黒部川扇状地の田圃《たんぼ》で稲を育てる農家にとって、昔はこの黒部川はありがたくもあり、手がつけられない暴れ川でもあった。

大水のときは、扇状地全体に水が溢れて砂だらけの沼地のようになるし、日照りがつづくと川の水が減って、どっちにしても田圃の稲も畑の作物も育たない。

黒部川の源流近くから海までの距離は短い。源流から海までの勾配は急だ。その高低差は三千メートル。だから、大量の砂が流されて扇状地を埋めるが、急流で揉《も》まれる石は小石にならないまま河原に堆積する。河口のところまで辿り着いた石でさえも人間の頭くらいある。

それだけではない。この黒部川の水はあまりに冷たいのだ。稲はその冷たい水に耐えられない。川に近い水田はその被害を受ける。

それらをすべて解決したのは、ある役所の技士が推奨した「流水客土《りゅうすいきゃくど》」という方法だ。川に赤土の粘土を入れて流すのだが、詳しいことは知らない。しかしその「流水客土」は成功して、豊かな田園地帯へと姿を変えた。実験はいまの魚津市木下新《きのしたしん》で行われたそうだ。

訥々《とつとつ》とした話し方だが、地元の人とはいえ、これだけわかりやすく説明できるなんて、と真帆は感心して、

「とても勉強になりました。ありがとうございました」

という言葉を自然に口にしていた。

「中学校で社会科の先生でもやってはったんやろか……」

愛本橋を渡って舟見のほうへの道へと去って行く初老の婦人の小柄なうしろ姿を見送りながら多美子は言った。

デジタル画面のファインダーで老婦人が撮った写真を見て、

「タミーが写した写真よりもきれいに撮れてるわ。構図がいいのよ」

その真帆の言葉に、

「野《や》に遺賢《いけん》あり、やなァ」

とつぶやき、多美子は自転車にまたがった。

愛本橋を渡り、川の水を公平に満遍なく田圃に供給するための施設の横を通って、先に自転車を走らせているうちに、真帆は、いったいどこまでが宇奈月町で、どこからが入善町で、どっちが朝日町なのかわからなくなった。

少し行くと寺があって、さっきの老婦人がそこの境内へと入って行くのが見えた。

道の左側に神社への案内板があり、そこを過ぎるとまた別の寺があったが、左側に、どこまでつづくのかと見惚れるほどの田園地帯がひらけてきた。

「入善の名水」と書かれた看板があったので、自分たちがどうやら入善町に入ったことを知り、真帆は横道に逸《そ》れたくなった。

稲はどれも真っすぐに立っていて、穂が垂れているのはなかった。

「自転車、ペダルを漕がんでも勝手に進むえ」

と多美子は言って、両脚をペダルから離した。

道の真ん中には融雪装置が延々とつづいていた。

頑丈そうな立派な瓦屋根の民家や商店の並ぶ地域に入ると、多美子は「舟見」と書かれたバス停の前で自転車を停め、時刻表を見ていたが、

「あれ？　朝と夕方しかバスはあれへん」

と言った。近くにある別のバス停を見ると、昼もバスが停まるようだが、偶数日と奇数日では、ルートが異なっていた。

「じゃあ、急いでいる時はどうするの？」

「自転車か車か、歩くか」

「車も運転できない、自転車も乗れない、脚が悪いって人はどうするの？　ここから入善駅までは遠いのよ」

「そこの薬屋さんで訊いてみよか？」

本気でそうやりかねない言い方だったので、真帆は笑いながら止めた。

「タミーって、そうしようと思ったら、体が自然に動いちゃうのね。わからないことがあったら、すぐに誰かに訊きに行く。このたった二泊の旅行中、ずっとそうだったわ」

「知ってる人に訊くのがいちばん手っ取り早いし、間違いがないやろ？」

「ものおじしないのね。私とは正反対。タミーは子供のころからそうだったでしょ

う?」

「うん。それでお母ちゃんによう叱られたわ。知らん人に何でもかんでも話しかけたらあかん、て」

真帆は自転車から降りて、舟見というかつての宿場町だった集落を見た。

いまこの街道筋の宿場町を「町」と呼ぶ人はいまいが、父のお気に入りの場所だったのではないだろうか。私も好きだ。ここで暮らす人々の声が根雪のように頑迷にそれぞれの生活をささやきかけてきている……。

旧北陸街道筋の家々の、岩瀬から滑川のそれとは異なる風情が、屋根の傾斜によるものではないのかと真帆は気づいた。

海に近いところよりもはるかに雪の多い山間部では、屋根の勾配をきつくしなければならず、その形状が舟見の宿場町に独特の個性をもたらしている気がしたのだ。

宿場町を抜けると、多美子は右側の低い山のほうへと進んだ。真帆も自転車に乗ってあとを追った。

どうやら朝日町の西南端の集落があるところらしかった。

真帆と多美子は、そのあたりを周回してからまた舟見の宿場町へと戻り、入善町の農道へと入った。

田園のなかに農家が点在し、きれいに区画された田圃には稲だけではなく、大豆も植は言った。

一軒の農家の敷地を囲むようにして枝や葉を繁らせている五本の杉を指差し、多美子

「あれを屋敷林ていうねん」

えられていた。

防風と防雪を兼ねた屋敷林は、どの農家にもあった。

「うわァ、延々と田園ね。どこまでつづくのかしら」

自分たちがどっちの方向へ進んでいるのかわからないまま、真帆はペダルを軽く踏みながら言った。

農道を右に曲がり、左に曲がり、勢いよく屹立《きつりつ》している稲を見やり、旧家のひときわ立派な瓦屋根を眺め、かつての暴れ川が撒《ま》き散らした砂によって、ほとんど不毛の地となった扇状地を、かくも豊かな田園へと変えた「流水客土」とは、具体的にどんなものだったのかと真帆は思った。

それを考案し実行した人たちは、幾度も実験を重ねなければならなかったことであろう。失敗は許されなかったはずだ。もし失敗したら、富山平野の東側を破壊することになりかねないのだから……。

「流水客土をやってのけた人を、この国はもっと大きく顕彰しなきゃあいけないわよねェ。世の中には、いろんな分野で、人の役に立つ大きなことをやってのけた人たちがい

るはずよねェ。農業でも漁業でも森林造りでも」

真帆は多美子を追い抜きながら言った。

「京都だけでも、そんな人、いっぱいいてるでェ」

「たとえば？」

「染色、織物、表具……。職人さんの世界やけど、この人がおれへんようになったら、もう誰も跡を継がれへんて人が」

「野に遺賢あり、ね」

真帆は愛本橋での多美子の言葉を口にした。

公民館の前を過ぎ、神社の前を行くと農道ではない道が交差していた。その左側にトンボが七、八匹飛んでいた。

「トンボや」

と叫んで、多美子はその群れを追って左へ曲がり、また農道へと入った。

「黒部川のほとりへ行く？」

真帆は行きたくてそう訊いたが、

「もうしんどい。あんなに遠いもん」

と多美子は黒部川の堤らしいところを指差し、広い道を避けて、あえて農道ばかり進んだ。

いつのまにか、ペダルを漕がなくても自転車はかなりのスピードで進むようになった。空中で急旋回したトンボの群れが、舟見の宿場町のほうへと去って行った。だんだん海が近づいてきているようだったが田園はどこまでもつづいた。

地図上では、ここから農道を西へ西へと進めば黒部川の河口と入善漁港へ達するというところで自転車を停め、さあどっちへ行こうかと真帆と多美子は相談した。

「お父さんは、滑川駅で入善駅への切符を買うたんやろ？」

と多美子は訊いた。

「うん。だけど西入善駅までの時間も駅員さんに訊いてるのよ。西入善駅からのほうが黒部川の河口に近いわ」

「それでも、入善駅までの切符を買いはったんやから、入善駅へ行くつもりやったんやて思うなァ」

「何をしに？　ボストンバッグを持ってたのよ。これから東京へ帰らなきゃいけない人が、どうして滑川から入善へ行くの？」

そう言いながら、真帆は入善駅のほうへと自転車を漕ぎ始めた。

もう父のことはいいのだ。入善にせよ西入善にせよ、どっちの駅に行こうが、何かがわかるわけではない。

私は、もっと田園のなかにいたい。これほど広大な田園を自転車でツーリングするなんで東京を出るときには想像もしなかった。そして、私は多美子とともに富山城の前から岩瀬という古い町の静寂で始まる海沿いの旧北陸街道を進む道がとても好きになってしまった。

また来たい。こんどは雪の季節に同じコースを辿ってみたいが、それは無理かもしれない。富山の天気予報を調べて、晴れの日を選び、きのうきょうと同じ道順でツーリングをするのだ。

真帆はその自分の思いを多美子に言った。

「よし、こんどは晩秋にしよう。農家の人がいっせいに田植えをしはるころに」

その多美子の言葉に、

「絶対、約束よ、ちゃんとスケジュールをあけといてね」

と言ってから、真帆は、どうして晩秋に田植えなのよと思ったが、それは口にせず、下を向いて笑いつづけた。

このまま真っすぐ行けば入善駅だという広い道を進むと、周辺は町らしくなってきて、喫茶店や食堂の看板が目に入った。

真帆と多美子は、入善駅の駅舎に入り、置いてあるパンフレットを三種類貰った。

そのうちの一枚は、表紙に富山湾のほうから入善町全体を俯瞰《ふかん》した航空写真が使われていた。

上のほうに黒部へとつながる峡谷がある。それが扇状地へと変わるところに赤い愛本橋が、虫眼鏡《むしめがね》で見なければはっきりしないほど小さく写っている。

写真の右側に黒部川が流れていて、そのさらに右側に黒部市の一部も写っていた。

扇状地はまさに言葉どおりの扇形で、それはすべて緑色だ。

海と陸地の境は鮮明で、これだけの航空写真を撮れる天候の日は滅多にあるまいと真帆が思っていると、多美子はパンフレットを持って駅員のところへ行き、舟見の宿場町はどのあたりかと訊いた。

「えーっと、このへんですねェ」

駅員はそう言って、写真の上のほうの、左側を指差した。多美子はさらにその駅員の制服の胸ポケットからボールペンを抜き取り、舟見の宿場町のあたりを丸印で囲んだ。

入善駅の前には、四台のタクシーが客待ちをしていた。

真帆と多美子は駅から海への道へと向かった。海が間近になっても田園は途切れなかった。

防波堤の近くで左に曲がり、西入善駅のほうへと走り始めたとき、あっと声をあげた多美子が、さっきの駅員さんのボールペンを持って来てしまったと言った。

「えっ！　いま来た道を駅まで戻るの？」

そう言って、自転車を停め、声をあげて笑いながら、真帆は、やはり西入善駅にも行き、それから黒部川の河口に立ち、入善漁港でひと休みしてから川を渡って黒部市の生地駅で、この多美子との旅を終えようと思った。

七福神のどれかが布袋をかついでいる姿に自分が似ている気がして、真帆は大きすぎるリュックサックをうらめしく思ったが、これでなければツーリング用自転車の携行バッグをふたつ折り畳んで入れることはできなかったのだから、どんな旅に使うのかも知ろうとしないまま、大きいほうがいいと勧めてくれた店員に感謝しなければと考えた。

狭い二車線の道で多美子を待ちながら、真帆は入善駅で貰ったパンフレットの航空写真に見入り、自分がいまいるところはどこだろうと、駅からの道を指でなぞっていった。たぶん、このあたりだな。海はすぐ近くだが防波堤があって見えない。ここが西入善駅らしい。西入善駅から海へと行けば入善漁港へ出る。そこは黒部川の河口の真横でもあるのだ。

そこで海を見て、下黒部《しもくろべ》橋を渡れば、北陸本線の生地駅まではもう遠くない。

父が入善駅までの切符を買ったあと西入善駅で降りようかと考えたとしたら、そうさせようとした何かが西入善駅にあるのかもしれない。

誰かと入善駅で待ち合わせをしていたとすれば、ひとつ手前の西入善駅で降りようとは思わないはずだ。

真帆は稲穂が風にそよいでいるさきにぼんやり目をやったままそう思った。

多美子が戻って来て、

「あの駅員さん、私がボールペンを持って行ったことに気づいてなかったえ」

と言って笑った。

　ふたりは農家が並ぶ道を走りだした。

　プレハブの小屋のようなところに三台の車が並んで停まっていて、ポリ容器を持った人たちが湧水をそこに入れていた。

　真帆も多美子も、自転車を停めるとペットボトルを持って順番を待った。冷たい天然のミネラル水は、つねに溢れ出ていて、それが富山湾を豊かにしているそうだが、誘致した工場が大量に使用しつづけたら、いつか枯渇していくのではあるまいかと真帆は思った。自然の恵みは有限なのだ、と。

「冷たい。それにたしかにおいしい……ような気がする」

　ペットボトルに半分ほどを飲んで、多美子は言った。

「おいしいわよ。それに、ただなのよ。さっきのおじさんなんて三十リットル容器に五杯も入れて行ったわ。金沢ナンバーのワゴン車。金沢からここまで湧水を汲《く》みに来たのかしら」

　真帆も湧水を飲み、ペットボトルにいっぱいに入れて、西入善駅に行こうと言った。

　ときおり、うしろから来る車が怖かったので、ふたりは農道を進み、西入善駅の海側から踏切を渡った。

入善駅周辺とは違って、商店はほとんどなく、小さな駅舎に人はいなかった。

「駅員さんがいてへんわ。ここは無人駅なんやなぁ」

多美子は言い、駅前から山側へとつづく道を進んで、すぐに戻って来た。その道には西側に民家が並んでいたが、少し行けば田園地帯で、駅前に酒屋があった。宅配便を扱っているらしく、その看板が店先に立ててあった。

真帆と多美子は壁ぎわに八つの椅子が設けられている駅舎に入り、線路とのあいだに設けられた中庭のようなところを通り過ぎながら、手入れされている数本の植木を眺めたあと、プラットホームに立った。

新潟方面へのホームに行くには、波板で囲まれた階段をのぼり、線路をまたぐようにして架けられた通路を使うのだ。その通路も汚れた波板のようなもので覆われている。

多美子は階段をのぼって向こう側のホームに立ち、海のほうに体を向けていた。

こちら側のホームから多美子のうしろ姿を見ながら、冬の夜、このホームに降りたとき、人は何を考えるだろうと真帆は思った。

海と西入善駅とのあいだには田園しかない。その田園には、屋敷林のある農家がそれぞれ孤立したように建っているだけだ。

風の強い雪の夜は、到底、ホームで電車を待つことはできないだろう。

もし、好きな人がこの西入善駅のホームに立って、風雪のなかで待っていてくれたら……。駅舎の明かりが、暗がりに立つその人をわずかに浮かび上がらせていたら……。

真帆は、そんな空想に浸った。

「ここから海が見えるえ。防波堤のちょっと上に」

と多美子は言った。

近くの踏切の警笛が鳴り、新潟のほうからやって来た特急列車が通り過ぎて行った。その瞬間、真帆はこの西入善駅に、父の影のようなものを感じた。

私は父に叱られた記憶がない。父はいつも私を大切に可愛がってくれた。父は大きな人だったのかもしれない。それを知る人が周りにいなかっただけだ。娘の私も気づかなかった。母はどうだったのだろう。

そう考えながら向こう側のホームを見ると、多美子は真帆に背を向けて海のほうを眺め続けていた。私と富山駅で別れたあと、金沢で降りて、シゲオちゃんと逢ったらいいのにと真帆は思った。

二十分ほど西入善駅のホームですごして、海側の農道へと戻り、ふたりは入善漁港をめざした。

漁港が近づいてくると、道は入り組んできて、この地で代々漁師として生きてきた人々の住まいであろうと思わせる古い木造の二階屋が並ぶところへ入った。魚の匂いがふいに漂い始めて、小さな漁港に出た。

番屋とも倉庫ともつかない傾きかけた建物の横に、屋根と柱だけのコンクリートの平屋が漁港の先端へと突き出るようにつづいていた。その横に小さな漁船が停泊している。漁港は、これまで見たどの漁港よりも高い防波堤で守られていて、船が出入りする場所も狭かった。

その漁船のための出入口に近いところまで行き、真帆と多美子は自転車から降りて、コンクリートの岸辺に坐り、ペットボトルに入れた湧水を飲んだ。

「凄い高い防波堤やなァ。そんなに波が高いんやろか」

多美子はそう言ったあと、防波堤の上を歩いて来たゴム長の男に、どうしてこんなに高いのかと訊いた。

このあたりは、寄り廻り波というのが起こるので、特別に防波堤を高くしなければならないのだと男は教えてくれた。

「寄り廻り波……。波が廻りながら押し寄せて来るんやろか」

と多美子は言い、立ちあがって黒部川の河口のほうへ歩いて行くと、すぐに走り戻って来た。

「ぎょうさんの人が魚釣りをしてはるわ。シマシマの魚が釣れてるえ」

多美子に手招きされて、真帆は釣り人たちが糸を垂れている岸壁へと移った。ぎょうさん、と多美子は言ったが、五人だった。

真帆はさらに歩いて黒部川の河口へと行き、そこから上流を見た。下黒部橋が見えていた。

見えるはずはないとわかっているのに、愛本橋の赤いアーチ橋を探して、真帆は背伸びをして爪先立ちながら、強い風雪の夜の西入善駅で誰かを待ちつづける自分の熱い心を空想した。そのような心が欲しいと思った。

第三章

京都市東山区の宮川町《みやがわちょう》の、お茶屋の木造の二階屋に挟まれるように石畳の路地が東西に延びている。

延びているといっても西側は突き当たりなので、長さは二十メートルあるかないかだ。幅二メートルに満たないその道の上には、雨除《あまよ》けの屋根が設けられているが瓦の代わりにスレートが葺《ふ》いてある。

晴れていれば、石畳の道の東側には、朝の十時ごろから昼の三時くらいまで日が当たる。

しかし、当たるといっても、宮川町の花街の本通りからわずか三メートルほどのところまでで、それより西側は数十年間太陽の光を浴びたことはないのだ。

甲本雪子《ゆきこ》の家は、その石畳の路地のちょうど真ん中にあって、一階はお茶屋風のバーで、二階が住まいになっている。

店を閉めるのはたいてい夜中の一時ごろで、ときには二時を廻ることもある。

店には、八畳の畳敷きの和室にL字型のカウンターを設けてあり、カウンターの下は掘り炬燵《ごたつ》のようになっていて、客はそこに脚を降ろして座椅子に凭れるのだ。

舞妓《まいこ》や芸妓は脚をカウンターの下に降ろしても座椅子は使わない。帯の形が崩れるからだ。

甲本雪子は、母が使っていた二階の六畳の間で、いまは自分の衣類を入れてある桐《きり》の和箪笥《わだんす》の前に正座して、きょうは二〇〇八年九月二十七日だから、来年のきょうが母の三回忌だなと考えた。

母がいなくなったらこの店も閉めてしまおうと決めていたのに、葬儀を終えた夜、宮川町の最も南側に建つマンションに帰らず、遺品を整理するために石畳の路地に面したこの部屋に泊まった際、三十年前と少しも変わらない音を耳にして、この家を手離したくないと思った。

それは幾種類もの足音だった。

舞妓の底の厚いおこぼと呼ばれる履物の音。芸妓の草履の音。酔客の革靴の音。京都の花街の探訪中に迷い込んだ観光客のウォーキングシューズの音。

それらは、路地の上に設けられた木の屋根と左右のお茶屋の建物に囲まれて反響し、奇妙なつぶやきと化すのだ。

――おもて、うら。――

――行きつ、戻りつ。――

――別れる、別れへん。――

――産む、産めへん。――

言葉と変じた足音は、最初はひどくわずらわしくて気味が悪かったが、やっと寝入って二、三時間たったころ、雪子は「どこに隠れてるのん?」という女の声で目を醒ました。はっきりとそう聞こえたのだ。

枕元の時計を見ると五時だった。

朝の五時に、こんな狭い路地で何をしているのだ。隠れるところなどどこにもありはしない。

雪子が腹を立てながらも耳を澄ましていると、それは女の声ではなく、新聞配達員の運動靴と路地の前に停めたバイクのエンジン音とが混じったものだった。

母は三十年間、この部屋で、夜中から朝まだきにかけて生じる人々のひそやかなつぶやきを、ときには夢うつつで聞いてきたのだ。私には「おもて、うら」と聞こえる足音が、母には「晴れ、くもり」と聞こえたかもしれない。「別れる、別れへん」が「咲く、咲けへん」と聞こえたかもしれない。

そう思うと、雪子は、母と話をしたくてやって来る客も多かったのだから、私がその代わりを務められる自信はないものの、せめて三回忌を済ますまで店をやって行こうと考え直したのだ。

宮川町は、ほとんど鴨川の畔といってもいい。京都市の中心部を東西に貫く四条通と五条通。交差するように北から南へと流れる鴨川。鴨川に沿って東側に川端通。その川端通をほんの少し東に入ると宮川町の花街に入る。

その川端通に、雪子の父が営むうどん屋「杉井《すぎい》」があった。父の死後、土地と店舗を売ったが、買い主は屋号をそのままにして、うどん屋を営みつづけた。

「杉井」という屋号は使わないでくれ、という母の抗議で、経営者は屋号の使用料を払うからと頼んだ。うどんの「杉井」は、京都だけでなく、大阪や滋賀や奈良の食通に知られていたのだ。

跡を継ぐ者がいなくて「杉井」を手離すしかなかった母にとっては、毎月支払われる使用料は、たいした額ではないにしても、ありがたかった。

当時、雪子は高校を卒業し、枚方《ひらかた》市にある自動車部品メーカーの事務員として働いていた。

お茶屋では料理は作らない。それぞれの店は、ここと決めた仕出し料理店から料理を取り寄せる。

食事はよそで済ませて、夜の九時ごろに訪れる客の多くは、やがて小腹が空《す》いてきて、何か胃にこたえないものを出前で註文する。

そんなとき「杉井」のうどんは人気が高く、夜の十時、十一時ごろに忙しくなる。

「杉井」を手離し、さあこれからどうやって生きていこうかと悩んでいたとき、母と仲の良かったお茶屋の女将《おかみ》が、自分の店の向かいの路地に空家があるが、そこでお茶屋風のバーをやってみないかと勧めてくれた。一階をバーにして、二階に住めばいいではないか、と。

物事を思い詰めない、あまり後先を考えない性格の母は、その話にあっさり乗ったのだ。雪子は二十二歳。母は五十歳だった。母は自分の旧姓を店の屋号にした。

「小松」を開店して最初に来てくれたのは、そのお茶屋の女将の紹介客で、「甲本刃物店」の主人だった。

宮川町から歩いて十五分ほどのところには、祇園甲部《こうぶ》、祇園東と区分された花街があり、お茶屋風バーも何軒かあった。

母は臆さずにそれらの店の女将に商売のやり方を教えてもらいに行き、まったく経験のない世界へと踏み出したのだ。

雪子が「甲本刃物店」の三男と結婚したのは二十七歳のときだ。甲本家は四条通と五条通のあいだの川端通にあって、五人の子供がいた。上三人が男だ。

長男と次男は家業を継ぐ気でいたが、三男の正晃《まさあき》は京都の私立大学の数学科を卒業して高校の教師になった。

雪子より三つ歳上で、体が大きくて、身のこなしがゆっくりで、何もかもが茫洋《ぼうよう》としているかに見える。

「木偶《でく》の坊みたいな人……」

初対面でそう思った男と、まさか結婚するとは想像もしなかったので、雪子は母の人を見る目は正しかったと、いまでもありがたく思うのだ。

「ああいうのは、亭主にはもってこいやで」

母はそう断言したのだ。


もうそろそろ開店の準備をしなければ。きょうは糠漬《ぬかづ》けの桶《おけ》から何を出そうか。酒のつまみのナッツ類とチーズは買い足さなくてもいい。

雪子はそう思いながら、一階の上がり框《かまち》のところへとつづく黒光りする木の階段を降り、カウンターの奥に入った。

玄関先の打ち水も盛り塩もさっき済ませた。客がやって来る時間までまだ一時間ほどあるが、近くの建仁寺《けんにんじ》の裏手に住む書道の先生は、ふいに開店時間前にやって来るときがある。あの先生は、ウィスキーのオン・ザ・ロックを二杯飲まないと手が震えて筆を使えない日があるのだ。

雪子がタンブラーを洗っていると、玄関の格子戸があき、男が笑みを浮かべて小さく手を振った。男がシゲオちゃんであることがわかるのに雪子は少し時間がかかった。

「いやァ、シゲオちゃん、ほんまにおひさしぶりどすなァ。うちの店を忘れんと、よう来てくれはって……」

雪子はカウンターのなかから走り出るようにして上がり框のところへ行き、北田茂生の手を両手で包み込むように握った。

自分が客にそんなことをしたのは初めてだと気づいて照れくさくなったが、雪子は手を離さないまま、どうか上がってくれと言い、十数年前にはシゲオちゃんの定席だった場所に座椅子を置いた。

北田茂生は革靴を脱いで座敷に上がり、「小松」の店内や天井を見廻したあと、昔の遊び仲間からおかあさんが死んだことは教えられたのだが、お悔やみの電話をかけるのは遠慮したのだと言った。

「新しい事業をおこしはって、元気で頑張ってはること、私も昔のお仲間から聞いてましたえ」

そう言いながら、雪子はカウンターのなかに戻り、薄く塩漬けして乾燥させた桜の花びらを桃色の湯呑《ゆの》み茶碗《ぢゃわん》に入れ、湯を注いだ。

花びらが開くのを待って湯呑み茶碗を茂生の前に置くと、

「これ、長いこと借りたままになってたやつ」

そう言いながら茂生は背広の内ポケットから封筒を出した。

怪訝な表情で封筒を受け取り、これは何かと雪子が訊くと、最後にこの「小松」に来た日の代金を払っていなかったのだと茂生は言った。

「こんなん、もうよろしおす。時効どすえ」

雪子は封筒を押し戻した。

言い訳をするようだが、建設会社を清算するとき、多くの請求書のなかにまぎれ込んでいて、すでにそのときは経理担当の者も出社しなくなっていたために、「小松」に未払いの金があることを失念した。気が付いたのは、しばらく世間から身を隠していたころで、払いたくても、にっちもさっちもいかない状況だった。

新しい活路がひらけたら必ず払おう。それも自分で「小松」へ払いに行こうと決めたが、京都という土地がいやに敷居が高くなってしまったし、当時を知る者と顔を合わせたくなかったので、こんなにも遅くなってしまった。請求額は三万円とちょっとだが、封筒には五万円入っている。

十五年と三ヵ月も未払いのままにしては少なすぎる利子だが、どうか受け取ってくれ。

茂生は言い、桜の香りのする湯を飲んだ。

「領収書は要らんよ」

ああ、シゲオちゃんは、京都に来たらまたこの店に足を向けてくれるつもりなのだなと思い、雪子は十五年も前の未払い代金に利子をつけたお金を受け取ることにした。

「なんかお作りしまひょか？　シゲオちゃんの好きなウィスキー、いまあらへんわ。酒屋さんに電話して持って来てもらいまひょ」

雪子が電話機を置いてあるところへ行くと、

「ぼくが酒を飲む時間まで、まだ一時間半もあるなァ」

と茂生は腕時計に目をやりながら言った。

「ほな、ペリエにレモンを絞ったのはどうどす？」

「あっ、それをいただきます」

雪子がアイスピックで氷を割っていると、

「南座《みなみざ》の横の大和大路《やまとおおじ》通から、ぶらぶらと歩いて来て、宮川町のお茶屋が見えて、『こなか』の格子戸と格子窓、太い竹で造った犬矢来、白地に赤い三つ輪を染め抜いた提《ちょう》灯《ちん》を見たとき、ああ、京都の魔窟に帰って来たなァと、なんか万感胸に迫るっちゅう気分やったわ」

と茂生は言った。

「魔窟？　ほな、うちのバーは、魔窟のど真ん中の、暗《くろ》うて狭い路地の奥にある魔窟の中心やねェ。家庭的過ぎる魔窟……」

と応じ返し、雪子はレモンを細く切った。

「ぼくは宮川町が好きやなァ。この路地の向かいにある置き屋の玄関先で、女の子が太陽に向かって突っ立っててなァ。あっ、舞妓時代のふみ弥《や》とおんなじことしてると思うて、立ち止まってその子の顔をじいっと見てたら、慌てて置き屋のなかに逃げて行きよった」

「黒い短いスカートに、黒のスパッツを穿《は》いてる子ォどすやろ？」

「うん、そうや。十五、六かなァ。舞妓ちゃんやろけど、まだ見習いさんやろなァ。あの子、ええ芸妓になるで。お座敷が華やぐもんを持ってるよ」

「ふみ弥ちゃんも、お天気のええ日はあそこに立って、しょっちゅうお日さんに顔を向けて、置き屋のおかあさんに叱られておいやしたえ」

舞妓も芸妓も、いまはお座敷に上がるための準備で忙しい時間だと思いながら、雪子はペリエのレモン割りを北田茂生の前に置いた。

舞妓や芸妓独特の白塗りの化粧は、お座敷勤めを終えたあとも、客のお伴でクラブやバーへ行ったり、さらに別のお茶屋に場所を変えたりする夜は、自分が所属する置き屋に帰るまで落とすことはできない。

顔全体から首にかけて、厚いマスクを何枚も重ねてかぶっているようで、慣れるまではうっとうしくて不快らしい。

だから、厚化粧から解放されると、まさに「スッピン」になって太陽を浴びたくなるという子がいる。

しかし、日に焼けることを禁じられているので、昼間、置き屋の女将の目を盗んで、格子戸から外へ出ると、亀の甲羅干しのようなことをしたがるのだ。

ふみ弥も舞妓になりたてのころ、この路地の前あたりで太陽に向かって立ちつづけて、しょっちゅう叱られていた。

ふみ弥は舞妓のころから抜きん出ていて、笛の名手としても知られる売れっ子の芸妓に育ったが、去年の春に胃ガンで死んだ。

雪子は、まだ十五、六歳だったころの、化粧をしていないふみ弥の、いたずらっ子のような顔を思い浮かべながら、

「ふみ弥ちゃんのこと、知っといやすか？」

と茂生に訊いた。

知っていると答え、それも昔の遊び仲間から聞いたのだと茂生は言った。そして、自分の名刺を雪子に渡した。

しばらくグラスのなかのペリエの泡を見てから、

「カガワサイクルの社長が亡くなりはったことは、つい最近まで知らんかった。もう十五年になるらしいなァ」

と茂生は言った。

なぜ茂生が、ふいに賀川直樹のことを話題にしたのかわからないまま、

「旅先で急死しはったそうどすえ」

と答えて、雪子は茂生の名刺に見入った。

シゲオちゃんの勘は鋭い。ほんのわずかな表情や声で、相手の急所のようなものを見抜いてくる。

雪子は心のなかで身構えつつも、昔の客のその後については知らんふりをするのがこの世界の掟《おきて》だと自分に言い聞かせた。

しかし、茂生が、今月の初めに賀川直樹さんのお嬢さんと富山で逢ったのだと言ったので、驚きを隠せない顔で、

「富山で？　お嬢さんと？　なんでですのん？」

と訊き返してしまった。

いまの自分の反応の仕方はまずかったなと雪子は慌て、たしか賀川さんにはお嬢さんがふたりいたはずだと言いかけたが、北田茂生がまったく表情を変えず、

「三十五歳や。三十一、二にしか見えへんかった。いまどき珍しい三十五歳の女性や。品があるのに、おつに澄ましてないねん。きれいな人やで」

と答えたので、一瞬にせよ狼狽《ろうばい》してしまったことを隠すためにカウンターの下に造っ

てある抽斗《ひきだし》から香と香炉を出した。

「なんでその賀川さんのお嬢さんと逢いはったんどす？」

香に火をつけながら、雪子はもういちど訊いた。

理由を説明する茂生の口からタミーという名が出ると、雪子はすぐにホステス名を「ミキ」としていた女を思い出した。茂生が何度か「小松」に伴ってきた若いホステスだった。

クラブでの名はミキなのに、なぜ茂生がタミーと呼ぶのか興味が湧いたが、あえて訊かなかったのだ。

そのホステスが昼間は大学に通っていたことを雪子は「ミキ」の勤める高級クラブのママからあとになって教えられたのだ。

その祇園では一、二を争うクラブは、ママが七十三歳の誕生日を迎えた日に閉店した。ママは生涯結婚しなかったし、子供も産まなかった。

この女になら跡を継がせてもいいと思えるホステスも二、三人いたが、そうすることで生じる厄介事をかかえ込むよりも、いっそきれいさっぱり店を閉めるほうが気楽だと考えたのだ。

茂生が、賀川直樹の次女と逢ったいきさつを手短に話し終えると、

「へえ、あのホステスさん、クララ社に入社しはったんどすか。私も、息子が小さかっ

たころ、ようクララ社の絵本を買うてやったもんどす」

と雪子は言った。

あのミキというホステスは、妹や弟からも、近所の友だちからもタミーと呼ばれていたので、いつのまにか自分も店の外ではそう呼ぶようになったのだと茂生は言い、腕時計を見た。

「お急ぎやすのん？　ひさしぶりやねんよってに、用事がないんやったら、ゆっくりしておいきやす」

と言いながら、昔、シゲオちゃんとふたりきりのときは商売用の京言葉は使わなかったなと雪子は思った。

「……どすえ」とか「……やす」という言葉を日常的に使う者はいまはほとんどいない。それらは、いわゆる花街言葉で、他にも料理屋や、京都ならではの品物を扱う店の人間が使うのだ。

茂生は、きょうはもう用事は済ませたし、あしたは休みなので、これからどうしようか迷っているのだと言い、雪子のうしろの壁にある棚に並ぶ幾種類かのモルトウィスキーのうちの一本を指差した。

「あれをロックで」

「まだシゲオちゃんのお酒の時間やおへんで」

と笑顔で言いながら、雪子はタンブラーをカウンターに置いた。そして、茂生は賀川直樹の次女と富山で逢ったことだけは話したが、なぜその人がクララ社の編集者となった元ホステスと富山に行ったのかの説明はまだだなと思った。

シゲオちゃんは、賀川直樹について、もっと他のことを話したいのではないかという気がしたが、雪子は自分から水を向けるのは避けた。

「ぼくは、この『小松』で知り合《お》うて、心安うなった人は四、五人いてるけど、そのなかでもカガワサイクルの社長がいちばん好きやったなァ。この店で初めて言葉を交わしたのは、ちょうど二十年前や。そのとき、ツール・ド・フランスとかジロ・デ・イタリアのロード・レースの専門的な話をしてくれはって、それでぼくは自転車ツーリングにはまっていったんや。その賀川さんが、富山県の滑川駅で亡くなりはったことを十五年も知らんかったなんて……」

モルトウィスキーのオン・ザ・ロックの入ったタンブラーを目の高さに持ち上げて、なかの氷をゆっくりと回転させてから、茂生は一気に半分飲み、賀川さんはこの「小松」ではこれしか飲まなかったのだと言った。

そして、賀川直樹さんを偲《しの》んでと言い、残りの半分を飲み干した。

そうか、賀川直樹の次女は、父親が滑川駅で倒れ、救急車が来たときには心肺停止状態だったことを話したのかと雪子は思った。

「雪子さんは、賀川さんが死んだことをいつごろ知ったんや？」

と茂生は訊いた。

本当は五日後だったのだが、

「一ヵ月くらいたってからどす」

と雪子は嘘をついた。

茂生がさらに何かを質問しかけてやめたことに気づいたが、雪子は黙っていた。

「まさか、賀川さんのお嬢さんと富山で逢うて、自分のツーリング用自転車を貸してあげるなんて……。縁《えにし》っちゅうのは不思議というしかないなァ」

「富山で娘さんに自転車を貸してあげはったん？」

「うん、愛本橋へ行きたがってるってタミーから聞いて、富山市内から東側のコースを教えたんや。旧北陸街道を進むコースを。そしたら、そのとおりの道を行ったそうや。途中でばててきて、滑川駅から電車に乗ったそうやけど」

茂生は言って、オン・ザ・ロックのお代わりを註文した。

「愛本橋って、どこですのん？」

と雪子は訊いた。

北田茂生が、他人の私生活を詮索する男ではないと知ってはいたが、どうやら、きょうばかりは違うようだ。いったいなぜだろう。

雪子はそう思いながら、二杯目のオン・ザ・ロックを作り始めた。その間に、茂生はコースターの裏に地図を描いた。

別のコースターにタンブラーを載せ、雪子はその地図を見た。賀川直樹の娘とタミーがツーリング用自転車で巡ったコースが、地名とともに描かれてあった。

滑川駅から富山地方鉄道で愛本駅を経て宇奈月温泉に行き、そこで一泊したあと、朝日町や入善町のほうから入善駅、西入善駅と巡り、入善漁港で旅を終え、黒部川を渡って生地駅で電車に乗ったのだと茂生は説明した。

雪子は、ふたりの女の旅のコースを、茂生が地図に描いてまで、私に教える意図は何だろうと考えた。

けれども、雪子は、ボールペンで幾つかの線や地名が描かれたコースターから視線を外し、十五年前とほとんど変わらない北田茂生の顔と、着道楽ぶりに見入った。

何かを探る目でもないし、かつて自分の会社を倒産させて塗炭《とたん》の苦しみに耐えた陰もない。

名だたる料亭であろうとお茶屋であろうと高級クラブであろうと、路地裏の居酒屋であろうとお好み焼き屋であろうと、惣菜《そうざい》屋の店先で立ち食いをしていようと、この「小松」の隅の席で芸妓やホステスを伴って飲んでいようと、誰かにそれと教えられなければ、ああ、あそこに北田茂生がいるとは気づかせない「術《すべ》」というしかないものを持っている。それも昔とまったく変わっていない。

そう思うと、雪子は、知りたいことがあるなら正直に単刀直入に訊いたらどうかと言いそうになった。

すると、茂生はかつての何人かの常連客の名をあげて、みんないまでもこの「小松」に来るかと訊いた。

そのうちのふたりは亡くなったが、あとの三人はいまでも来てくれると答え、たいていの人が知っている歌舞伎役者の名前を口にした。

「南座で公演してないときでも、わざわざ新幹線に乗って東京から来てくれはりますねん。来るたびに、シゲオちゃんはどないしてるやろって私に訊きはりますえ」

お茶屋風のバー「小松」を贔屓にする客の多くは、ひとりになりたいときにやって来る。

「小松」は、舞妓や芸妓やホステスを伴って来る客がいても、大声で騒いだりしないし、むやみに隣席の客に話しかけたりもしない。

雪子の母は、カウンターのなかの自分用の椅子に腰かけて、客に話しかけられたら愛想よく応じるだけで、「招き猫が笑っている」とひやかされる表情で、糠漬けの浅漬けを切ったり、出前のうどんやお好み焼きを電話で註文したりするだけだった。

雪子も、その母のやり方を習って、ひとりで静かに飲み直したいのであろう客には自いるのだ。

分のほうから話しかけないようにしてきた。

「小松」に来る客のほとんどは、すでに料亭やレストランやお茶屋で食事を済ましているし、そこでは商売相手を接待して、賑《にぎ》やかに振るまってはいても、神経を遣っている。どんなに飲んでも生酔い状態で、招待した客と別れると、どこかで静かに飲み直したいのだ。

ろくな話し相手もできないホステスばかりの店に行くと余計に疲れるし、といって殺風景な居酒屋で酒だけ飲めば翌日にこたえる。

そんなとき、狭い石畳の路地の奥の「小松」の、なんとなく家庭的な空気が漂う畳敷きのバーで、あぐらをかいて「おかあさん」が作った茄子《なす》や胡瓜《きゅうり》や茗荷《みょうが》の浅漬けを食べながら、ひとりで生酔いの酒を燃焼させたくなるのだという。

京都の花街にはお茶屋風バーが多いが、素人臭さ、客の質、立地条件においては「小松」がいちばんだというのが馴染み客の評価だった。

その歌舞伎役者も似たような言葉で「小松」を褒めてくれるが「素人臭さ」という言い方はしない。

道を間違って暗い路地に迷い込んだら、母と娘ふたりで暮らしている小さな京町家に上がってしまって、酒をご馳走になった……。そんな感じなのだと言って「素人臭さ」という言葉を否定するのだ。

その歌舞伎役者は、次代を担う若手として脚光を浴び始めたころ、妬んだ先輩から「素人臭さが新鮮に見えるだけだ」と多くの人の前で罵倒されつづけた時期があって、以来「素人臭い」という言い方を最大の侮辱と受け取るようになったのだ。

「新《しん》さん、もう押しも押されもせぬ大御所になりはったなァ」

と茂生は笑みを浮かべて言った。

新一《しんいち》というのがその歌舞伎役者の本名で、いつのまにかこの「小松」でだけ、茂生は「新さん」と呼ぶようになっていた。

「そやけど、あんまり体が丈夫やおへんよってに……」

雪子はそう応じ返し、「つるもと」の仕出し料理を取ろうか、いまならまだ註文に応じてくれるだろうと言った。

茂生は腕時計を見て、ウィスキーを飲み、きょうは七時過ぎの電車で金沢に帰ることにすると言った。

「ぼくが賀川さんのお嬢さんとタミーに勧めた富山のツーリングコース、ぼくはまだ自分で走ったことがないんや。ツーリング仲間から聞いてたのをそのまま教えただけやねん。天気のええ休日に、おんなじコースを辿って愛本橋へ行ってみる。旧北陸街道を、滑川、魚津、黒部と進んで、黒部川の上流まで。というても愛本橋までやけど。滑川駅の、賀川さんが倒れた場所で、そっと黙禱《もくとう》したいなァ。賀川さん、秘書もつれずに、ひとりで何のために滑川へ行きはったんやろ……」

茂生の最後の言葉は、ひとりごとのようではあったが、雪子はそれとなく投げかける問いに思えた。

だが、聞きすごして、

「金沢から自転車で？　ツーリングっていうのは、長い距離を自転車で走るんどすやろ？」

と雪子は訊いた。

「いや、それはいまのぼくにはいちにちでは無理やなァ。富山まで自転車を車で運んで、タミーと賀川さんのお嬢さんがスタートしたところからスタートや。自分が勧めたコースを自分が走ったことがないっちゅうのは無責任やからなァ。タミーは、富山駅で賀川さんと別れて、金沢で電車を降りて、ぼくに電話をしてきよった。まだあとふつかも休みがあるから金沢の街もぶらついてみたいって。それで、その夜は一緒に食事をしたんや。そのとき、賀川直樹さんがお嬢さんにプレゼントしたという万年筆と『甲本刃物店』にしかない砥石の話をしよった。ぼくは迂闊《うかつ》にも、新しい万年筆で、水に濡らした砥石に『ラフマニノフ』と自分のいつもの筆圧で七、八回書くんやって言うてしもた。あれは一生の不覚や。タミーのやつ、びっくりして、なんでそんなことを知ってるのかって訊いたから、万年筆の愛好家は誰でも知ってることやって誤魔化したけど、あれはここで賀川さんがぼくに教えてくれて、砥石を甲本刃物店で註文して、ミラノの『ピナルディ』っちゅう有名な文具店でペリカンの上等の万年筆を買うてから、一緒に送ってくれはったんや」

茂生の言葉に、どうしてそれを口にしたことが一生の不覚なのかと雪子は訊いた。

「タミーは勘もええし頭もええ。新しい万年筆を自分の手に合うようにするために、日本でいちばん柔らかい砥石にラフマニノフと書くことが愛好家の常識や、なんて嘘が通用する女やないねん」

「なんでそんな嘘をついたんどす?」

「ぼくと賀川直樹さんが親しかったってことがわかってしまうがな」

「わかったら困るんどすか?」

茂生はオン・ザ・ロックを口に含み、舌の上で転がすようにしてから飲み下し、

「この『小松』で知り合うたこともばれるかもしれへん。タミーは、たしか二、三回、この店で賀川直樹さんを見てるはずや。ここでは、あの人は誰それさん、この人は何々会社の社長なんてことは口にせんから、ぼくと話を交わした客については、タミーもぼくが教えへんかぎりは訊いたりせんからなァ。そやけど、タミーは海歩子《みほこ》ちゃんを覚えてるはずやし、賀川さんと海歩子ちゃんの仲も、うすうすわかってたにちがいないやろ。海歩子ちゃんが富山の滑川から京都に働きに来てることも、誰かから聞いてたとしたら、

タミーのなかで、ばらばらの点が一本の線につながるがな」

と茂生は言った。

やっと、海歩子の名が出た。そう思いながら、

「何が一本の線につながるんどす？」

と、さっぱりわけがわからないといった表情を作って、雪子は訊いた。

かすかに笑みを浮かべて雪子の顔を見ていたが、茂生は細い杉綾織《すぎあやお》りの背広から財布を出した。

雪子は、茂生が代金を払おうとしたので、請求書を送るので振り込んでくれればいいと制した。

「ぼくは代金を踏み倒して十五年も姿をあらわさんかった男や。きょうは現金で払うのがルールやろ」

「そんなことはかめしまへん。うちは現金お断りどす」

そう笑顔で言い、ちょうどいい頃合に漬かった茄子と胡瓜があるが、口直しにどうかと勧めた。茂生がウィスキーなら二杯しか飲まないことを覚えていたのだ。

「ここの糠漬け、懐かしいなァ」

「お母ちゃんほど上手に漬けられへんけど、最近、昔からのお客さんに、雪ちゃんの浅漬けも、おかあさんの味に近づいてきたって褒めてもらえるようになったんどすえ」

そう言って、雪子は階段をあがり、糠漬けのための木桶を三つ並べてある三畳ほどの板の間に行き、茄子と胡瓜を一本ずつ抜き、水で洗って階下の店に戻った。

シゲオちゃんのほうから海歩子の名を出すとは。そういうことは決して口にしない男なのに。だからこそ、店のカウンターに坐って、ずっと遠廻しに謎かけをつづけ、私の口から海歩子のことを喋らせようとしていたのに。私が喋らなければ、そのまま別の話題に移すか、あるいは口を閉ざして夕方のウィスキーの酔いを楽しむかして帰って行くだろうに……。

雪子は、カウンターのなかで浅漬けを切り、伊万里《いまり》の中鉢に盛った。

「海歩子ちゃんは、いまも白川《しらかわ》通の美容院で働いてるのか？」

と茂生は訊いた。

「いまは富山市内で、自分で美容院を経営してるそうですねん」

このくらいは教えてもさしつかえないだろうと思い、雪子はそう答えた。

「へえ、自分の店を持ったんかァ。夢を叶《かな》えたなァ。そやけど、美容院の経営も大変や」

「毎年、欠かさず年賀状をくれるし、お母ちゃんのお葬式にも来てくれたし」

茂生は二杯目のウィスキーを飲んでしまってから、伊万里の中鉢を手元に引き寄せて、

「思い出の古伊万里や」

と言った。

その茂生の言葉で、そうだ、この古伊万里の中鉢は、賀川直樹が京都の骨董《こっとう》店で買って「小松」に置いたのだと雪子は気づいた。

賀川直樹も「小松」の浅漬けが好きで、いつだったか、自分専用にとこの古伊万里を持参したのだ。最後に浅漬けを食べるときは、これに盛ってくれ、と。

もし割ったりしたらと母は断ろうとしたが、たいして高価なものではないので割れてもかまわないと賀川直樹はしつこかった。

珍しいことだったので、母は、それなら賀川さん専用の浅漬け用の中鉢をお預かりしようと言って、つねに器類をしまう棚の左隅に置くようにしたのだ。

私はどうしてそんなに大事なことを忘れてしまっていたのだろう。

雪子は自分の迂闊さにあきれながら、

「地方の小さな町に行っても、美容院はあちこちにおまっせ。過当競争で、よう共倒れせんことやと人ごとながら心配してしまいます」

と言った。

「下手な美容院はどんどん店を閉めていってるで。残るのは、結局、腕のええ、カラーでもカットでも上手なとこやねん」

「海歩子ちゃんが富山の市内に美容院を開店してもう十一年どす。十一年もつぶれんとやって来たということは、上手なんやねェ。白川通のあの美容院での五年間の修業の賜《たま》

「海歩子ちゃんの美容院は富山市のどこにあるねん？」

茂生の問いに、

「さあ、お店がどこかは知らんのどす。年賀状には家の住所しか書いてないから」

と雪子はまた嘘をついた。

「私、富山には行ったことおへんねん」

嘘をつきつづけるのに疲れて、雪子は本当のことを言った。

父も母も亡くなったが、いちど富山に遊びに来てくれ。滑川の実家は手離さずにそのまま私が住んでいる。家の裏はすぐ海だ。小さな裏庭からは防波堤に邪魔されて海はほとんど見えないが、二階の部屋からの風景の美しさは自慢できる……。

そう海歩子は誘ってくれるのだが、その機会を得ないまま十数年が過ぎたのだ。

茂生は、賀川さんのお嬢さんは本名をひらがなにした「かがわまほ」という名の絵本作家で、すでにたくさんの絵本を出版していて、子どもたちのファンが多いそうだと説明しながら、浅漬けを残さず食べると、いまなら六時台の電車に間に合うかもしれないと言って立ちあがった。

雪子は路地の入口まで茂生を送った。この四、五日で急に日が短くなったなと思った。

通りに並ぶお茶屋や料理屋にも、宮川町の、白地に朱色で三つ輪紋を染めつけた提灯

にも明かりが入って、これからお座敷へ向かう芸妓三人が、

「おかあさん、こんばんは」

と挨拶をして行き過ぎた。

「行っといでやす」

雪子も三人に声をかけながら、川端通のほうへと曲がって行く茂生のうしろ姿を見つめた。


その夜、最後の客が帰ったのは一時前だった。

芸妓連れの客を路地の途中まで見送り、玄関の両脇の盛り塩を掌に載せて片づけていると、路地を挟んで向かい側のお茶屋の二階から三味線の音が聞こえた。

あれは囃子方《はやしかた》の市峰姐《いちみねねえ》さんだと気づき、こんな遅くまでお座敷で三味線を弾くのは珍しい、どんなお客さまなのだろうと思いながら、雪子は店のなかに入って格子戸を閉め、玄関の明かりを消した。

今夜は客が多くて、その出入りもめまぐるしくて忙しかったが、このいつにない疲れはシゲオちゃんとの腹の探り合いのようなやりとりのせいだ。

けれども、シゲオちゃんの身につけるものの趣味の良さは、さらに磨きがかかっていたし、ちょっとした表情や仕草から漂う色気には渋さが加味されていて、やはり見惚れ

た。男の色気というものだ。

会社の倒産から再起して、新たな事業を軌道に乗せるまでは、言うに言われぬ苦労を重ねたことであろう。

それが、シゲオちゃんを人間として磨いたとすれば、夏目《なつめ》海歩子の十五年間も、同じ方程式が当てはまる。

雪子は、北田茂生が帰ったあと、海歩子や賀川直樹や、ふたりのあいだに生まれた佑《ゆう》樹《き》の顔がしきりに浮かんでくるままに、そんな感慨にひたりつづけたのだ。

夫の正晃には、夕方、今夜も店の二階に泊まると電話で伝えてあった。

雪子は、客たちの煙草の吸い殻を専用の蓋付の缶に入れ、くすぶっているものがないのを確かめたうえで、念のために、割った氷の残りを放り込んで二階へ上がった。

北側と南側の窓をあけ、空気を入れ換えるあいだに割烹着と栗《くり》色の着物と白足袋を脱ぎ、窮屈で使い勝手の悪い洗面所で化粧を落とし、顔を洗った。

そして、夏目海歩子が京都で佑樹を産んだころのことを思い浮かべた。当時のことを思い出すたびに、雪子の脳裏には、平岩壮吉の一見怖そうな、熟練の刑事のような目つきが甦る。

十五年前の九月の初め、海歩子が滑川の実家で賀川直樹と一夜をすごしたとき、自分の妊娠にはまだ気づいていなかった。

あの日、海歩子は、入善町の兼業農家の長男と結婚した姉に法事の手伝いを頼まれて、早朝に自分の軽自動車を運転して出かけた。

法事は午後の十二時半からだったので、どんなに遅くなっても三時半には帰路につけると言うと、賀川直樹は、黒部川の上流のあの赤い橋に行きたいから入善駅まで迎えに来てくれと頼んだ。

きょうは天気がいいから、あの橋で美しい月が眺められるだろうが、月の出を待つ時間はない。今夜、京都で人と逢う約束をしている。

だから、橋で二、三十分すごしたら、また入善駅へ送ってくれ。自分は電車で富山駅まで行き、特急雷鳥に乗り換えて京都へ行き、ホテルで一泊してあした東京へ帰る。

そう直樹は言った。

滑川駅から海のほうへと行って、旧北陸街道を左に曲がったところに、かつての宿場町があり、海歩子の実家はその一角の高い堤防に接するようなところに建っている。

昼下がりの最も暑い時分に、旅行鞄を持って駅まで歩くのは疲れるだろうから、私の自転車を使えばいい。自転車は駅のロータリーの西側にある自転車置き場に停めておいてくれ。あなたを見送って、軽自動車を自宅の駐車場に置いたら、スーパーで買い物をして、その自転車に乗って帰る……。

海歩子のその言葉に頷き返したあと、もし約束の時間に入善駅にいなかったら西入善駅で待っていると思ってくれと直樹は言った。

あの無人駅がよほど好きなのだなと思い、海歩子は了承して、姉の嫁ぎ先へと出かけた。

法事は三時前に終わり、あと片づけを手伝って、海歩子は軽自動車で入善駅へ向かった。約束の時間を過ぎてから駅に停まった直江津行きの各駅停車に直樹は乗っていなかった。海歩子は西入善駅へ行ったが、そこにも直樹はいなかった。

さっき入善駅に停まった電車の次のはまだ西入善駅に着いていないから、きっとそれに乗って来るのだろうと思い、海歩子は線路をまたぐ格好で設けられている通路を渡って新潟方面へ行く列車が通過するホームに立った。

滑川のほうからやって来た電車にも直樹は乗っていなかった。

いまの電車に乗っていたのに、ホームに立っている私に気づかずに入善駅へ行ったのだと考えながらも、海歩子は胸騒ぎに襲われた。これまでいちども直樹が約束の時間に遅れたことはなかったからだ。

海歩子は、軽自動車で入善駅へ戻り、次の電車を待ち、再び西入善駅へ戻り、ということを三回繰り返したあと、胸騒ぎを抱きつづけたまま滑川駅へと行き、自転車置き場に停めてある自分の自転車を見た。そして、海沿いの家へと戻った。

玄関の戸には鍵がかかっていて、鍵は家の裏側に並べた小さな植木鉢の、右から三つめの下に置いてあった。玄関の鍵はそこに置くとふたりで決めたのだ。

何があったのだろう。急用ができて東京へ帰らなければならなくなったとしか考えられない。しかし、それならば、郵便受けにその旨を書いたメモを残していくだろうに……。

海歩子は少し腹を立てながら、日が翳《かげ》るのを待って滑川駅へと歩き、いつも念のためにハンドバッグに入れてある合鍵で自転車の鍵を外すと、スーパーへ向かった。その夜も翌日も直樹から電話はかかってこなかった。

直樹の家や会社に電話をかけるわけにはいかない。いつも直樹のほうから、下鴨《しもがも》の海歩子のマンションに電話をかけてくるのだ。

海歩子は月曜日の朝、滑川駅から富山駅へと行き、特急雷鳥に乗り換えて京都へ戻り、下鴨のマンションへと急いだ。

留守番電話は三件入っていたが、三件とも海歩子が勤めている美容院「カットハウス・クリップ」のオーナーからのものだった。

直樹は私が月曜日に京都に戻ることは知っている。月曜日は美容院は定休日だが、宮川町の「小松」は週のうちでも忙しい日なので、ちょっと手伝ってくれと電話をかけてくることが多い。

手伝うといっても、たいしたことはできない。糠漬けを木桶から出して洗い、それを切って器に盛ったり、出前を頼む電話をかけたり、帰る客のためにタクシーを手配したり、雪子さんが作ったウィスキーの水割りやハイボールを客の前に運んだり……、その程度だが、持病の腰痛で立ったり坐ったりするのがつらい杉井のおばさんにとっては、私のような者でもありがたい存在なのだ。

もしかしたら、直樹からは今晩あたり「小松」に連絡があるかもしれない。

海歩子はそう思って、いつでも「小松」に行けるようにと早目に夕食を済ましたが、手伝いを求める電話はかかってこなかった。

直樹と滑川の実家の玄関口で別れて五日後に、美容院での仕事がいつもより早く終わったので、海歩子は夜の九時ごろに「小松」に行った。

いつもどおりに笑顔でカウンターのなかに入り、エプロンを付けて、五、六人の客たちの顔ぶれを見たとき、杉井のおばさんと雪子さんの表情がおかしいのに気づいた。

ふたりは互いに目と目を合わせ、それからその目を海歩子に注ぐということを二、三度繰り返した。

「海歩ちゃん、ちょっと……」

と小声で言い、雪子さんはカウンターから出て玄関の上がり框のところでそっと手招きをして路地の奥のほうへと歩いて行った。

海歩子は、きっと直樹のことだと思った。胸騒ぎが適中したのだ。直樹にいったい何が起こったのだろう……。

海歩子は「小松」から出て、雪子が立っている路地の突き当たりへと行ったが、膝が震えてまっすぐ歩けなかった。

「海歩ちゃん、あんた、賀川さんのこと、知らんのん？」

そう訊いた雪子の顔を海歩子はただ無言で見入るばかりだった。

さっき、この店で賀川さんと知り合って以後、懇意にしてきた奥田《おくだ》さんが来た。きのう、賀川さんのお葬式に参列したついでに東京で少し仕事をして、さっき京都に帰って来たというので、びっくりして、どうしてしらせてくれなかったのかと海歩ちゃんに電話をかけようと思っていたところだと雪子は言った。

「えっ？　お葬式？　誰の？」

海歩子は、いまたしかに賀川さんのと聞いたのに、呆《ほう》けたようにそう訊き返した。

「あんた、知らんかったん？　五日前の土曜日に、出張先のどこかの駅の改札口で倒れはったんやて。救急車が駅に着いたときには息もしてないし心臓も止まってたそうやねん」

「駅て、どこの駅？」

「さあ、奥田さんもカガワサイクルの人におんなじことを訊かはったそうやけど、ただ出張先でって答えるだけで、どことは教えようとせえへんかったらしいえ」

海歩子は、滑川駅か西入善駅か入善駅のどれかにちがいないと思いながらも、金曜日から土曜日の朝まで、直樹と滑川の実家でふたりだけの時間をすごしていたと言えなくて、雪子の顔を黙って見つめるだけだった。

いつまで賀川直樹との関係をつづけるのか。そんな腐れ縁のようなことをつづけて、誰が幸福になると思うのか。行き着く先は目に見えている。ものには潮時がある。別れるときが来ているのではないのか。

ほんの一週間ほど前に、雪子にそう言われたばかりだったので、海歩子は本当のことを話せないまま、エプロンを外して雪子に渡し、自分のショルダーバッグをカウンターのなかから取って来てもらうと、その夜は「小松」の手伝いをしないまま、宮川町の本通りを北へ歩き、大和大路通を南座の横まで出て、四条通と交差するところでしばらく立っていた。

行き交う人の数は多く、ぼんやりと立ちつくしている海歩子は通行の邪魔になっていて、わざとぶつかってきて舌打ちをした男に睨《にら》みつけられた。

下鴨のマンションに帰る気にはなれず、といって行く場所もないまま、海歩子は八坂《やさか》神社のほうへと歩いた。

あの日に直樹が死んだ？　私が姉の嫁ぎ先の法事を手伝っているときに？　本当だろ

うか……。

だが、奥田さんは賀川直樹の葬儀に行ったのだ。奥田さんが嘘をつくはずがない。そんな作り話をする必要もない。

滑川へ行こう。そして、滑川駅、西入善駅、入善駅で駅員に訊いてみよう。土曜日に改札口で亡くなった人がいるそうだが、と。

西入善駅には駅員がいないから、駅前の酒屋で訊けばいい。

海歩子は「カットハウス・クリップ」の下鴨店をまかされていたので、アシスタントのなかで最も信頼できる者に一日店長を頼もうと決めた。朝一番の特急雷鳥に乗れば、夕方には京都に帰れると思ったのだ。

翌日、滑川駅に着くと、改札口のところにいた中年の駅員に訊いた。先週の土曜日に、ここで男性が亡くなったそうだが、幾つくらいの人か、と。

駅員は少しいぶかしそうに海歩子を見やり、

「五十歳だったんやと。私の目の前でうずくまったもんやから、慌てて救急車を呼んだがやけど、駄目やったちゃ。自転車に乗って、向こうから来たがやぜ」

と教えてくれて、海のほうを指さした。

「あんた、なんでそんなこと訊くがけ？　知り合いけ？」

海歩子はそれには答えず、いったん切符を渡して改札口から出ると、富山行きの切符を買って、またすぐに改札口を通り、反対側のホームへと行った。あえて京都までの切符を買うのを避けたのだ。

そうか、だから自転車置き場に、私が高校生のときに使っていた自転車が停めてあったのかと得心した途端、海歩子は初めて泣いた。


これが、滑川の海辺の家で別れてから、六日後に再び滑川へ行き、直樹の死をたしかめるまでのことを語った海歩子の話のあらましだった。

甲本雪子が海歩子からこの話を聞いたのは、直樹の死後、二十日ほどたってからだ。しかし、そのときも、夏目海歩子は自分が妊娠していることを知らなかったのだ。

十五年前、海歩子は三十二歳だったから、ことし四十七歳か、と雪子は路地の足音を聞きながら思った。

代々、滑川漁港の漁師だった夏目家は、海歩子の父の代で漁業から身を退いた。女の子ふたりしか生まれなかったし、真冬の海での操業中に海歩子の父は右腕を失くす大怪我を負った。

どんな事故だったのか、雪子は知らないが、漁業会社からかなりの額の補償金が支払われたらしい。怪我が癒えて、さてこれからどう生きたらいいのかと考えていたころに、父親はいやにしつこい風邪《かぜ》をひいて寝込んでしまった。

三十八度くらいの熱が、下がったかと思うとすぐにぶり返す。大怪我のあとで体が弱っているのだろう、安静にしていれば治ると父親は言って医者にかかろうとしなかった。ふつか後の夜に息遣いがおかしくなり、意識も混濁して、当時高校三年生だった海歩子の姉が近所の医院に走って医者をつれて来た。

医者は、たちの悪い肺炎だと言い、救急車を呼んで父親を大きな病院へと運んだが、翌日の昼ごろに亡くなった。海歩子はまだ中学生だった。

ちょうどそのころ、滑川市に幾つかの会社の工場が誘致されて、そのなかに自動車部品を製造するメーカーがあった。

海歩子の母親を、その工場の社員食堂で働けるように口利きをしてくれたのは、父親が働いていた漁業会社の社長だった。

だから、父親が死んでからは、海歩子と姉は母親の女手ひとつで育てられて高校を卒業したのだ。

海歩子の姉の就職の世話をしてくれたのも漁業会社の社長だったという。

漁師の妻ではあったが、海歩子の母親は姉妹が幼いころから、何か腕に職をつけさせたいと考えていた。

けれども、長女は気が弱くて引っこみ思案で、地元の会社に事務員として働くのが最も適しているようだった。

なにやかやと突飛なことをしでかして親を驚かせることが多いが、機転も利くし物おじしない次女には自分のささやかな夢を託してもいいのではないか。

海歩子の母はそう考えて、看護婦、美容師、管理栄養士のうちのどれかを選べと勧めた。どれも、海歩子が高校を卒業してからさらに二年とか三年とかの期間、そのための専門学校に行かねばならないが、夫が大怪我をした際に漁業会社から支払われた補償金には手をつけていなかったので、それを次女のために使おうと決めていたのだ。

海歩子は美容師への道を選び、京都で最も実績のある美容学校の願書を取り寄せた。富山市内にも美容学校はあるのに、どうしても京都でなければ駄目なのだと言い張り、思いつくままにさまざまな理由をこじつけて母親を説得したらしい。

海歩子の魂胆をすぐに見抜いたが、母親は娘の希望を叶えてやろうと思った。生まれてからずっと滑川の旧街道沿いの海辺で暮らしてきた十八歳の娘が、東京にせよ大阪にせよ京都にせよ、親の目から離れて都会で暮らしたいと思うのは当然だ、と。

親の目だけではない。昔から見知った近辺の人々の目は、ときには口やかましい親の目よりもわずらわしいのだ。

誰がどこで見ているのか、夏目さんとこの下の娘は、きのうは夜の十一時に帰って来て、けさは六時に出て行った、ということが半日もたたないうちに本人の耳にも届いてしまう。

よし、京都の美容学校へ行け。しかし、それには条件がある。圭子《けいこ》おばさんがお前を預かってくれるならだ。

母親は言って、自分の母方の従妹《いとこ》である甲本圭子に電話で相談した。圭子の実家は黒部市の兼業農家で、地元の高校を卒業して甲本刃物店に勤めて、六年後にそこの跡取り息子と結婚したのだ。

甲本圭子はかなり躊躇《ちゅうちょ》したようだったが、とりあえず本人をつれてきてくれと言った。危なっかしいところのある十八歳の娘を預かっても責任が持てないからとつけくわえた。

雪子は当時二十四歳で、勤めを辞めて母が始めたお茶屋風バー「小松」を手伝うようになって二年がたっていた。

夫の母親、つまり雪子の姑《しゅうとめ》となる甲本圭子は、江戸時代からつづく「甲本刃物店」が初めて嫁として迎えた京都人ではない女だった。

古くからの京都のしきたりや祭事、京都人独特の本音と建前の使い分け、商売のやり方、家計の切り廻し方……。

それらいっさいがっさいは、京都人でなければ飲み込めないものばかりで、そのことによる神経の消耗で夫婦の仲に亀裂が生じる場合が多い。

とりわけ「甲本刃物店」のような旧家の嫁は、京都で生まれ育った女でなければ務まらないといってもいい。

だが、圭子は生来の鷹揚《おうよう》さと暢気《のんき》さで、夫の母親との摩擦を深刻に受け止めることなく、いつのまにか甲本家の主導権を我が物としていった。と同時に、まあ、うちの息子には、ああいうパッパラパーの嫁がいちばんいいのだから、あそこが気にいらない、ここが足りないなどと口やかましいことは言わないでおこうと、姑にも舅《しゅうと》にも思わせてしまったのだ。

雪子は、自分の姑があんな人だったから、高校を出たばかりの従姉《いとこ》の娘を預かって、「小松」の二階の六畳に住まわせてやってくれと気楽に頼んできたのであろうと思う。

海歩子は、京都で暮らすようになると、昼間は美容学校に通い、夜は「甲本刃物店」の伝票の整理や店の掃除を受け持って、自分に与えられた仕事は几帳面《きちょうめん》にこなしていて、「小松」が忙しいときは、こちらから頼まなくてもカウンターのなかに入って手伝ってくれるようになった。

母の部屋と襖《ふすま》一枚隔てたところに海歩子がいてくれるようになったので、それ以後、雪子は借りたまま昼間しか使うことのなかったマンションでの生活に切り替えた。

「小松」には風呂がなく、近くにあった銭湯も店仕舞いをしてしまったので、まるで昼間に風呂に入るためだけに家賃を払っているような状態が長くつづいていたのだ。

海歩子は、二十歳で美容学校を卒業すると、白川通にある「カットハウス・クリップ」で働きながら、現場での仕事を修得していった。

美容院でアシスタントとして修業を始めると、まず接客から学ぶ。客への挨拶の仕方、声かけ、お辞儀の仕方、電話の応対の際の言葉遣い……。それらがひととおりできるようになると、客の髪のシャンプーを担当する。それも最初は心地良い温度の湯を流すだけだ。

店のオーナーと熟練の先輩によるシャンプーの技量のテストを六回くらい受けて、それに合格すると、次はワインディングだ。

ロッドを巻く技術のことで、これも四、五回のテストを受ける。そのテスト期間中に、並行してカラー塗布を学び、何度も練習を重ね、同時にパーマ液の塗布練習もする。

ワインディングのテストに合格したら、ブロー技術の修得とアイロンの練習に入る。このブローテストは八回合格しなければならない。

次に待っているのはカットの技術だ。美容師の技術と感覚が最も顕著になる難関だけにテストは十回通らなくてはならない。

この最後のテストに合格するまで約三年から五年かかる。

「よし、まあまあやな。なんとかお客さまの髪をさわれるかな」

海歩子がオーナーにそう言われたのは「カットハウス・クリップ」で修業を始めて四年目だった。

オーナーは、まだ三十代だったが、時間をみつけては東京の六本木《ろっぽんぎ》や青山《あおやま》の、自分が信奉する著名な美容師に学びに行く男で、これと見込んだ従業員には新しい技術を教えることを惜しまなかった。

彼は、左京区下鴨の高級住宅地に「下鴨店」を開店して、半年後にその店を海歩子にまかせた。海歩子は二十六歳になっていた。

ちょうどそのころに、海歩子の姉が結婚し、それから三ヵ月後に母親が末期のガンと宣告され、医者の予告どおり半年後に亡くなったのだ。

祇園祭が佳境を迎えるころで、雪子は滑川での葬儀には行けなかった。

置き屋の女将からの紹介で、賀川直樹と平岩壮吉が初めて「小松」に来たのは、海歩子の母親が亡くなって二ヵ月くらいあとだったなと思いながら、雪子は、和箪笥の上の時計を見た。三時前だった。

「うわっ、丑三《うしみ》つ時や。もう寝なあかんわ」

そう声に出して言い、雪子は蒲団を敷いた。ベッドで寝るようになって二十数年がたつので、厚いマットレスの上に敷き蒲団を載せないと背や腰が痛くなる。全身の妙なこわばりは、きのうの夜、マットレスを敷かずに寝たからにちがいないが、シゲオちゃんとの腹の探り合いで気を遣ったせいもあるはずだ。

私は、シゲオちゃんが、富山で賀川直樹の娘と逢ったと言ったとき、なぜあんなにうろたえたのだろう。まさか海歩子が平岩壮吉との約束を破ったのではあるまいなと心配になったからだが、どうもそれだけではない。佑樹のことを案じたのだ。佑樹は十四歳だ。まだ打ち明けてもいい年齢には達していない。

もう少し心身が成長するまで、あの持ち前の天真爛漫《てんしんらんまん》さを保たせて育てていかなければならないという思いが強く湧きあがったからだ。

雪子はそう考えて、医師が処方してくれた誘眠剤を一錠飲むとカレンダーを見た。十月の半ばに連休がある。まだ予定は入っていない。

いちど富山に行ってみようか。滑川の海辺の古い二階屋で母親と暮らしている佑樹を見たい。

この前に逢ったのは、佑樹が中学生になる前の春休みだ。小学校の卒業式が終わった翌日に、海歩子と一緒にこの「小松」に遊びに来て、かつて自分の母親が暮らした六畳の間で二泊して以来、逢っていない。

夫も一緒に行けるだろうか。佑樹を京都大学に入学させ、卒業したらアメリカの優秀な大学院に留学させるプロジェクトは、もうそろそろ始めないと間に合わない。

そのプロジェクトをぼくが練りあげてやると夫は佑樹に約束したのだが、すっかり忘れてしまったのではあるまいな。

スタンフォード大学がいいな、いやハーバード大学だ。夫は景気のいいことを言ったし、うん、そのプロジェクトどおりに勉強すると嬉しそうに応じたあと、プロジェクトって何？　と佑樹が訊いたので、その場に居合わせた者たちは笑った。

あのときいたのは、私と海歩子と佑樹、それに夫と、夫の母、長男の晃良《あきら》、次男の晃《あき》光《みつ》……。

雪子は指を折ってかぞえながら、どうしてあの佑樹という子はみんなに好かれて可愛がられるのだろうと思った。

なんだか神経が冴《さ》えてしまって、次から次へと昔のことが思い浮かぶ。

誘眠剤を飲んだら、とにかくさっさと蒲団に入って目をつむらなければならない。眠りに落ちる瞬間を逃すと眠れなくなって、飲んだ薬のせいで寝醒めが不快なのだ。

雪子は自分にそう言い聞かせて明かりを消してから、十月の連休に滑川に行こうと決めたが、いったい何をしに行こうとしているのかよくわからなかった。

十月中旬の日曜日、あしたは祝日で連休という日の朝、甲本雪子は夫の運転する車で富山へと向かった。

京都東インターから名神高速に乗り、北陸自動車道へ入って、武生を過ぎたあたりで夏目海歩子から電話がかかってきた。

「いま、どのあたり？」

そう訊かれ、雪子は自分の携帯電話を強く耳に押し当てて、

「武生のインターを過ぎたとこや」

と答えた。夫の正晃が前を走る大型トレーラーを追い越そうとスピードをあげたときだったので、海歩子の声が聞きづらかった。

「えっ！　まだ武生？　佑樹が朝ご飯抜きで穴子の棒寿司を楽しみに待ってるのに」

「その佑樹の好物を作ってもらうのに時間がかかってん。あの店、十時から仕事を始めるねん。それやと出発が十一時ごろになるから、きのうの晩に電話で頼んどいたんやけど、煮穴子が冷めるまでは棒寿司にはでけへんて文句を言われて、お店の前で待ってたんえ」

「煮穴子が冷めるまで？」

海歩子は笑いながら言い、側《そば》にいるらしい佑樹と小声で何か話してから、

「お腹が減って死にそうだけど、穴子の棒寿司を待つって」

と伝えた。

「いまどこ？　お店？」

雪子の問いに、そうだと答え、雪子さんと正晃さんに自分の店を見てもらったら、すぐに滑川の家へ行く算段にしていると海歩子は言って電話を切った。

海歩子との話の内容を伝えると、百八十七センチ、百十二キロの体を窮屈そうに運転席におさめて運転をつづけている正晃は、

「あと二時間くらいはかかるでェ。佑樹のやつ、ほんまにこの穴子の棒寿司が好きなんやなァ」

と言い、ダッシュボードのなかの封筒を出すよう促した。知り合いの予備校の教師のノウハウを参考にして練りあげた「夏目佑樹を京都大学に入学させるプロジェクト」なるものが七枚の用紙にプリントアウトされて入っているという。

「ハーバード大学かスタンフォード大学の大学院に留学させるプロジェクトは？」

雪子は、ダッシュボードをあけ、予備校の名が印刷された大きな封筒を出しながら訊いた。

「何を専攻するのか、どんな道に進むのかが決まってからでないと、アメリカのどの大学院に留学させるのがベストか決められへんがなて、その予備校のプロフェッショナルに笑われたわ」

「ああ、そうかァ、それもそうやねェ。佑樹はどんな道に進みたいんやろ。まだ中学二年生やもん、何になりたいかなんて決めてないわ」

「文系に進むか、理系に進むかで、これから力を入れなあかん科目が変わってくるしなァ。東大や京大に入ろうと思たら、中学二年生からでは遅いくらいや。数学の成績を見

たら、だいたいの見当はつくけどなァ。うちの高校もいちおう進学校ということになってて、かなり勉強のできる子が入ってくるけど、定理を頭に叩き込まんままに学年だけ進んできたのが多いんや」

「定理て、なに？　公式とは違うのん？」

と雪子は訊いた。

「うん、別のもんや。たとえば九九。あれはなんで四掛ける七が二十八になるのか、なんて理屈は抜きで覚えさすやろ？　この九九を無条件で頭に叩き込んどかんと、方程式を解く公式を教えられても、問題は解かれへん。なんでこうなるのかという屁理屈《へりくつ》を言う前に、とにかく覚えろ。そういう定理というのが、ぎょうさんあるんや。数学に限らず、英語にも国語にも化学にも。勉強の世界だけやあらへん。職人さんの世界なんて、定理だらけかもしれへんぞ。とにかく覚えろ、頭に叩き込め。そしてそれが考えなくても自然に体で出来るようになれっちゅうのがぎょうさんあるやろ？　芸能の世界でもおんなじや」

なるほど、そう言われてみれば、世の中には定理というものがたくさんあるな、と雪子は思った。

中身を見ても自分にはわからないのだからと雪子は大きな封筒をダッシュボードに戻し、夫とふたりで旅をするなんて新婚旅行以来だと気づいた。

それにしても、甲本家で正晃だけがどうしてこんなに大きいのだろう。正晃の父に訊いても、

「うーん、ぼくの親父もおじいちゃんもひいじいちゃんも、平均的な日本人の体格やったなァ。もっと何代も前に、相撲取りみたいな巨漢が混ざってたんかもしれまへんなァ。その遺伝子が、ひょっこりとあいつに乗り移ったんかもしれまへん」

そうのんびりとした口調で答えるばかりだったのだ。

日曜日なのに、北陸自動車道を走る車は少なくて、宮川町の穴子と鯖《さば》の棒寿司以外は作らない老舗の店から富山インターを出るまで四時間もかからなかった。

富山城の東側につながる国道四十一号線を真っすぐ北へ行くと、両側に、二十年ほど前に行政が進めた区画整理などで商業施設が集まっている地域があり、海歩子の経営する「カットサロン・ボブ」の本店はその中心部に位置しているという。

海歩子は三年前、本店から北西のところに新しく出来た商業地に支店を開いたが、そこは京都時代に自分のアシスタントを務めていた女性を店長にしているのだ。

たぶん、あれが「カットサロン・ボブ」のある商業地ではないかと雪子が国道の右側を指差すと、ショッピングモールのような建物の前に佑樹が立っていた。

小学校を卒業したときに京都で逢って以来だったので、たったの二年間でこんなにも背が伸びるものだろうかと、雪子は自分のふたりの息子の中学生時代を思い浮かべなが

ら、助手席から佑樹に手を振った。

たぶん気づかないだろうと思ったが、佑樹は国道を南から走行してくる乗用車のなかを一台一台見つめて、雪子と正晃の顔に目を向けた瞬間、大きく手を振って、歩道と道路との境まで走って来た。

それから、自分のあとをついて来るようにと身ぶりで示し、駐車場へと誘導しながら、スキップを踏むようにして、また走って行った。

「あそこに立って、ずっと待っててくれたんや。私らをあんなに歓迎してくれるなんて……。ほんまに可愛い子ォやなァ」

雪子の言葉に、

「あれは穴子の棒寿司を歓迎してるんや。腹ぺこやろからなァ」

と正晃は笑顔で言った。

ここは集客力のある地域なのだなと雪子は瞬時に感じ取り、買い物や食事に訪れた多くの人々と、居並ぶ店舗の活気に見入った。

すると、その一角から大きなショルダーバッグを小脇にかかえた海歩子が小走りでやって来て、笑顔で佑樹に何か言った。

「えっ！　まだあと三十分も食べれんがぁ？」

と佑樹は言い、海歩子から車のキーを受け取ると駐車場へ向かった。

海歩子は、雪子の乗っている乗用車の窓をあけるよう促して、厄介な客が予約せずにやって来たので、慌てて裏口から逃げ出したのだと説明し、このまま滑川へ行くので自分の軽乗用車のあとをついて来てくれと言った。

「海歩ちゃんのお店を見たいのに……」

という雪子の言葉が終わらないうちに、海歩子は駐車場へと走りだしていた。

雪子がいま来た国道四十一号線を戻って、北陸自動車道で滑川インターへ行くのかと思っていると、海歩子の運転する軽自動車は、富山市の中心部へと走りだし、富山城の手前の交差点を右へと曲がった。

その道なりに進んで行くうちに、雪子は、富山市内のどのあたりにいるのかわからなくなってきた。

国道八号線に入り、上市川を渡ってすぐに、海歩子の軽自動車は左に曲がり、工場や倉庫のある地域に入った。

なるほど、南側は延々と田園がつづいているが、このあたりは誘致されたさまざまな製造会社の工場が建てられたところなのだなと思っているうちに、北陸本線の踏切を渡った。

そこからは、海と堤防があらわれたり消えたりして、古い木造の家々が並ぶ細い通りに出たところで海歩子は車を停めた。

佑樹が車から降りて来て、その家と家とのあいだの空地を駐車場として借りているのだと教えた。

正晃は、道案内してくれる佑樹のあとからゆっくりと車を走らせ、濃い茶色に変色した板壁の二階屋の横へと曲がった。二軒とも空家のようだった。

「これが旧北陸街道やな」

と言い、正晃は車を停めると、トランクから幾つかの荷物を出した。鯖と穴子の棒寿司や海歩子の好きな京菓子が保冷剤と一緒に入れてあるクーラーボックスを肩に掛け、着替えの衣類などが詰め込まれている大きなボストンバッグを持つと、

「重たいなァ。これ、みんなお前の化粧道具や。どれもみんな壜やからずっしりと肩に食い込むで」

と正晃はあきれ顔で言った。

「重たいのはあんたの枕。小豆《あずき》がどっさり入ってる枕。どんなに重たいと思うのん。私の化粧道具なんて、ほんのちょっとや」

「この枕でないと、俺は寝られへんのや。繊細な人間やからな」

その正晃の言葉で佑樹は笑った。

海歩子が自分の軽自動車を駐車してから合流するのを待って、佑樹は旧北陸街道を歩きだし、すぐに路地を海側に曲がった。

新建材の波板のようなもので板壁全体を覆っている海歩子の二階建ての家のすぐうしろは高い堤防だった。堤防の下には花が植えられている。

家と堤防のあいだには、軽自動車が一台通れるくらいの道が長くつづいていて、遠くの海岸線が海に向かって立っている自分の正面にあるかのように見えたので、

「あっちが北？」

と雪子は訊いた。

「北東ね。魚津のあたりよ」

そう答えて、海歩子は玄関の格子戸をあけながら、

「ただいま」

と家のなかに声をかけた。

あれ？　ふたりだけで住んでいるはずではなかったのかと、雪子が上がり框のところで黒光りする木の廊下の向こうを見ていると、紺色のトレーナーにベージュ色のチノパン姿の、二十歳くらいの女が、上半分が磨《す》りガラスの戸をあけて出て来て、

「いらっしゃいませ」

と丁寧にお辞儀をした。

「脇田千春ちゃん。姉の娘なの。入善町から手伝いに来てくれたの」

そう紹介し、海歩子は雪子と正晃を台所へとつづく狭い廊下の左側にある八畳の部屋

へ案内した。

その奥に襖で隔てることができる六畳の部屋があり、その向こうは縁側で、そこから裏庭へと出られるようになっていた。

玄関に近い八畳の部屋は畳敷きの和室だったが、その上にカーペットを敷き、テーブルと椅子、壁ぎわには長いソファが置いてあった。

もっと遅くなると思ったので、まだ何の準備もしていないと千春は言って、昼食はどうしたのかと海歩子に訊いた。

「私が日本でいちばんおいしいと思っとる鯖の棒寿司と穴子の棒寿司をおみやげに持って来てくれとるから、みんなで食べんけ？　佑樹はそれが楽しみで、朝から断食《だんじき》しとったんやぜ」

「じゃあ、茗荷のお味噌汁、作るわ。藤井《ふじい》のおばあちゃんの味噌、分けてもらってきとっし」

「あっ、それ、いいわぁ。茗荷の味噌汁、この棒寿司にぴったりやわ」

雪子は、海歩子と、姉の娘だという千春とが話している表情を見て、ああ、海歩子はとても元気で、満たされた生活をおくっているのだと感じた。

佑樹が、廊下に置かれたクーラーボックスの中身を出して、それらをテーブルに並べた。

竹皮に包まれた棒寿司は、鯖と穴子が五本ずつで、雪子はちょっと多いかなと思ったのだが、食べ盛りの佑樹の大好物なのだからと奮発したのだ。

海歩子の姪も加わったから、ちょうどいい量かもしれない。雪子はそう考えながら、茗荷の味噌汁ができあがるまで、街道筋を歩いてみたいと思った。

四時間も車の助手席に坐りつづけるなどということは滅多にないので、脚全体がむくんでいるような気がしたし、腰もだるかったからだ。

「静かな、ええ町やなァ」

と縁側に腰を降ろして正晃は言った。

「昔の宿場町だからねェ。古い家があちこちに残ってるのよ」

と台所で海歩子は応じ返した。

ちょっと街道筋を散策してくると言い、雪子は上がり框に腰掛けて靴を履きながら、玄関のなかに置いてある自転車に目をやった。

えーっと、これはたしかミニベロというやつだ。最近、若い人たちに人気がある小径車。車輪が小さくて、お洒落《しゃれ》な自転車だ。きっと、佑樹が母親にねだって買ってもらったのであろう。

そう思いながら、雪子は車体の中心となるカーボンフレームを見た。「KAGAWA CYCLE」というメーカー名が入っていた。

うしろを振り返ると、海歩子が茗荷を刻む手を止めて台所から雪子を見ていた。

「これ、カガワサイクルの自転車やろ？」

声に出さず、そう口だけ動かして海歩子に訊くと、海歩子はわずかに苦笑しながら無言で頷き返し、包丁を置いて手を洗い、玄関へとやって来てサンダルを履いた。

雪子は海歩子と並んで路地から街道筋へ出ると、

「カガワサイクルのミニベロを買うてやったん？」

と訊いた。

「佑樹が自分で選んで、富山市内の自転車屋さんで買ってきたのよ」

そう言って、海歩子はまた苦笑し、あのミニベロという自転車を買うために、佑樹はお年玉で貰って四年間貯めていたお金をすべて使ったのだと説明した。

「カガワサイクルの自転車を買うてきたときは、海歩ちゃんもびっくりしたやろなァ」

「うん、びっくりしたわ。日本には自転車メーカーが百数十社もあるそうなの。一台丸ごと作ってる会社だけじゃないけど。どうしてこれにしたんだって訊いたら、ミニベロは、国産ではカガワサイクルのがいちばんかっこいいんだって……」

海歩子は、宿場町の街道筋では最も大きいのではないかと思える見事なべんがら格子の旧家の前で歩を止めた。

かつては大きな商家であったことをうかがわせる建物の瓦屋根の彼方には、立山連峰の最も高いところにある稜線《りょうせん》を見ることができた。

「見事な秋晴れやねェ」

とつぶやいてから、雪子は、先日、十五年ぶりにシゲオちゃんが「小松」にやってきたと言いかけてやめた。言わないほうがいいような気がしたのだ。

すべては片付いてしまったことだ。いまさら昔のことを話題にしても詮ないことなのだと思った。

それなのに、雪子は街道筋をゆっくりと歩き始めると、平岩壮吉とはあれ以来逢っていないのかと訊いた。

「うん、固い約束だもん。そのために貰ったお金よ。あのお金で、私は自分の店を出すことができて、佑樹を育ててくることができたんだもんね。でも、あれから三年くらいたった頃に、平岩さんがお店に訪ねて来たの。私、ちょうど留守をしてて……。平岩さんは二十分ほどお店の端の椅子に坐って待ってらしたそうだけど、ご自分の名刺の裏に『ご繁盛のようでなによりです。安心しました』って書いて、店の子に渡して帰って行かれたの。新しい商業地を勧めてくれたのは平岩さんだし、『カットサロン・ボブ』って名をつけてくれたのも平岩さん。その美容院がちゃんとやっていけてるかどうかを自分の目で確かめようと、わざわざ富山まで来て下さったんだと思うの」

店名をつけたのが平岩壮吉だというのは初耳だったので、

「ボブって、平岩さんの命名?」

と訊いて雪子は歩を止めた。

「うん。私が店名として考えてたのは、どれも凝り過ぎてて賛成できないって仰有《おつしや》って。しばらく考えてから『ボブ』ってのはどうかって。女性の髪型にはボブヘアーというのがある。たしか『ローマの休日』という映画でオードリー・ヘップバーンがその髪型をしてて、若い女性たちがこぞってボブヘアーにした時代があるって。店名というのは、誰もがすぐ覚えられる二文字か三文字がいいので『カットサロン・ボブ』がいいと思うがどうかって」

「あのにこりともせん怖い顔で『ボブ』……」

雪子の驚きの言葉に、海歩子は笑いながら、

「じゃあ、それに決めますって私が言って、そんなにすぐによく考えつきましたねェって感心してたら、『うちで飼ってる犬の名前です。女房の子供みたいな存在のやつです』って仰有って……。その平岩さんの表情がおかしくて、私、初めて平岩さんの前で笑ったわ」

と言い、まぶしそうに空を見上げた。

雪子は、自分も証人として同席した十四年前のホテルの一室での緊張を思い浮かべた。

私は賀川家から一銭も貰おうとは考えていない。賀川直樹は、夏目海歩子という女の

お腹に自分の子が宿っていたことを知らずに死んだ。当然、直樹の妻も娘も知らずにいるべきだ。私は子供を産むと決めた。それは賀川家からなんらかの慰謝料を貰おうという魂胆があったのではない。直樹の子供を産み、立派に育ててみせると自分で決心したのだ。直樹の、とりわけ妻には絶対に秘密にしておきたい。私は、自分がどうなっても、直樹の妻を悲しませたり苦しめたりしたくないのだ。

頑としてそう言い張る海歩子に、平岩壮吉にだけは話したほうがいいと説得したのは雪子の母だった。

そのときすでに妊娠六ヵ月目に入っていて、堕胎はできなかった。

海歩子が雪子に妊娠を明かしたのは五ヵ月目に入った頃だったから、堕胎ができなくなる時期まで待っていたことになる。

雪子の母は、どうしてもお話をしておかなければならないことがあるとだけ電話で平岩に伝え、日時を決めて一人で東京へ行った。

雪子の母の電話の口調で、これは只事《ただごと》ではないと感じた平岩は、神楽坂《かぐらざか》にある小さな料理屋の二階座敷を手配していた。

不思議なことに、平岩はいちどもそれは間違いなく賀川直樹の子かと訊かなかった。どうすればいちばんいいのか考えるから二、三日時間をくれと言い、平岩壮吉は座敷に正座して、深々と頭を下げた。その意味を、雪子の母は瞬時に理解し、海歩子は美容師の国家資格があり、京都の一流の美容院で充分に経験を積んできたのだとだけ言って、料理屋を辞し、その日のうちに京都へ帰った。

二日後に平岩から電話があり、海歩子さんが出産して、働けるようになったら、自分の美容院を開店するというのが今後の身の振り方としては最善の選択だと思うがいかがかと言った。

しかし、それまでには少し時間があるので、出産や生活のための費用として先に一千万円をお渡しする。美容院開店のためにさらに一千万円を用意するが、それだけの金を作るには幾つかの工作が必要で、そのための時間をいただきたい。

来週、弁護士に同席してもらって最初の一千万円を渡すが、その際、海歩子さんに誓約書に署名捺印をお願いする。

将来にわたって賀川直樹との関係を誰にも口外せず、もし口外した場合は、慰謝料として受け取った金は返還するということを文書化した誓約書だ。

弁護士は、これだけでは不安だと言っているが、私はこの誓約書で充分だと思う。いかがなものか。

雪子の母は、その平岩の提案を海歩子に伝え、海歩子は承諾した。

それから五日後に、平岩壮吉が手配した京都のホテルの小会議室で、海歩子は最初の一千万円を受け取り、誓約書に署名捺印したのだ。

弁護士に、

「あなたや、あなたの家族の誰かが口外してもおんなじですからね」

と言われて、雪子は体が震えるほど腹が立ったが、珍しく笑みを浮かべた平岩壮吉の、海歩子への優しいひとことで気持を鎮めることができた。

「健康な、いい子が生まれるよう祈っています」

海歩子は、佑樹を京都で出産し、三歳になる頃に自分の美容院開店のための準備を始めた。

富山市内でと決めていたらしく、海歩子は京都のマンションを引き払い、もう何年も空家になったままの滑川の実家へ戻った。

昼間は、佑樹を入善町の姉に預かってもらって、場所探しから開始すると同時に、平岩壮吉にその旨を伝えた。

すると、平岩は一人で富山にやってきて、残りの一千万円を海歩子に渡し、店を出す候補地を一緒に見て廻ってくれたのだ。

そうか、あのときに「カットサロン・ボブ」という店名もつけてくれたのか。奥さんが我が子のようにかわいがっている犬の名……。

雪子はおかしくてたまらなくなり、そのボブという犬を見たくなった。だが、あれから十一年がたったのだから、ボブがまだ生きているかどうか……。

　そう思って、

「平岩家のボブって、犬種は何やのん？」

　と海歩子に訊いた。

「父親も母親もわからない雑種なんだって。近所の家の軒下で雨に濡れて鳴いてた子犬を奥さんが拾って帰ったそうよ」

　と海歩子も笑いながら言った。

　もう味噌汁ができあがって、お腹を空かせた佑樹は穴子の棒寿司の前に坐って待っていることであろう。

　雪子はそう言って、大きな旧家の前から引き返しかけた。

　すると、海歩子は、あのときの雪子さんのお母さんの瞬時の判断力と行動力には、驚くというよりも肝を冷やしたと懐かしそうに言った。

「ほんまやなァ。私もびっくりしたどころやなかったえ。『小松』の格子戸をあけて、まず目に飛び込んでくるのは『垂れ目の招き猫が笑ってるような』女将の顔やて、いっつもお客さんにひやかされてたお母ちゃんが、いちばん上等の着物を着て、ひとりで新幹線に乗って、平岩さんに指定された神楽坂の料理屋さんに乗り込んでいった日のことは、いまでも忘れられへんわ。お母ちゃんは、うどん屋の女房やったんやで。宮川町の花街で『小松』なんてお茶屋風バーをやってても、お客と芸妓との男と女のことに手慣れた海千山千とはちがうねん。どっちかというたら、そういうことにはとりわけ疎いんや。私、お母ちゃんが京都へ帰ってくるまで心配で心配で胃が痛《いと》うなったわ」

「私も」

海歩子がそう言って、家へと歩きだしたとき、雪子は、先日、シゲオちゃんが「小松」に来てくれたのだと口にしてしまった。

言わずにおこうと思っていたのに、ついうっかり喋ってしまって後悔し、雪子は話題を変えようとしたが、

「シゲオちゃん？　北田茂生さん？　直樹はシゲオちゃんが大好きだったのよ。滑川の駅で亡くなる前の夜、シゲオちゃんの会社が危ないらしいって、とても心配してたの。『小松』に来たってことは、復活したのね」

と海歩子が言ったので、話をつづけるしかなくなってしまった。

シゲオちゃんは、十五年前の未払い代金を払うために来てくれたのだが、本当は賀川直樹のことを知りたかったようだ。それは、シゲオちゃんと親しかった当時のホステスと富山市内で逢った際に、賀川直樹の死を初めて知り、その元ホステスと一緒に富山に来ていた女性が賀川直樹の次女だとわかって驚愕《きようがく》したからだ。

そう説明して、雪子は、祇園の元ホステスと賀川直樹の次女がなぜ知り合いなのかを

話して聞かせた。

「えっ、クララ社の編集者？　その人、シゲオちゃんが『タミー』って呼んでたホステスじゃないの？　大学生だったのよ」

「うん。賀川さんのお嬢さんは絵本作家で、クララ社から何冊も絵本を出してはるそうやねん。本名をひらがなにして『かがわまほ』って名前で」

海歩子は立ち止まり、無言で雪子を見つめた。唇が少し震えていたので、その理由がわからないまま、雪子は自分の口の軽さを心のなかで責めた。

静かな旧北陸街道に明るい秋の光が満ち、遠くに立山連峰のつらなりが絵葉書のそれと同じ鮮明さで見えていた。近くからは、富山湾の潮の騒ぎが一定の間隔で響いている。

雪子は、自分に余計なことを言わせたのは、この宿場町の静寂と、立山連峰の清澄な威容と、間近の潮騒《しおさい》だと思った。

海歩子は、両の掌で口元を覆ったまま雪子を見つめつづけたが、

「かがわまほっていう絵本作家？　それ、ほんとう？」

と訊くと同時に涙を溢れさせた。

「どないしたん？」

急に胸騒ぎに襲われて、雪子は海歩子の肘をつかむと、海側の路地へと入った。ふたりとも手ぶらで出てきたのでハンカチを持っていなかった。

このまま家に帰ったら、みんなは海歩子の顔を見て何事かと驚くだろう……。雪子がそう案じるほどに、海歩子の涙は頬から顎へと伝って滴り落ちたのだ。

海歩子もこの顔では家に帰れないと思ったらしく、幾種類かの観葉植物や秋の花が植えられた植木鉢の並ぶ路地を抜けると、丈高い堤防の前に行き、そこに設けられた梯子《はしご》をのぼった。

私にのぼれるだろうかと思い、雪子が躊躇していると、海歩子が手をさしのべてくれた。

やっと堤防の上に坐ると、海など滅多に見ることのない雪子にも判別できる潮目の動きがあった。

「高い堤防やなァ。このくらい高《たこ》うないと波が家に襲いかかるのん?」

と雪子は訊いた。

「富山湾の沿岸、特に県の東部には、寄り廻り波っていう大波がやって来るのよ」

そう教えてくれて、海歩子は、佑樹が四歳になるころから小学二年生ころまで、クララ社から出版される「かがわまほ」の描く「やさしいおうち」という絵本のシリーズを欠かさず買ったのだと言った。

佑樹は、かがわまほ先生の「やさしいおうち」が好きで、新しい巻が出版されるのを心待ちにしていた。

たいていの男の子は、小学生になると幼児用の絵本から離れて、流行《はや》りのコミックの世界へと入っていくのだが、佑樹は小学二年生になっても「やさしいおうち」のファンでありつづけた。

そのシリーズは十巻で終わったが、佑樹はいまでもそれを自分の本棚に大切にしまっている。

佑樹は幼稚園に入ってすぐのころ、ひらがなのほとんどが書けるようになった。もう何回ページをめくったかわからないかがわまほ先生の「やさしいおうち」を見ながら、自分だけの空想の世界で遊んでいるので、私はファンレターを送ったらどうかと勧めた。出版社宛に送ったら届くはずだ、と。

佑樹は、書きたい、書きたいとはしゃぎ、短い鉛筆を握りしめて、私が買ってきた便《びん》箋《せん》にファンレターを書いた。

最初、文章のほとんどは私が考えてやったが、それではどうも気にいらないらしく、夜の八時ごろから十時近くまで、消しゴムを片手に書いては消し、書いては消し……。

やっと書きあげた手紙の文面は、なんだかおもしろくて、私はいまでも思い出すことができる。

――かがわまほせんせい、こんにちは。ぼくは、なつめゆうきです。ようちえんです。5さいです。ぼくは、かがわまほせんせいのえがだいすきです。やさしいおうちがだいすきです。ぼくのことをすきですか。かがわまほせんせい、ぼくのことをすきになってくださいね。――

とにかく、やっとひらがなが書けるようになった段階なので、ひとつひとつの字の大きさは異なるし、何度も消しゴムで消したので便箋には破れ穴もあって、たったこれだけの手紙を書くのに五枚も要した。まだ字を小さく書けなかったからでもある。

その五枚の便箋を封筒に入れ、宛先も差し出し人の名前も住所も私が書いてやって、ポストに投函したのだ。

海歩子が話している途中から、雪子は体のあちこちが鳥肌立つのを感じた。自分の涙が鉄錆《てつさび》色のコンクリートの防波堤の上に落ちていくのを見た。

「それから二週間ほどして、お返事のお手紙が届いたの、かがわまほ先生から」

「ええっ！　返事をくれはったん？」

「うん、自筆の丁寧な字で。お手紙の余白に、細い筆でいろんな色を使って『やさしいおうち』の住人たちの絵まで描いてくれてたの。お手紙の最後に、『わたしは、ゆうきくんをだいすきになりました』って書いてくれてた……」

雪子は、自分の脳味噌のなかから言葉というものがすべて消失してしまったような気がして、ただ黙然と沖のほうに視線を向けつづけた。

富山湾の沖合に、海と同じ色の、二本の角《つの》のようなものがあらわれた。あれはいったい何だろう。寄り廻り波という恐ろしいものが突如生まれたのだろうかと考えていると、「かがわまほ先生からのお手紙が届いたときの佑樹の歓《よろこ》びようったら。その晩、興奮してしまって、寝させるのに苦労したわ」

と海歩子は言い、柔らかい笑みを浮かべて沖合の二本の角のほうに目をやった。

しばらく無言でいたが、二本の角が少しずつ大きくなってくると、海歩子はこの近所に住む漁師の名を口にして、

「あれは兄弟なのよ。兄弟船ね。お兄さんのほうは、私と高校で同級生だったの」

と言った。

ああ、二隻の漁船が港に帰って来たのか。雪子はそう思って、何かの怪獣の角のようなものが次第に小さな帆かけ船へと形を変えていくさまを見つめた。

二隻の漁船が港のほうへと少し針路を変えると、帆は消えて、意外に小さな白い漁船の操舵室にいる男の姿が明瞭になった。

あの操舵室が、私には帆かけ船の帆に見えたのだな。潮の音は大きいのに、見た目はなんと穏やかなのであろう。ああ、幸福だ。滑川に来てよかった。

雪子は胸の内でそうつぶやいた。そして自分を包んでいる幸福感が、かがわまほ先生から佑樹に届けられた手紙によるものだと知った。

街道筋のほうから、

「みんな待ってるよ」

という脇田千春の声が聞こえた。

「ごめん。つい長話になったの」

と海歩子はうしろを振り向いて言い、先に防波堤から降りると、雪子が降りるのを助けてくれた。

「私が美容院をひらく準備で動き廻ってたとき、入善町の脇田の家で佑樹を預かってもらったって言ったでしょう？　ちょうどそのころ、千春ちゃんは九歳か十歳くらいだったかなァ。学校から帰ってくると、千春ちゃんが佑樹と遊んでくれるの。トイレにつれて行ってくれたり、お風呂に入れてくれたり。あのころ、佑樹は千春ちゃんに育ててもらったようなもんなの」

と言いながら、海歩子は千春が待っている街道筋へと歩いて行った。そして、千春が海歩子の家へと小走りで戻って行くうしろ姿に目をやったまま、

「佑樹が生まれて初めて書いて送った手紙の相手が絵本作家の『かがわまほ先生』。佑樹が、生まれて初めて自分宛の手紙を受け取ったのも、差し出し人は『かがわまほ』。……なんてことかしら」

とつぶやき、立ち止まって両手で顔を覆って、また泣いた。

「これ以上泣いたら、家に入られへんえ」

と言ったくせに、雪子も涙をおさえられなかった。

正晃は缶ビールを三本飲み、穴子と鯖の棒寿司を三切れずつ食べると、二階の海に面した部屋へ上がって昼寝を始めた。

二種類の棒寿司をそれぞれ一本ずつたいらげ、茗荷の味噌汁もおかわりをして、佑樹は、「夏目佑樹を京都大学に入学させるプロジェクト」と表紙に印刷された冊子を持って「でかおじさん」のあとを追ったが、一緒に並んで横になると、そのまま寝てしまった。

佑樹は、いつのころからか、甲本正晃を「でかおじさん」と呼ぶようになっていた。

雪子は、千春が台所で洗い物を始めると、熱い茶を飲みながら、「かがわまほ」からの返書は、いまも持っているのかと海歩子に小声で訊いた。

「二階のあの子の部屋のどこかに大事に保管してるはずよ。たぶん、勉強机の右の抽斗のいちばん下のところじゃないかな。あそこにはいろいろと大事なものが隠してあるのよ」

海歩子は笑みを浮かべて言った。

「十四歳の男の子の机の抽斗には、母親が見たら卒倒しそうなもんが入ってるえ。そやけど、滑川に初めて遊びに来た雪子おばちゃんが、かがわまほ先生からの手紙を見せてくれと頼んだら、いったいなんでやろと佑樹は怪しむなァ。十年も前のことやし……」

その雪子の言葉に、怪しまれないような理由を考えて、夜にでも佑樹に手紙を見せてもらおうと答え、海歩子は台所にいる千春を見た。

それから声を低くさせて、

「千春ちゃんは、つい一ヵ月くらい前まで東京で働いてたのよ、西新宿にある建設用機械のリース会社で」

と海歩子は言った。

千春には兄と弟と妹がいる。

父親が亡くなったあと、千春の兄は二年ほど兼業農家の跡取りとして、砂利採取会社に勤めながら六反の田圃で米を作っていた。

しかし、家には働き盛りの男手はひとりだけのうえに、母親も体調を崩して、六反の田圃の維持管理が難儀になった。

ちょうどそのころに、近所の農家から田圃を貸してくれないかともちかけられた。賃貸料はしれているが、固定資産税はそれで払える。

家も土地も田圃も、先祖代々から引き継いできたもので、家賃を払う必要はない。米価調整のための国の規制には、毎年不満が昂《こう》じるばかりだ。

いっそ米作りをやめて、砂利採取会社での経理の仕事に専念したほうがよさそうだ。

千春の兄はそう判断して、六反の田圃を近所の農家に貸した。千春が砂利採取会社の社長の口ききで東京の建設機械のリース会社に就職したころ、母と兄の嫁との長年の確執がのっぴきならない状態に陥った。よくある嫁姑の問題だが、これぱかりは誰かが仲裁に入って解決できるものではない。解決法は、自分たちが家を出ることだ。自分の母と妻とのことでしょっちゅう気を遣い、苛立《いらだ》つ日々をおくるのはもうご免こうむりたい。

脇田家の長男はそう腹をくくり、富山市内に新しい職場をみつけることにした。富山というところは地縁で強く結びついている。岩瀬浜の近くの富岩《ふがん》運河の東側に、入善町出身の有力者が住んでいて、脇田家の長男はその人の紹介で、特殊な金属を加工する会社の経理部に採用された。千春が東京で働き始めて半年くらいたっていた。

千春は、家族の誰にも口にしなかったが、東京での生活に苦痛を感じるようになっていた。要するに、東京というところが千春に合わなかったのだ。

千春は辛抱強い子なので、なんとか東京の生活に馴染もうと努力したが、そのうち、ひどいホームシックにかかってしまい、休みの日はアパートの六畳の部屋から一歩も外に出なくなった。

勤め先には、苦手な人も、少しいじわるな人もいるが、そんなことでくじける子ではない。仕事も覚えて、親しい同僚もできた。けれども、アパートの部屋から出て会社へ向かうための第一歩を踏み出すとき、胸が苦しくなり、顔が青ざめていくのを感じる。ふるさとの入善町の広大な田園地帯の風景を思い描くと涙が出てくる。

千春が、私に電話をかけてきて、そう訴えたのは、ことしの夏だ。

私は、すぐに富山に帰ってくるようにと言った。放っておけば、とりかえしのつかない事態が生じるかもしれないと感じたのだ。

子供のころから、千春には、我儘を通したり、自己主張を曲げなかったり、ということがいちどもなかった。

そんな千春が、母親でも兄でもなく、この海歩子おばさんに助けを求めてきたのだ。東京でのひとり暮らしが精神的に限界に達したのだ。

千春のことだから、就職を世話してくれた人や、雇ってくれた会社への申し訳なさが先に立って、勤めを辞めたいとは言いだせないのだろう。

富山に帰っても、遊んでいるわけにはいかない。といって、すぐに働き口がみつかる保証はない。しかし、このままでは心が壊れそうだ。

千春はそう考え、切羽詰まって、海歩子おばさんに電話をかけてきたのだ。

富山での働き口のことは、帰ってから考えろ。それがみつからなかったら「カットサロン・ボブ」を手伝ってくれ。うちの店にも、経理や客の予約の振り分けや、その他のこまごまとした事務処理を専業とする社員が必要になってきた。千春ちゃんなら安心してまかせられる。とにかく、いちにちも早く帰ってこい。

私の言葉で、千春の電話の声が明るくなった。

電話を切ると、私は夜になるのを待って、千春の兄に連絡した。

彼は、入善町の家を出て、岩瀬浜から引かれた富岩運河と呼ばれる運河の東側に新しく建った賃貸マンションで、妻と息子と暮らしている。

「あいつに東京でのひとり暮らしは、向かんちゃ。おれ、それをいちばん心配しとったがよ」

と千春の兄は言い、翌々日の日曜日に東京へ行った。富山での働き口については、あてがあった。自分が前に勤めていた砂利採取会社に長年事務員として働いてきた女性が出産のために辞めてしまって、後任を探していたのだ。

長く勤めてくれる地元の子がいいのだが、砂利採取という男ばかりの職場で、事務所の近くでは幾つもの粉砕機と大きなベルトコンベアが動きつづけている。ダンプカーもひっきりなしに出入りしている。作業員のなかには無愛想で言葉遣いが乱暴なのも多い。だから、若い女子社員は仕事に慣れるまでに辞めていく……。

事務所と作業場は、入善町の黒部川の横だ。脇田の家から車で十分。自転車なら三十分弱。

しかし、千春なら、石を砕く機械が撒き散らす砂埃《すなぼこり》に音《ね》をあげたりはしないはずだ。なによりも、千春の大好きな黒部川の清流を毎日近くで見ることができるのだから。

千春の兄はそう考えて、東京へ行く前に、砂利採取会社を訪ね、社長に事情を説明して、千春を雇ってもらえないかと頼んでみた。

とにかく面接をしてからと社長は言ったが、面接もなにも、社長は昔から千春のことを知っているし、建設機械のリース会社に就職の口利きをしてくれた人物でもあるのだ。自分が紹介して就職させてもらった女子社員が、辞めて故郷に帰ってきたからといってすぐに雇ったりしたら、そのリース会社の気を悪くさせはしまいかと案じたのかもしれない。

千春は、九月一日に夜行の高速バスに乗り、翌日に入善町の家に帰ってきた。

二日後に砂利採取会社の社長と総務部長の面接を受け、その場で採用が決まった。

正社員が十名くらい。アルバイト社員が二名ほどの「タヤマ土石」という会社だ。

海歩子が話しているうちに、千春は台所の横にある勝手口から出ると、自転車でどこかへ行ってしまった。

バーベキュー用の木炭を買いに行ったのであろうと海歩子は言い、二階へ上がるとすぐ足音を忍ばせて降りて来た。

「ふたりともよく寝てる。爆睡ってやつね。あの部屋は、海に面してるからこれから日が沈むまで太陽が照りつけるのよ。佑樹は、隣の街道沿いの部屋に移せるけど、正晃さんは、私たちふたりが力を合わせても、ひきずっていけないわよ。雪子さんのご主人、どうしてあんなに大きいの？　まったく『でかおじさん』よ」

「あの人の体の大きさは、あの人の人生に何の役にも立ってないぇ」

雪子の言葉に、海歩子は声をあげて笑った。

海歩子の姉の嫁ぎ先であり、千春が生まれ育った家であり、母親が富山市内で働いているあいだ、佑樹がすごした田園のなかの家……。

まさに典型的な富山東部の米作り農家の家らしいが、いちど見てみたい。海歩子の姉にも、京都の和菓子をおみやげとして買ってきたのだ。いちども海歩子の姉には逢ったことがない。ここから入善町までは遠いのだろうか……。

そんな思いを雪子が口にすると、海歩子はテレビの上の置き時計を見て、

「じゃあ、いまから行こうか。帰りに生地の魚市場で魚を買うわ。バーベキューでお肉と野菜だけじゃあ、滑川まで来た甲斐《かい》がないでしょう？　いろんな魚がたくさん並んでるわよ。雪子さんが見たこともない魚があるわ」

と言い、ショルダーバッグからメモ用紙とボールペンを出した。

入善町の脇田の家へ行ってくる。生地の魚市場に寄って何か魚をみつくろって買って

くる。バーベキューは七時開始。

海歩子はメモ用紙にそう走り書きしてテーブルに置いた。

駐車場に行き、軽自動車のエンジンをかけてから、海歩子はしばらく何か考えていたが、かすかな笑みを雪子に注いで、

「滑川駅に行ってみる？」

と訊いた。

脇田の家は、北陸自動車道よりもさらに山側にあるので、滑川からは高速道路を走るほうが早いのだが、せっかく滑川へ来てくれたのだから、旧北陸街道の古い町並を見ながら、ゆっくりと海沿いを行くほうが楽しいと思うと海歩子は提案した。

滑川駅……。そうか、この近くなのだ。佑樹の父が亡くなったところだ。駅の近くの自転車置き場に、乗ってきた海歩子の自転車を停め、駅の改札口へ歩いて行き……。

雪子は、なんだか滑川駅の改札口を見たくないなと思ったが、

「うん、賀川直樹さんを偲ぼうか」

と言ってしまった。

街道筋を滑川漁港のほうへと少し行くと、駅へつづく広い道に出た。その道を山側へと進むと駅舎があった。煉瓦色の瀟洒《しょうしゃ》な駅舎だった。

駅の西側に屋根付きの自転車置き場があり、その斜め向かいに交番がある。

ここから少し西側にスーパーや飲食店や市立図書館があるのだと説明しながら、客待ちのタクシーのうしろに軽自動車を停め、海歩子は駅舎のなかへと入って行った。

海歩子はもう遠い過去のこととして割り切ってしまったのだなと思い、雪子はあとからついて行って改札口の前で歩を止めた。

「ここへ来ると、心臓がどきどきしてくるの」

と海歩子は言って、手を胸に軽くあてがった。

滑川駅の、賀川さんが倒れた場所で、そっと黙禱したいなァ、というシゲオちゃんの言葉を思い浮かべ、雪子は小さく頭《こうべ》を垂れて目を閉じた。

シゲオちゃんは、賀川真帆とクララ社の編集者に勧めたツーリングコースを自分も走ってみると言っていたが、きょうはまさにツーリング日和《びより》で、しかも休日だ。

雪子は、そう思うと、滑川のどこかでシゲオちゃんとでくわしてしまいそうな気がしてきて、早く駅から離れたくなった。

もう行こうと促し、駅舎から出て軽自動車へと歩きだした雪子に、魚市場は帰りに寄ることにして、先に入善町の脇田の家に行こうと海歩子は言った。用事を済ませておいて、それからゆっくりと魚市場で買い物をしたり、海辺の風景を楽しんだりするほうがのんびりできる、と。

雪子に異議はなかった。用事といっても、まだいちども顔を合わせたことのない海歩子の姉に挨拶をして、おみやげの京菓子を渡すだけなのだが、しなければならないことは先に済ませておくほうがいいと思った。

それならば、北陸自動車道で滑川インターから入善インターまで行ってしまおうと海歩子は言って、駅の西側の踏切を渡った。

北陸自動車道からは、立山連峰を含む北アルプスの峰々が何物にも遮られずに展《ひら》けていた。こんなに見事な景観の日は、年に数えるほどしかないと海歩子は言った。

入善インターで降り、海歩子は山側への道を進むと、細い農道へと入った。農道は田園のなかに幾つもあった。京都のような碁盤の目状ではなく、蜘蛛の巣状の道は、いったいどこまでつづくのかと感嘆するほどの広大な田園地帯に隈《くま》なく張り巡らされていた。

田圃にもう稲穂はなかった。稲刈りは九月の中旬に終わったという。

「このへんの農家って大きいんやなァ。立派な瓦屋根で、建物もしっかりとした造りで。お隣というても並んで建っててへんえ。えらい離れてるがな。ちょっと醬油を切らしたから借りに行こうと思ても、遠いなァ」

雪子の言葉に海歩子は笑い、

「でもこれが、このあたりの農家の平均的な大きさよ」

と言った。

しかし、富山の田園地帯の特徴である屋敷林は、最近では新たに植える農家は少なくなったという。

「子供が生まれると家の周りに木を植えたの。防風と防雪のための木だけど、子供が大きくなったら、その木を切って、いろんなものを造ったのよ。家具とか手文庫とか和机とか。広い田園に点々と散らばるように建ってるから、風を遮るものがないでしょう？　たしかに風や雪を遮ってはくれるんだけど、落ちた枝や葉っぱの始末が大変なの。男手がたくさんある家でも、敷地のなかに散乱した枝を片づけるには三日も四日もかかる。男手のなくなった脇田の家なんて、手がつけられないわ。千春ちゃんの弟はまだ高校生で、学校が休みの日に熊手と箒《ほうき》で落ちた枝掃除なんて、いやがって手伝おうとしないのよ。だから、いつも千春ちゃんの仕事になるの」

そう説明して、海歩子は農道に車を停め、前方を指さした。

まだここからは見えないが、この農道を進むと、やがて赤い橋があらわれる。愛本橋だ。

賀川直樹は、結婚する少し前、大手のチェーンメーカーの技術者だったころ、仕事で黒部市を訪れて、そのとき取引先の人の運転する車で魚津港や入善漁港へと案内された。入善町の舟見という宿場町から愛本橋へも行ったそうだ。

直樹は、夜の愛本橋の上からすばらしいものを見た。ゴッホの「星月夜」だ。

それから何年もあと、宮川町の「小松」で初めて逢ったとき、私が滑川の出身だと知ると直樹は「愛本橋」に行ったことはあるかと訊いた。

何度もある。姉の嫁ぎ先が入善町の農家で、そこから自転車で愛本橋までは、三十分ほどだ。愛本橋は、一九六九年の豪雨で流されてしまって、そのあと元あったところよりも五十メートルほど下流に架け替えられたそうだ。

賀川さんがご覧になったのは、その新しい橋だと思う。

私がそう答えると、直樹は、もういちど夜の愛本橋に立って、あのときのゴッホの「星月夜」と遭遇したいが、よほどの条件が重ならないと同じ情景はあらわれないだろうと言った。

私はそれまでゴッホの「星月夜」という絵は見たことがなかった。何日かたって、大阪へ行く用事ができたので、梅田《うめだ》の大きな書店でゴッホの画集を探し、初めて「星月夜」を見たのだ……。

海歩子は話し終えると、照れ笑いを雪子に向けたあと、軽自動車を発進させて、すぐに農道を左に曲がり、とりわけ丈高い屋敷林を持つ大きな農家の前を通り過ぎながら、

「脇田の家の六反の田圃は、この家に貸してるの」

と言った。

県道に入って、また別の農道へと曲がると、すぐ右側に長い塀のある農家があった。二階建ての古い家で、塀と玄関のあいだに造られた池が見えた。

「着いたよ」

と海歩子は言い、軽自動車を池の横に停めた。海歩子の姉が玄関から出てきて、

「遠いところをようこそいらっしゃいました」

と笑顔でお辞儀をした。

この数年、体調が悪いと聞いていたが、顔の色艶も良くて、元気そうではないかと思いながら、雪子は車から降りると初対面の挨拶をした。

富山の人たちは、県外の人間と話をするときは標準語を使う。いまの六十代以上の人は、そんな器用なことはしないのだが、富山弁は、言葉の抑揚は標準語なので、東京に行けば東京の言葉にすぐ馴染む。難しいのは関西弁だ。イントネーションがまるで異なるからだ。

昔から海歩子にそう聞かされていたが、雪子は海歩子の姉の、

「妹がひとかたならずお世話になっていますのに、いちどもご挨拶に伺いもせず……。どうぞおあがり下さい」

という言葉を耳にして、なるほどと妙に感心してしまった。

広い上がり框から廊下へ上がると、柱の太さに驚き、雪子は通された部屋の高い天井を見あげた。

剝きだしの梁《はり》も太く、樹齢百年以上の木を使っているとわかる。柱も天井の板も漆塗

りで、隣の部屋とその向こうの部屋との襖が外してあるので、旅館の大広間とまではいかないまでも、どこに坐ればいいのかと身の置きどころに困ってしまうほどだ。

いちばん奥の部屋には大きな仏壇があり、その横の天井に近いところには、脇田家の曽祖父母、祖父母、そして海歩子の姉の夫と思われる遺影が掛けられている。

雪子は勧められるままに、百科事典や画集や郷土誌が整然と納められている大きな本棚の前のソファに腰を降ろした。

この高い天井の上に二階があるのだな。いったい部屋は幾つあるのだろう。

廊下の奥は台所兼食堂のようだが、その横にもかなり広い部屋があるらしい。仏壇のある部屋の左右にも部屋がある。

雪子は、自分の近くのソファに坐った海歩子に、全部で何部屋あるのかと訊いた。

指を折って数えてから、

「十部屋かなァ。台所を入れたら十一部屋」

と海歩子は答えた。

漆塗りの盆に熱い茶を注いだ湯呑み茶碗を載せて部屋に入ってくると、海歩子の姉はソファに坐らず、床に敷いたカーペットに正座して、甲本家の人々に海歩子が世話になったことへの謝辞をあらためて述べた。言葉にはしなかったが、賀川直樹の死後のことが、その謝辞のなかに多く含まれているのを雪子は感じた。

「二年ほど逢わないうちに、佑樹ちゃんが大きくなってて、びっくりしました」

と雪子は言った。

「みんなに可愛がられる子に育ったことがなによりです」

そう言って、海歩子の姉は、雪子からのおみやげを持つと、仏壇に供え、この部屋は立山連峰がよく見えたのだが、亡くなった主人の凝り過ぎた道楽が災いして、いまは背伸びしなければ見えなくなってしまったと笑った。

その意味がわからなかったので、雪子は大きな仏壇の近くへ行き、そこから庭に目をやった。

さまざまな種類の庭木が池の周りに植えてあったが、雪子の目にも、それらは庭師の手が感じられなかった。

木が小さいときは、池を中心に、塀のはるか彼方にそびえる立山連峰を借景として楽しむための灯籠と植木の工夫された配置だったのであろうが、木は大きくなり、灯籠どころか彼方の立山連峰までも隠してしまい、庭の隅の石の上に飾られた鶴の置き物は汚れて灰色となり、燃えないゴミとして捨てられたガラクタに見える。

「この庭、ご主人が自分で造ったんですか？」

雪子の問いに、

「そこの三畳の間に坐って、じいっと立山連峰を見ながら、何枚も何枚も設計図を書いて、何年もかけて自分で造ったんです。木は大きくなるってことを考えに入れてなかったんです」

と海歩子の姉は笑いながら言った。

「あれは何ですか？」

雪子は、池と塀とのあいだにある大きな石を指差して訊いた。庭石の上に土管を輪切りにしたような別の石が載せてあった。

「縁側に寝転がると、あの穴に立山連峰のいちばん高いところがすっぽりおさまるんです。なにもあの穴から覗かなくてもねェ……」

「あの鶴は？」

「ああ、あれはモーターのスイッチを入れると長い嘴《くちばし》から水が噴水みたいに出るんです。庭に水を撒かなくても、あの鶴がやってくれるって。だけど、すぐに壊れてしまって、ただの置き物になってしまいましたねェ」

「でも、これだけの庭をよくひとりで造りましたねェ。ご主人が生きてらしたら、せっせと伸びた庭木の剪定《せんてい》をなさって、立山連峰がよく映えるお庭になったんじゃないですか？」

「生きてるときに、もうあきらめて、剪定なんかしなくなってましたよ。設計ミスやなァって、縁側に坐るたびに言ってました」

海歩子が、自分の腕時計を人差し指で突《つつ》いていた。

雪子は、ソファに戻り、茶を飲みながら、再び太い梁や高い天井を見やった。こんな広い家に生まれ育った千春が、東京の生活で心を疲弊させたのは当然だと思った。六畳一間のアパートでひとりで暮らし、満員の電車に乗り、巨大な騒音と無用な光に溢れた東京で働いていたら、この私だって心が壊れそうになるだろう……。

雪子はそう思いながら、

「冬は寒いやろねェ。石油ストーブくらいでは、家のなか、暖まれへんやろ？」

と海歩子に話しかけた。

「昔は、ここに囲炉裏が切ってあったのよ」

そう言って、海歩子はテーブルの下を指差した。同じ入善町でも、海沿いと山沿いとでは気温も異なるし、雪の量も比較にならない。いまは雪が少なくなったといっても、この脇田の家の周辺は黒部峡谷の麓のようなものなので、富山市内に雪が降っていなくても、ここでは降ることが多いのだ。

海歩子はそう説明して、

「お姉ちゃん、もう行くわ。千春が待ってるから」

と言って立ちあがった。

「お姉ちゃんは話し好きなのよ。初めての人とは最初は口数が少ないんだけど、エンジンがかかるとどんどん喋りだすの」

脇田家を辞して、別の農道を海のほうへと行きながら、海歩子は言った。

四時半だったが、稲刈りを終えて二十日ほどたつという田圃には隈なく秋の太陽が照りつけているかのようだった。

稲刈りのあとには、田圃のなかに木を組んで、そこに刈った稲を干す期間があるものと雪子は思っていたが、どこにもそんな光景はなかった。雪子がそのことを訊くと、

「ああ、稲架掛《はさがけ》ね。稲架木《はさぎ》ともいうけど、いまは刈った稲を天日干しする農家はほとんどないわ。どの農家も乾燥機を使うのよ。自分たちが食べるぶんだけ天日干しするって農家はあるけど」

「なんで？」

「やっぱり、そのほうがおいしいのよ」

「へえ、そしたら、おいしいお米は自分らで食べて、おいしくないほうは私らに廻ってくるのん？　そんなずるいことをしたらあきまへんえ」

海歩子は笑いながら、

「米作り農家の役得よ。ささやかな役得」

と言いながら、運転する軽自動車の速度を落とした。下校中の中学生たちが、農道を自転車で一団になって海のほうへと進んでいた。

太陽の光がわずかに赤味を帯びてきた。

海歩子は農道から県道に入ると、軽自動車を黒部川のほうに向け、少し山側へと戻った。

新川黒部橋という橋のほとりの堤を二十メートルほど行ったところで車を停め、

「あれが愛本橋よ」

と言って、川の上流に目をやった。赤いアーチ状の橋が遠くに見えた。

山が平野へと突如変貌しているかに思える場所にある小さな赤い曲線……。濃い緑に包まれた急な水路の奥まったところに隠れている赤い点……。

ああ、私もあの橋を美しいと思う。まるで舞妓から芸妓になったばかりの「ふみ弥」のようだ。

あんなに清潔な色香を漂わせた芸妓は二度と出まい。固く閉じた緑色の着物を透かせて上質の小粒なルビーが仄《ほの》かに艶めいて見え隠れしている。そんな風情の芸妓だったな。

雪子は、去年の春に死んだ「ふみ弥」をなぜふいに思い出させたのかと思いながら、そこからだと五センチくらいの長さにしか見えない愛本橋を眺めつづけた。

もうひとつ下流の橋からも見えるが、そこからだと愛本橋はただの赤い点だ、と海歩子は言った。

「私、いま突然、ふみ弥ちゃんを思いだしてしもた……。なんでやろ。橋を見て、人間のことを思いだすなんて、我ながら不思議やわ」

ああ、と小さく声をあげ、海歩子は車から出て、黒部川の堤を歩いて行った。雪子もついて行った。

鬱蒼《うっそう》とした樹木が川の畔で揺れるたびに、赤い橋はあらわれたり隠れたりした。

「私にとっては忘れられない芸妓さんよ。私より七つも歳下……。三十九で死ぬなんて……。ふみ弥姐さんが少し酔っぱらって『小松』で笛を吹いてくれたことがあったの。私は、その数日前に自分が妊娠してるってわかったの。白川通の婦人科で診てもらって、間違いないってお医者さまに言われて……。でも私は、そのことを誰にも喋らなかったわ。産むって決めたから。あの日、ふみ弥姐さんは、大金持ちの御曹司のお伴で『小松』に来たのよ。飛ぶ鳥を落とす勢いだってちやほやされて、太鼓持ちみたいな仲間をたくさん従えてた人よ」

海歩子の言葉で、ああ、あの人かと顔は思い出したが、雪子はその御曹司の名前が浮かんでこなかった。

その男は、取り巻きたちに乗せられて、海外でのリゾート業に手を出し、莫大《ばくだい》な負債をかかえ込んで、五年ほど前に首を吊ったのだ。

「雪子さんはひどい風邪をひいて休んでたの」

海歩子はそこでいったん話を区切り、やはりもうひとつ下流の橋からの愛本橋を見せたいと言い、雪子をせかすようにして軽自動車に戻った。

黒部川の東側の、入善町の農道を下流へと進むと、きれいに整備された公園があった。その大きな公園を東西に横切る道に入って、海歩子は橋の真ん中で車を停めた。ここからでないと愛本橋は見えないのだという。川の両岸に生い茂る樹木が愛本橋を隠してしまうらしい。

さっきの橋から見えた愛本橋は、橋だとわかる形状だったが、いま雪子に見えているのは、小さな赤い点だった。

「ねっ？　ふみ弥姐さんでしょう？」

と海歩子は笑顔で言い、バックミラーに目をやった。この道は大型の車がよく通るようなので、もし後ろからダンプカーでもやって来たら、この軽自動車を動かして橋を渡ってしまわないといけないのだなと雪子は思った。そうしないと、道をふさいでしまうことになる……。

しかし、この橋から愛本橋が見える場所は、いま車を停めているこの一点だけなのだということも雪子にはわかった。

ほんまや。お座敷に呼ばれたふみ弥が、他の地方《じかた》たちに遠慮しながら笛を吹いているときの風情や……。

雪子はそう思った。

地方は、お座敷で三味線や笛や太鼓を奏でて、主に芸妓と舞妓の踊りの伴奏をするのが仕事だ。ときには客の要望で、踊りなしで三味線なら三味線の、笛なら笛の独奏をする場合もある。

ある年齢を過ぎて、さらに花街での仕事を続けようとする芸妓たちは、地方としての技量を身に付けて方向転換を図る。芸妓や舞妓を盛り立てる側へと廻るのだ。

そんな地方や囃子方にしてみれば、ふみ弥の笛は自分たちの職分を奪う存在となる。しかし、ふみ弥の笛を聴きたい客が強く求めれば、地方の女たちは自分の心を隠してふみ弥の笛に聴き入り、曲が終わると笑顔で拍手しなければならない。

それを案じた「はせ川《がわ》」の女将は、ふみ弥に、笛を捨てろと命じた。いやだというなら、どんなに客に求められても、呼ばれたお座敷で笛を吹かないと約束しろ。お座敷で舞う芸妓が地方を敵に廻してどうするのだ、と。

だが、ふみ弥が笛を吹かなくなると、なんとかして吹かせてみようと躍起になる客が増えたのだ。そして、芸妓としても超一流でありながら、笛の名手としての名も上がりつづけた。

雪子は、お座敷で笛を吹くのをやめたために、かえって篠笛《しのぶえ》奏者として評価が高まってしまった頃の、ふみ弥の美しさが忘れられないでいた。

「ふみ弥姐さんのような芸妓さんは、祇園にも先斗町にも上七軒にも宮川町にも、もう二度と出ないわね」

と海歩子は言い、後ろから来たダンプカーのために自分の軽自動車を走らせて橋を渡り、そのまま黒部市側の道を海の方へと向かった。

「あの晩、『小松』で聴いた曲は何だったのかなァ。あんまり素晴らしくて、聴いてる最中に涙が出てきて、曲名を教えてもらいたかったけど訊けなかったの」

そう言ってから、海歩子はしばらく無言で車の運転をつづけた。

北陸自動車道の下をくぐり、新興住宅地の横を通り、北陸本線の踏切を渡った頃、

「ふみ弥姐さんは、私と賀川直樹のことを知ってたのよ」

と海歩子は言った。

花街は狭い世界なのだ。その世界で生きる者特有の目は「鋭く横に切れている」という言い方で表現される。前を見ていながらも、右で誰が誰と深い仲になったか、左で誰と誰がいがみ合っているかを見抜いている。あの二人はそろそろ終わりそうだなという勘も外れない。

雪子はそう思い、海歩子と賀川直樹のことに気づいていたのは、ふみ弥ひとりではあるまいと言った。

「うん、そうね。でも、佑樹が賀川直樹の子だってことも、ふみ弥姐さんは知ってたと思うわ」

その海歩子の言葉に驚き、

「なんでやのん？　ふみ弥ちゃんは、佑樹と逢うたことがあるのん？」

と雪子は訊いた。

「うん、いちどだけ。佑樹が一歳半くらいのころよ」

それから、海歩子は、東山区の有名な寺の名を口にして、その近くの道を佑樹をベビーカーに乗せて歩いていると、喪服を着たふみ弥姐さんに呼び止められたのだと言った。

ふみ弥姐さんは、舞妓時代から茶道を教えてもらってきた先生の葬儀に参列した帰りだった。

他の親しい芸妓仲間はタクシーで帰ったが、自分は少しこの辺りを歩いてみたくて、とふみ弥姐さんは言い、近くに昔からの甘味処があるので一緒に行かないかと誘ってくれた。そこのクリームみつ豆は、こんな小さな子でも喜んで食べるはずだ、と。

私は、「カットハウス・クリップ」の開店の頃からのお客さまが南禅寺《なんぜんじ》の近くに家を新築したので、そのお祝いを届けた帰りだった。話し好きで、そのうえ退屈しているので、私ひとりで伺ったら、家の中に招き上げられて、一時間以上も話し相手をさせられると考えて、佑樹を連れて行ったのだ。

幼い子が一緒なら、無理強いはされまいという計算どおりで、私は玄関先で失礼することができたのだ。

佑樹が一緒だったからあまり気乗りはしなかったが、ふみ弥の誘いを断れなくて、豪邸の並ぶ道を北へと歩くと、東山のほうへとつづく静かな細道を入ったところに老舗の甘味処があった。円山《まるやま》公園の南側だ。

葬儀は参列者が多くて、お焼香の順番を待つのに長いこと立ちつづけて疲れたとふみ弥姐さんは言い、

「おとなしい子ォやねェ」

と感心したように佑樹を見ていた。

富山に住む父親は子供が生まれる前に病死したということになっていて、それはふみ弥姐さんも知っていた。

「お名前は？」

とふみ弥姐さんはまだ答えられないことを承知で佑樹に訊いた。

夏目佑樹というのだと私は代わりに答え、コースターに四文字の漢字を書いた。

そのあと、とりとめのない会話を二十分ほどつづけていると、佑樹がぐずりだしたので、私たちは店から出た。

一緒にタクシーでと誘われたが、私は佑樹のおしめを替えたかったので、正直にそう言った。店から東山のほうへと行く道に公園のようなものが見えていたのだ。

ふみ弥姐さんは、

「ほな、おばちゃんは先に帰るえ。直樹ちゃん、またお逢いしまひょな」

と笑顔で言い、佑樹の顔をそっと撫でて、行ってしまった。

私は黒い着物姿のふみ弥姐さんのうしろ姿が見えなくなるまで、その場に立っていた。

わざと間違えたのではないということだけはわかったし、ふみ弥姐さんは、自分が「佑樹」を「直樹」と言い間違えたことに気づいていないこともわかった……。

いかにもふみ弥らしい。楚々《そそ》とした姿形や立居振る舞いの底に、本来の気の強さやおてんばなところが見え隠れしていて、ときどきとんでもないことを口にする。京都の花街では禁句のような言葉を、呼ばれたお座敷であっけらかんと喋ってしまう。客はまたそんなふみ弥という芸妓を愛したのだ。

雪子はそう思いながらも、黒部漁港までの車中、ただ無言でいた。

魚市場の向こうは黒部漁港だった。

駐車場に車を停め、

「ふみ弥姐さんは、とにかく笛が好きだったのよ。理由なんかないの。ただ笛が好きで、もっともっと名曲をたくさん修得して、自分で吹きたかったの。あの東山区の甘味処でもそう言ってたわ。どうしてこんなに笛に惹かれてしまったのか自分でもわからないって」

とつぶやき、海歩子はさほど大きくはない魚市場の前に立てかけてある幾本もの幟《のぼり》を見つめた。

幟には、魚や波の絵が染め抜かれていて、雪子のいるところからは防波堤に包み込まれているような黒部漁港の左側半分が見えた。

私はまたどうしてふみ弥という芸妓を思い出したりしたのだろうと、雪子は軽自動車の助手席に坐ったまま考えた。

幼稚園児だった佑樹が「かがわまほせんせい」にファンレターを送り、その手紙に対する返事が届いた……。約十年前に、そのようなことが起こっていた。「やさしいおうち」という絵本を描いている人が、賀川直樹の娘だということを、きょうまで海歩子は知らなかった。

――ぼくのことをすきですか。かがわまほせんせい、ぼくのことをすきになってくださいね。――

――わたしは、ゆうきくんをだいすきになりました。――

なんというやりとりであろう。人間の世界には、こんな奇跡に似たことがあちこちでしょっちゅう起こっているのかもしれない。人間はそれに気づかないだけなのではないのか……。

そんな思いが、私という人間の感受性を強く刺激しつづけて、遠くの愛本橋のたたずまいからふみ弥を連想させたのかもしれない……。

雪子はそんなふうに考えながら、ときおり風ではためく魚市場の幟を見ていた。

「私も雪子さんも、きょうは少し変よね」

と海歩子は言った。朱色の太陽は、魚市場の屋根の向こうに落ちかけていた。

黒部漁港の半分が赤い魚の群れに満ちて揺れているようだと雪子は思った。

魚市場には見たこともない魚も、初めて耳にする魚名もたくさんあったが、富山市内のデパートの食料品売り場で上等の牛肉とソーセージをたくさん買っておいたと海歩子が言うので、雪子は〆《しめ》アジを作ることにして、大きなアジを一尾、店の人に三枚におろしてもらうと帰路についた。

黒部漁港から魚津港の横を通り、旧北陸街道沿いの町並を抜けて滑川漁港を過ぎると、自分の家の近くで海歩子は車を停めて、ショルダーバッグから化粧道具が入っているポーチを出した。

周りの景色にばかり見入っていた雪子は、黒部漁港を出てから、海歩子が声を出さずに泣いていたことに気づかなかったのだ。

「逢うたこともない『かがわまほせんせい』に、ぼくのことを好きになってくださいね、なんて、幼稚園児にしてすでに佑樹は女心のくすぐり方を心得てるえ」

雪子は、海歩子を笑わせるためにそう言った。

「あの子、女の子にはからきし駄目なのよ。好きな子を遠くから見てるだけ」

「そう思うてるのは母親だけどすえ」

と雪子は花街言葉をことさら強調させ、歌舞伎の女形《おやま》の口調まで真似て言った。

「私、このごろ、自分でも変だなって思うくらい涙もろくなったの」

海歩子は軽く化粧をしなおしながら言った。

「四十七歳やろ？　そろそろ始まってるえ、更年期が」

「更年期？　そうかぁ、そのせいかしら。そうよねぇ、もうそろそろよねぇ。思い当たる節が多々あるわ。雪子さんはどうなの？」

「私はもう五十三。もうじき五十四やもん。双六《すごろく》でいうたら、上がり。せいせいしてるえ」

その雪子の言い方がおもしろかったらしく、海歩子は運転席で身をよじるようにして笑った。


裏庭でのバーベキューは夜の十時過ぎまでつづいた。海歩子が赤ワインを止晃とふたりであけてしまい、そのあと缶ビールまで飲みだして、正晃と漫才のような掛け合いを始め、それがおもしろくて、佑樹も千春もバーベキュー用のコンロの側から離れなかったのだ。

雪子は、千春はどうやって入善町の脇田家まで帰るのかと心配になってきたが、入善駅に自転車を停めてあるという。

北陸自動車道の入善インターからもかなり距離があった気がしたので、駅から千春ちゃんの家まで自転車でどのくらいかかるのかと雪子は訊いた。

「家から駅までは三十分。駅から家までは、のぼり道だから五十分かなぁ」

と千春は答え、会社を辞めたあと、同じ部署の人たちがお金を出し合って、自転車を買って送ってくれたのだと言った。

「千春ちゃんに届いた自転車を見て、びっくりしたちゃ」

と佑樹は笑いながら言い、焼き過ぎて焦げてしまったソーセージを食べた。

それはサドルがふたつ、ペダルが前とうしろに二組付いている文字どおりの二人乗り用自転車だったという。

――どんな自転車がいいかと訊かれ、千春はうしろの荷台に人間も乗れる丈夫なのが欲しかったので、二人乗りができる自転車をと頼んだのだ。最近は、小荷物しか載せられない頼りない荷台の自転車が多いからだった。

だが、よしわかった、二人乗り用の自転車だなとこころよく応じてくれた先輩は、観光地のレンタル・サイクル屋に置いてあるふたりで漕ぐ自転車をネットショップで買って送ってくれたという。見た目は二輪だが、後ろの車輪はふたつの車輪がくっついていて、じつは三輪なのだそうだ。

千春は困ってしまった。それは、ひとりで漕いだら重そうだったし、そんなものにひとりで乗るのは恥ずかしかったからだ。

せっかくの先輩の心遣いを無にする気がして、自分が欲しかったのはこれではないのだと携帯メールを送るのはためらわれた。

ふたりで漕がないと重いだろうか。試しに乗ってみたかったが、そうしたら新品ではなくなって他の自転車との交換も返品もできなくなる。

どうしたものかと思案の最中に、佑樹が脇田家に遊びに来たので相談してみた。すると、まだビニール袋に包まれて箱に入ったままの二人乗り用自転車を出し、佑樹は、ぼくならこれに乗ると言った。いざというときに役に立ちそうだ、と。

いざというときとは、どんなときかと訊いても、答は返ってこなかった。ただ、佑樹は、うしろのサドルに坐った人も一緒にペダルを漕いでくれたら、普通の自転車の荷台に誰かを乗せてひとりで漕ぐよりもうんとらくなはずだと言った。

たしかにそのとおりだ。そのための二人乗り用自転車なのだから。

千春はそう思い、これをネットショップで探して購入してくれたのも何かの縁だという気持が強くなり、佑樹とふたりで自転車を箱から出し、前のほうのサドルの高さを自分に合わせて、まずひとりで家の周りの農道で試乗してみた。

思いのほか軽くて、これなら母を入善駅の近くの病院に乗せて行けると思った。

だが、家から駅までの道は下り坂が多いが、帰りはどうだろうか。母は肉体的にはどこも悪くはないが、三年前から始まった軽いうつ症状の治療を受けている。

更年期障害が引き金になったそうだが、いまでも突然気力をなくす日があり、そんなときは人に逢うのをいやがるし、台所仕事も放棄して、半病人のように寝たり起きたりの日が二、三日つづく。

お医者さんは、そんなときは気力を奮い立たせて、せめて洗濯くらいはやってしまおうなどとは決して考えず、心と体が命ずるままにゆっくりと横になっていろ、頑張るな、やがて必ず元気になっていくことは間違いないのだと、何度も何度も嚙んで含めるように言い聞かせてくれる。

症状の良くないとき、入善駅の近くの病院から家までの道を、母はうしろのペダルを漕げるだろうか。

千春の心配を知った佑樹は、ぼくがおばさんの役をするから、病院まで行ってみようと言った。この周辺の農家がいっせいに稲刈りを始めた日だった。

行きは快適だった。それどころかこのまま駅を通り過ぎ、田園を突っ走って海まで行ってしまいたくなるほどの爽快なサイクリングだった。

病院の前でUターンをして、駅前の道をまっすぐ進み始めると、佑樹はペダルを漕ぐのをやめた。うしろのハンドルをつかんでサドルに坐ったまま、重い？　疲れる？　どのくらい脚にこたえる？　と訊いた。

普通の自転車の荷台に母を乗せて漕ぐのとさして違いはないと答え、ふたりは黒部川のほうへとあえて遠廻りをして脇田の家へ帰ると、次に佑樹が前のサドルに坐り、千春がうしろに坐って、もういちど病院へと向かった。

帰りは、いちばんきつい坂のところで、千春もうしろのペダルを漕いだ。

千春も佑樹もはしゃいでしまって、稲刈りをしている顔馴染みの人たちに「こんにちは」と大声で挨拶をしたり、猛然とスピードをあげたりしながら、愛本橋の近くまで行くと、舟見の集落の方へと廻り道をして帰った。帰り着いてから、

「この自転車で道を走るのはたぶん違反だよ。おまわりさんに見つかったら怒られるけど、嘘泣きをしてあやまろうね」

と佑樹は言った。

ふたりで一緒に漕ぎつづけたら、かなり遠くまでのサイクリングでもさほど疲れないとわかったので、いったん脇田の家でひとやすみしてから、こんどは入善漁港まで行こうということになった。

佑樹が小さいころ、重い旧型の自転車の荷台に乗せて、千春はよく入善漁港までつれて行き、岸壁で魚を釣っている人々の釣果を覗き込んだりして遊ばせたのだ。

千春も佑樹も、入善町の山側にある脇田家から入善漁港への道が好きだった。

田園に張りめぐらされた用水路には、黒部川の水が溢れるほどに流れていて、各田圃に送り込まれる。農道の両端には、その用水路の、ほとんど急流といってもいい流れが音をたてている。

稲と用水路の清冽《せいれつ》な流れに包まれるようにして、目に見えるか見えないかの下り勾配の農道を入善漁港へとめざす最も美しい道を、千春は、幼い佑樹とともにみつけたのだ。

車の通行が少なくて、休憩するのにもってこいの寺や神社があって、しかも家から漁港をほとんど直線に結ぶ経済路だ。

稲刈りの最中には、刈られたばかりの稲の茎から放たれる独特の香りに満ちる道だ。

二人乗り用の自転車を佑樹と一緒に漕いで、入善漁港に行き、釣り人の並ぶ岸壁で遊び、そこからすぐの、黒部川が海へと流れ込んでいる場所から立山連峰を眺めているうちに、千春は、母がとても元気になっていることに気づいた。

うつ症状がなりをひそめてしまっている。油断はできないだろうし、まだ薬の服用もつづけなければならないだろうが、大きな峠は越えたかもしれない。

そうか、母のうつ症状は、私が東京で働くようになってから悪化したのだから、きっと娘を案じる心のせいだったのだ。私は私で、弟や妹からの電話で母の様子を伝えられるたびに心配が募って、それがいっそう元気を奪いつづけた。

お互いが案じ合って、お互いが富山と東京とで似たような病気にかかっていたのだ。

そのことに思い至ると、千春は、ひとりで漕ぐといささか車体が長すぎるし、よく目立つ二人乗り用自転車を送ってくれた平松純市という先輩に何かお礼をしたくなった。

それで、きのうの夜、まずお礼の手紙を書き、入善駅近くのポストに投函《とうかん》した。でも、手紙だけでは気が済まない。魚の干物のいいのを送ろうかと思ったが、平松さんは独身で恋人もいないようだから、かえって迷惑をかけるかもしれない。さて何を送ろうか。けさからずっと考えつづけている。——

千春は、バーベキューで使った金網を台所に運んだり、皿や箸を片づけたりしながら、最初は訥々《とつとつ》と、やがてときおり方言も交えて滑らかな口調で語り終えてから、

「きょうは泊まっていってもいい?」

と海歩子に訊いた。

もし遅くなったらと考えて、その用意をしてきたという。

それから千春は、来週から自動車教習所でペーパードライバー用の講習を受けることになったと言った。

新しい勤め先の上司に、富山の女が車の運転を怖がっていてはどうしようもないと叱られた。通勤だけなら、あの変な自転車でもいいが、銀行や役場に行くことが多いのだから、二人乗り用自転車をひとりでえっちらおっちら漕いでいては仕事にならない、と。

千春が何枚もの皿を持って台所に行ってしまうのを見届けてから、

「あの子、よう喋るがな。無口な子ォやなァて思てたのに」

と雪子は海歩子に言った。

「母親に似たのよ。慣れてくると、滑舌が良くなって、どんどん喋りだすの」

その海歩子の言葉で、縁側に腰かけていた佑樹が笑った。それはお母さんもおんなじだ、血筋だ、と。

雪子は、笑うと細い垂れ目になる佑樹を見やり、この子の笑顔は幼いころから少しも変わっていないと思った。誰にも愛される剽軽《ひょうきん》な笑顔だ。いったいどっちに似たのだろう。母親だろうか、父親だろうか。

賀川直樹の笑顔を思い浮かべようとして、雪子はぼんやりと裏庭の向こうの板塀に目をやったが、直樹の笑った顔は甦ってこなかった。

片づけなんか手伝わなくていいから、のんびりと風呂にでも入ったらどうかと海歩子に勧められ、雪子は正晃と一緒に二階へあがると、旅行鞄から着替えの下着とパジャマを出した。

海側の出窓のところに腰をおろした正晃が、

「あっ、漁船が出ていくでェ」

と言ったので、雪子は夫の側に行き、夜の海を見た。三隻の小型の漁船が滑川漁港から漁に出ていくところだった。二隻はイカ釣り船だとわかったが、もう一隻の漁船には、甲板で強い光を放つ電球は並んでいなかった。

その漁船がかなりの沖合まで進んだころ、旧北陸街道のほうからも、漁港のほうからも、人声やら軽自動車の音がひとつになった、決して耳障りではないさんざめきが湧きあがってきた。

漁師の仕事が始まったのだなと雪子は思い、正晃の足元に坐って階下の様子に耳を澄ませたあと、賀川直樹の娘が「かがわまほ」という絵本作家であることを小声で話して聞かせた。

「へえ、絵本作家かァ。幾つくらいやねん?」

雪子は、三十五歳だそうだと答え、まだ幼稚園に入ったばかりの佑樹が、その「かがわまほ先生」にファンレターを送ったこと、すぐにそれに対しての返事が届いたことを話した。

驚き顔で正晃は雪子を見つめたが、言葉は発しなかった。

雪子が、佑樹の書いたひらがなだけの手紙の内容と、「かがわまほ先生」が返事に書いてくれていた文章を口にしようとしたとき、大きな音をたてて階段をのぼってきた佑樹は、

「お風呂は台所の左側ね。小さい風呂やから、でかおじさんはいっちゃん最後やわ。お

湯が溢れて失くなっかもしれんからね」

と言った。

それから、自分の勉強机の抽斗をあけ、大事なものをしまってあるらしい竹で編んだ箱のなかから一通の手紙を出して、雪子に渡した。

「かがわまほ先生」からの返書を見せてあげてくれと母親に頼まれて階段を駆けのぼってきたのだと察したが、雪子は佑樹の前では手紙を読むことはできなかった。

「読んだら、ぼくの机の上に置いといて」

そう言って、佑樹は階段を駆け降りていった。

雪子は、なぜこの手紙を見たいのかと佑樹が質問してこなかったことに安堵して、「夏目佑樹様」と書かれた繊細な筆致のペン字を見つめ、封筒の裏側の「京都市中京区クララ社気付　かがわまほ」という字に長く見入った。

「それか？」

と正晃は訊き、封筒を雪子の手から取って、なかの手紙を取り出したが、先には読まず、早く読んでしまわないと佑樹が戻ってくるかもしれないぞと促した。

「うん、そうやねェ」

雪子は、四角い封筒と揃いの、二つ折の便箋をひろげた。手紙をくれたことのお礼につづいて、まだ幼稚園なのに、ひらがながこんなに上手に書けることにびっくりしましたと褒める文章がつづいたあと、行を変えて「わたしは、ゆうきくんをだいすきになりました」と美しい字でしたためられてあった。余白には、何色かの絵具で「やさしいおうち」で仲良く暮らしている亀やカンガルーや象やライオンたちの絵を直筆でつけくわえてあった。

「九年前や」

と言いながら、雪子は手紙を正晃に渡した。

階下から海歩子が呼んでいた。雪子は、風呂に入る用意をして階段をおりた。

正晃が最後に風呂に入っているあいだに、海歩子は蒲団を敷きに来て、机の上に置いてある手紙に目をやり、

「こんなことが起こるのねェ」

とだけ言うと、正晃が持参した小豆入りの枕を持った。

気をつけないと腰を痛めかねないと言いかけたが、雪子のその言葉よりも先に枕を持ち上げようとした海歩子は、

「うわっ」

と叫んで、くの字に曲げたままの腰に手をやり、しばらくその姿勢で顔をしかめつづけた。

「大丈夫？　ぎっくり腰をやってしもたんとちがうやろねェ」

雪子は慌てて海歩子の体を支えた。

ゆっくりと腰を伸ばし、二、三回、上半身を左右にねじってから、

「大丈夫みたい。でも、ほんとにぎっくり腰になったかと思ったわよ。何なの、この枕。何キロあるの？　何が入ってるの？」

と海歩子はあきれ顔で訊いた。

「小豆。うちの亭主の首は、この枕でないとあかんねん」

雪子は海歩子に謝りながら言い、大学時代にラグビー部員だった正晃は全国大会の一回戦で頸椎《けいつい》を痛めて、一ヵ月ほど入院したのだが、なんとか治ってからも、つねに枕のことで悩みつづけてきたのだと説明した。

「この小豆の詰まってる枕だったらいいの？」

「うん、やっとその枕にめぐり逢うてから安眠でけるようになりはってん。首って、いっぺん痛めると、なかなか治らへんらしいえ。そやけど、もうちょっとで首から下が不随になってたかもわかれへんほどの怪我やったそうやから、それを免れただけでもありがたいと思わんとねェ。ラグビーを諦めなあかんようになったために勉強するしかなくなってしもて、教員採用試験に一発合格できたそうやねん」

十二時前だったが、まだ起きていた佑樹が二階へあがって来て、手紙をしまってもいいかと訊いた。

大事な手紙を見せてくれたことへのお礼の言葉を述べたあと、

「このかがわまほ先生からのお手紙は、佑樹の宝物やなァ」

と雪子は言った。

「うん、すっごいでしょう？　直筆で絵を描いてくれたがやぜ」

そう得意そうに言って、佑樹は手紙を竹製の箱にしまうと階下へ降りて行った。

窓を閉めないと風邪をひく。気温が急に下がってきたようだ。海歩子はそう言いながら蒲団を敷き終え、雪子夫婦のあしたの予定を訊いた。

何の予定もたてていない。あしたの夜に京都へ帰り着けばいいのだから、旧北陸街道を魚津から黒部市までドライブして、夫に愛本橋を見せてやりたいのだが、それもそのときの気分次第だ。

京都を出るとき、夫は高岡の町にも氷見《ひみ》の港にも行ってみたいと言っていたが、ふみ弥姐さんを思い起こさせる橋だと言えば、愛本橋を見たがるかもしれない。

夫は、中学を卒業してすぐに宮川町の置き屋「はせ川」にやって来た、まだ十五歳になったばかりのふみ弥の愛らしさを、自分が担任するクラスの男子生徒たちに話した。するとと、男子生徒たちは、ふみ弥をひと目見ようと押し寄せて、ちょっとした騒動になったのだ……。

雪子はそこまで話して、当時のことを思い出しながら笑みを浮かべた。

「へえ、どんな騒動？　なんとなく想像はつくような気がするけど」

と海歩子は言い、旧北陸街道に面した窓を閉めた。海側の窓も閉めようとしたので、雪子は、滑川漁港から出て行く漁船のどことなく勇壮な光を見ていたいのであけておいてくれと言い、厚手のカーディガンをはおって出窓のところに腰かけ、話をつづけた。

私立の男子校だからこそ、夫は年頃の生徒たちに冗談混じりに、可愛らしい舞妓見習いの存在を教えたのだが、クラスでもやんちゃな高校生六人は、ひと目ふみ弥を見ようと宮川町の本通りにある置き屋「はせ川」の前を徘徊《はいかい》するようになったのだ。

「ふみ弥」というのは芸妓になってからの名で、舞妓時代の名が何だったのか思い出せない。

京都の花街の舞妓や芸妓は、やんちゃな男子高校生にとっても別世界の女だ。高嶺《たかね》の花というよりも、自分たちの想像の及ばないところにいる女たちで、恋愛の対象として考えることはできないのだ。

それなのに、夫の担任するクラスの、いわば問題児たちは、ふみ弥を見て雷に打たれたようになってしまった。

踊りの稽古に行くふみ弥にひとこと声をかけようと学校をずる休みする子もいる。朝早くに「はせ川」の前に行き、ラブレターを郵便受けに入れる子もいる。

周りの妙な騒がしさに気づいた「はせ川」の女将は、そのことでふみ弥と朋輩《ほうばい》のあいだに亀裂が生じるのを危惧したし、同じ年頃の高校生を手玉にとるすれっからしと誤った評判がたつ前に手を打たねばと考えて、学校に抗議した。

学校側は慌てて調査して、その高校生たちをたきつけたのが担任の甲本正晃らしいと知ったのだ。

校長や教頭だけでなく、理事会からも叱責され、夫は訓戒処分を受け、高校生たちも保護者が学校に呼ばれた……。

「それでどうなったの？」

海歩子は笑いながら訊いた。

「健全な青春です。ラブレターをそっと郵便受けに入れるなんて、いまどき珍しい。私の生徒は罪を犯したんですか？って理事長や校長の前に立ちはだかるようにして睨んだそうやねん。それで学校側もなんとなく曖昧に一件落着させてしまいはった……。そのときのやんちゃグループが、どこで知ったのか、ふみ弥姐さんのお葬式に来たんや。家業を継いで料理人になった子ォ。豆腐屋さんになった子ォ。大手の商社に勤めてる子ォ。精密機械の技師になった子ォ。自分で焼肉のチェーン店を築いた子ォ。それぞれ立派にちゃんと生きてはった」

階段の軋《きし》む音がして、風呂からあがった正晃がパジャマ姿で部屋に入って来た。

いま、ふみ弥姐さんの話をしていたのだと海歩子は言い、あしたは気がねなくゆっくり寝てくれとつけくわえて階下へ降りて行った。

「ふみ弥の話？　またなんでふみ弥の話題になったんや？」

正晃は佑樹の勉強机の前に坐り、佑樹が壁に貼った大きな地図に目をやりながら訊いた。

雪子の説明で、正晃はかすかに笑みを浮かべたが何も喋らなかった。

そして、しばらく夜の海に目をやりつづけてから、

「ぎょうさんの人が来てくれはったけど、寂しいお葬式やったなァ」

とつぶやいた。

雪子は、愛本橋を見てふみ弥を思い浮かべたのだと言い、壁に貼ってある風変わりな地図に見入った。

さっきから地図はしょっちゅう視界に入っていたが、まったく気にもとめなかったのに、さてこれはどこの地図なのかと思って眺めると、見たこともない陸地と海の形が詳細に描かれてあった。

「これはどこ？」

と雪子は夫に訊いた。

「ロシアと中国の一部と朝鮮半島のほうから見た日本列島や」

「えっ？　これ、日本列島？」

「うん。ぼくらが地図で見る日本列島は、ロシアや中国や朝鮮半島から見ると、こういう形になるんやなァ」

「なんで佑樹はこんな地図を壁に貼ってんやろ」

「びっくりしたんやて言うてた。物事を相手の側に立って見ると、なにもかもが逆になることにびっくりしたんやろなァ」

　それから正晃は、ボストンバッグからデジタルカメラを出し、お前が風呂に入っているときに写したのだと言って画像を再生した。

　かがわまほ先生からの手紙が写っていた。

「あっ、また二隻が出て行くでェ。バーベキューの用意をする前に、佑樹が漁港までつれて行ってくれたんやけど、あのときは港のなかに三隻しか停泊してなかったんや。いつのまに、どこから港に入って来たんやろ。それまでどこにおったんやろ」

　答を求めているのではなかったし、夫はそうつぶやきながらも、心のなかではまったく別のことに思いを傾けていることがわかったので、雪子は手紙の画像を眺めつづけた。

　かがわまほ……。どんな女性だろう。賀川直樹の次女。母親は異なるが、佑樹のお姉さん。絵本作家。幼稚園児に、こんなに心の込もった優しい手紙を送ってくれる人。私はパソコンは苦手だが、息子に頼めばインターネットで「絵本作家　かがわまほ」の写真が見られるのではないだろうか。

どんな人だろう。結婚しているのだろうか。佑樹と顔立ちが似ているのではないだろうか。驚くほど似ているような気がする。

居場所を海側に移し、畳にあぐらをかいたまま出窓に頬杖をついて、どこが水平線なのかわからない夜の海を見つめている正晃に、雪子は小声で自分の考えを言った。

漁港のさんざめきは消えて、遠くから猫の鳴き声だけが聞こえる家では、声を殺した内緒話も階下の佑樹の耳に届くような気がした。

「そんなことはやめとけ。平岩さんとの約束を破ってしまうはめになっていくぞ。お前の気持はわかるけど、その賀川さんの娘さんに一歩近づくと、二歩近づきたくなり、三歩近づきたくなり……」

雪子は、夫の言葉が終わらないうちに、

「うん、そうやねェ。そんなことをしてたら、佑樹をかがわまほ先生に逢わせたくなってくるやろねぇ」

と言った。

「流れにまかせるんやなァ。ぼくは、佑樹とかがわまほさんが、いつかどこかで逢うときが来るって気がしたんや。あの手紙の話をお前から聞いたときになァ。自然な流れのなかで機が熟して、佑樹も自分の父親のことを知るやろ。そのときが来なかったら、佑樹は永遠に父のない子になってしまう。おとなたちの都合で、佑樹をそうさせてしまいたくないやろ？　そやけど、まだ早い。じゃあ、いつになったら、なんて訊かれても、ぼくには答えられへん。自然な時の流れが、いちばんええ時期を教えてくれる。ぼくはそう思うんや。この手紙が、なによりの証《あか》しや」

正晃は、デジタルカメラを指差して言った。

窓を閉め、蒲団に入って明かりを消すと、雪子はあしたどこへ行くかと正晃に訊いた。

魚津、黒部市、愛本橋、高岡、氷見漁港と正晃は答えた。遠くから聞こえていた猫の鳴き声は、次第に近づいて来て、海歩子の家の屋根の上で大きくなった。

「この猫、恋の季節か？　他の家の屋根でお願いしたいなァ」

と正晃は言った。

第四章

三日前は、十一月に入ったというのに気温が二十四度で、よく晴れて、九月末に初冠雪があった立山連峰の輝きは増し、田圃で焼かれる籾殻《もみがら》の煙までが千春の心を浮きたたせてくれたが、おとといからは曇り空で一気に寒くなった。

今朝は八度くらいまで下がったそうだから、これから長い冬が始まるのだと思いながら、千春は二階の自分の部屋の机に置いた五センチくらいの亀のぬいぐるみを修繕するための道具を揃えた。

だが、修繕を始めるのはきょうでなくてもいい。甲本正晃と雪子の夫婦が滑川の家に泊まり、翌日の朝に発《た》ったあと、海歩子おばさんは軽自動車で入善町の家まで送ってくれて、大きなショルダーバッグのなかから亀のぬいぐるみを出して、時間があるときにこれを作ったときの状態に戻してくれないかと言ったのだ。

佑樹に頼まれたのかと訊くと、海歩子おばさんは首を横に振り、私がそうしておきたいのだと言った。

そのときは別段なんとも思わなかったが、こんなに古いぼろぼろのぬいぐるみを修繕してどうするのだろう。佑樹はもうぬいぐるみをよろこぶ歳ではないのに……。

そう思って、千春は目の前の壁に掛けてあるカレンダーを見た。大事な用件はそこに書くことにしてあった。

十一月四日の火曜日のところには「ＡＭ10時、県庁」と書いてあり、五日には「教習所、ＰＭ７時」と記してあり、きょうの欄には「ＰＭ２時、入善駅」とそこだけ遠慮したように小さい字が並んでいる。

千春は十一歳のとき、「やさしいおうち」に住む三匹の亀のなかで最も体の大きいお父さん亀のぬいぐるみを作ったのだ。

五歳になったばかりの佑樹にせがまれて和裁用のハサミと縫い針と糸を使ったのだが、横で見ていた祖母が見るに見かねて手伝ってくれた。

生まれて初めて縫い針を持つ手つきは当然ながら無器用で危なっかしくて、いまにも針で指を突いてしまいそうで、黙って見ているつもりだった祖母もとうとう口出しをしなければならなくなったのだ。

そのうち、ぬいぐるみ作りはあとまわしとなり、針の使い方を覚えるのが先だということになって、使い古したタオルをふたつに折り畳んで雑巾を縫わされた。三つの縫い方をそのとき覚えた。

なんとまあ上手なことだろう。すぐに覚えたし、縫い目もきれいで、とても十一歳の子とは思えない。千春がこんなに手先が器用だったとは驚きだ。

祖母の褒め方はお世辞とは思えなかった。

当時、佑樹は、家庭の事情で脇田家で預かって同居しているということにして、滑川ではなく下新川郡入善町の幼稚園に入園したのだ。

実際は、滑川で母親の海歩子と暮らし、朝、軽自動車で幼稚園に送られると、昼過ぎに祖母が徒歩で迎えに行き、脇田家に帰って来て、富山市内で美容院を経営する母親が迎えに来るまで待っているという日々だったのだ。

佑樹は幼稚園を終えてから四年間を入善町の小学校にかよった。だから、入善町には友だちが多い。

美容院が休みの日以外は、晩ご飯も脇田の家で食べ、風呂も脇田の家で千春や千春の兄妹たちと入ったので、ほとんど一緒に暮らしたのと同じだった。

そのころのことを思うと、千春は、海歩子おばさんがどれほど懸命に働いたか、子育てと仕事でどれほど体力と精神力を使ったかに感嘆してしまう。

しかし、高校を卒業して東京で働くようになると、海歩子おばさんが富山市内で「カットサロン・ボブ」を開店し、商売を軌道に乗せることができたのは、入善町に脇田家があったからだと思うようになった。

そして、そのことは誰よりも海歩子おばさんがよくわかっていて、佑樹にも脇田家への感謝を決して忘れてはならぬと言い聞かせ、脇田の家になにか困ったことが起こると必ず助け舟を出してくれるのだと知った。

千春は、机の上の目覚まし時計を見て、そろそろ行かなくてはと思い、ガラス窓から茶色の田圃に目をやった。

冬の始まりの曇り空の下は、そのときの心の状態で、際限のない枯野に見えたりする。きょうも私には枯野に見えると思ったとき、千春の心に、初めて帰省した去年の暮れの、吹雪《ふぶき》の西入善駅が甦ってきた。

東京から上越新幹線で越後湯沢《えちごゆざわ》駅へ行き、そこから特急電車に乗り換え、北陸本線の糸魚川《いといがわ》駅でさらに富山行きの各駅停車を待ち、入善駅にも停まる三輛連結の電車に乗ったが、途中で寝てしまって、西入善駅の手前で気がつき、慌てて降りたのだ。

その電車から降りたのは千春ひとりだった。飛行機は帰省客で満員で、仕方なく電車にしたのだが、身動きがとれないほど混んでいて、東京駅から越後湯沢駅まで通路で立ち詰めだった。

糸魚川駅からの富山行きの列車では坐ることができて、ああ、これでひさしぶりに母や弟や妹に逢えると思った。生まれ育った脇田の家で正月をすごせる。入善駅からは夕クシーに乗ろう。兄夫婦が同居していたら車で迎えに来てくれるだろうが仕方がない。入善駅に着くのは夜の十時前だが、まだタクシーはあるはずだ。もしなかったら、京子《きようこ》ちゃんに電話をかけて車で送ってもらおう。京子ちゃんは親切だし、家は入善駅から歩いて五分ほどで、お酒は一滴も飲めないから、家族は賑やかに飲んでいても大丈夫だ……。

そう思いながらも念のためにと千春は小学生からの友だちに列車のなかから電話をかけた。京子は、こころよく応じてくれて、タクシーがあってもなくても入善駅からもういちど電話をくれと言った。

それで安心して、新潟と富山とでは雪質が違うなァとぼんやり車窓の向こうを見ているうちにぐっすりと寝入ってしまった。

入善駅を乗り過ごして、西入善駅の吹きさらしの、誰もいない薄暗いホームに降りた瞬間、千春は寒さというよりも痛さで身を縮めた。ホームに積もった雪には足跡がなかった。

ああ、京子ちゃんに申し訳ない。迎えに行く用意をして電話を待ってくれているのに。私はいつもこうなのだ。まぬけなのだ……。千春がなさけない思いで無人の改札口へ架けられた通路へと歩きだし、ふと黒い夜空を見上げると、月が出ていた。

どうして吹雪なのに月が皓々と輝いているのかと歩を止めて、気味悪さを感じながら顔をもたげると、そんなものは存在していなくて、風の強弱で下から上へ、右から左へと烈しく流れていく雪ばかりだった。

幻だ、幻を見たのだ。でも、私がこれまでに見たどんな月よりも美しかった。

おかえり。もう東京へは戻るな。ここがお前の場所だよ。

お月さまがそう言って迎えてくれたのだ。

千春は、そんなふうに考えると嬉しくなり、全身が真っ白になるまでホームにたたずんで、もういちどさっきの月を見ることはできないものかと夜空に向けて顔をもたげつづけたのだ。

千春は、しばらくのあいだ、凍るほど寒かった西入善駅の幻の月を思い浮かべてから階下へ降りかけて、ぬいぐるみのところに戻り、どうやって修繕したらいいかを考えた。

気楽に引き受けたが、修繕というのは一から作るよりも難しいのではないかと心配になってきた。

かがわまほという絵本作家の絵だけで纏《まと》められた、文章は一文字もない「やさしいおうち」を見ながら作ったお父さん亀のぬいぐるみは、縫い物の得意な祖母に手伝ってもらっても、完成まで十日ほどかかった。

三匹の亀が親子だと決まっていたわけではない。しかし、二匹の亀を背中に乗せているいちばん大きいのが父亀だと五歳の佑樹は考えたらしかった。

千春がもっと小さかったころ、建設会社に勤めていた父に、大阪に住む学生時代の友人から立派な桐箱に入った上等のカステラがお歳暮として送られてきた。桐箱に入ったカステラなんか見たこともなくて、母はB4判くらいの大きさの、銀紙に包まれたカステラを慎重に取り出すと、幅三センチ、長さ七センチに丁寧に切り分けた。

千春は、そのカステラの匂いのする立派な桐箱が欲しかったが、祖母は脇田家に嫁いでからずっと集めてきた布の端切れをしまうのにちょうどいいと言って自分のものにしてしまった。

何のために大事に集めているのか、家族の誰もよくわからない色とりどりの端切れは、それまでいちども使われたことはなかったが、佑樹のぬいぐるみ作りで初めて役に立ったのだ。

濃い緑と薄緑と鉄錆色の布切れは、少々いびつな形状のお父さん亀となって、佑樹が小学生になるまで一緒の蒲団に寝てくれたが、やがてあちこちが綻び、縫い目も綻び、なかに詰めた綿もはみ出てきて、佑樹の勉強机の抽斗《ひきだし》のどこかに紙に包んで入れられたままになった。

しかし、そのぬいぐるみ作りによって、千春は自分の手の器用さを知ったのだ。

それまでも、それ以後も、千春は何をやっても周りに笑いを提供する道化役だった。

体育の時間にサッカーをさせられると、自分の前に転がってきたボールを蹴ったつもりが空振りをしてうしろにひっくり返る。

マット運動では前転もまともにできない。芋虫ではなく尺取り虫の動きだと笑われる。卓球では球ではなく卓球台の角を打って人差し指を倍の太さに腫らせたことがある。バドミントンのシャトルはラケットではなく額や鼻や唇で受ける。

べつに同級生たちを笑わせようとしているのではない。周りのお荷物にならないために懸命に取り組んでいるのに、千春の動きはつねに爆笑を誘うのだ。

五十メートル競走をしても、千春が走った跡だけまっすぐではない。

そんな千春は、手先の細かい作業だけが他の子供たちよりも抜きんでていると知ってから、祖母に縫い物を教えてもらったり、毛糸でマフラーや手袋を編むことに熱中する時期を持ったが、高校生になったころにやめてしまった。

祖母が死んで、縫い物と編み物の同好の士がいなくなったことも理由だが、兄のために編んだマフラーと手袋をプレゼントした際、あまり嬉しそうではなく、いちども使ってくれなかったからだ。

十八歳になると、千春は自動車教習所にかよって運転免許証を取った。

近所の友だちに誘われたし、富山の、とりわけ農村地帯では車の運転ができなければ生活に支障をきたすと母や兄に言われて仕方なく習ったが、一緒に教習所に入った友人たちが免許証を取得したのに、千春は路上運転の試験に四回も落ち、特別講習を何回か受けて、みんなよりも三ヵ月も遅れてやっと合格したのだ。

だが、免許証を取得してすぐに東京の小野建設機械リースに就職し、一年半ほどで富山に帰って来ても家には車がないので、文字どおりのペーパードライバーのままだった。

それまで家にあった車は兄が別居する際に自分のものにして乗って行ってしまったし、母は運転ができなかったからだ。

千春は、朝から何度も見ている窓の向こうの立山連峰へとつづく荒涼とした枯野にまた見入り、おととい日が暮れてから届いた軽自動車の新車のキーを掌に載せた。

そして、心のなかで言った。

「行け、千春。勇気を出せ」

二時に入善駅で佑樹と待ち合わせをしている。佑樹には、新車の試乗をするのだが、心細いので助手席に乗ってくれと頼んだのだ。だが、高速道路も走ってみるつもりだということは口に出せなかった。

入善町のなかを運転するだけだからと昨夜電話で頼んだとき、

「そんな恐ろしいこと、やぁわ」

と言下に拒否されて、千春は、千円払うからと粘ったのだ。佑樹は、三千円ならつきあってやると値を吊り上げた。

「佑樹が小さいとき、私にどんだけ世話になったか覚えとらんがけ？　ご飯を食べさせたり、服を着替えさせたり、お風呂に入れたげたり……。私の少女時代は、佑樹の世話で灰色やったわ」

その千春の言葉で、佑樹は即座に二千円に値下げして、そこで手を打ったのだ。

千春の部屋は八畳の和室だが、畳の上にカーペットを敷き、妹の六畳の部屋とを仕切る厚い漆喰壁にくっつけるようにして、ひとりがやっと寝られるサイズのベッドが置いてある。弟の部屋は狭い廊下の向こう側の六畳だ。

その部屋の窓からは、天気のいい日は屋敷林がなければ黒部川の堤が見えるはずなのだ。

入善駅の方向に大きな窓のある八畳の部屋は、父が生きていたころから誰も使っていない。その部屋も、丈高く伸びた屋敷林で景色が遮断されているのに、夏はこの家のなかで最も暑くなる。

屋敷林は防風と防雪のためにあるのだから、枝を取ったら意味を成さなくなると千春もわかってはいたが、ちょっと強い風が吹いたり雨が降るたびに、落ちた枝や葉が裏庭に散乱して、そのたびに熊手で掻《か》き集めて捨てに行くのはあまりにも非効率だと思うのだ。

きょうは十一月九日の日曜日。サッカー部員の弟は富山市内の高校との対抗戦があって早朝に出かけたし、妹はブラスバンド部の練習に行った。母は台所の横の、いつのまにか家族が集まってテレビを観るようになってしまった狭い空間に居間のソファを移動させて、昼食のあとずっとアルバムの整理をしている。千春、勇気を出せ。嵐の海に飛び込め。泳げないけど……。

千春は、心のなかでそう言って、新車のキーを握りしめると、ショルダーバッグに免許証が入っているのを確かめて、台所の横の、ほとんど物置きと化している六畳の間につづく階段を降りた。

この脇田家の廊下も階段も、板という板はどこもかしこも音をたてる。内緒事なんかできやしない。プライバシーの尊重などというものを拒否して建てられた家なのだ。

千春はそう思いながら、自分が東京から帰ってすぐに軋むようになった下から二段目を二、三度踏み直して、

「行ってくっちゃ」

と母に声をかけた。

「気ぃつけっしゃい。ほんとに佑樹が一緒に乗ってくれるがけ？」

「うん、入善の駅で待ち合わせとんが」

「佑樹も命知らずやねェ」

母は笑顔で言った。

アルバムを整理していたら、四、五歳のころの佑樹の写真がたくさん出てきたと言葉

をつづけ、それらを見せようとしたが、千春は緊張でキーを持つ手に汗をかいているのに気づくと、生返事をして玄関へ行き、スニーカーを履いた。

おととい、砂利採取会社での仕事を終えて、サドルもペダルもハンドルも二組付いている二人乗り用の自転車を漕いで家に帰って来ると、自動車販売会社の社員がふたり、庭の池の横に坐って茶を飲んでいた。

約束の時間よりも早く着いたので、庭の木の剪定をしていたという。

この木の先端を切ったら、前衛アートのような、庭の造りとは不釣合な奇妙な形の石の空洞から立山連峰が見えると母が言ったらしい。

軽自動車を納車したら社まで帰るための車が必要で、そのためにひとりは新車を運転し、もうひとりは別の乗用車に乗って来たのだ。

いわば同僚の帰路のためだけにやって来た社員は植木が趣味で、それならば自分が切ってあげようと申し出て、脇田家の錆びたノコギリと剪定鋏《ばさみ》を持ち、土管のような石の空洞と立山連峰とを合体させようとした。

しかし、このくらいにしときましょうと作業を終え、庭に落ちた枝を掃除して、出来栄えに目をやって、そのあまりに無惨な庭木のありさまに黙り込んでしまった。

見事な「トラ刈り」で、庭全体がこぢんまりしすぎた、いやに寂しい姿へと変貌していたのだ。

「お前、これどうすんがよ。もう元に戻せんじゃ。これから冬が来るっていうがに……」

茫然と庭木を見ながら、同僚にそう言われて、ひとことも返せないまま、むやみに茶ばかり飲んでいるところに千春は帰って来たのだ。母も、仏間からつづく縁側に腰かけて、なさけなさそうな表情で「前衛アート」の穴を見つめていた。

千春は、新車の運転席に坐り、おとといの三人の姿を思い浮かべて、噴き出すように笑った。笑いはしばらくおさまらなかった。そのお陰で、少し緊張がゆるんできた。

エンジンをかけ、ギアを入れ、車をバックさせて農道に出た。門柱にぶつけそうになり、慌ててハンドルを切ると、こんどは水量の豊富な用水路に左の前輪を落としそうになった。

家を出てすぐの四つ辻《つじ》を右に行き、次の四つ辻でゆっくりと車を停めた。信号もないし、前後左右には人もいない四つ辻なのに、

「一旦停止」

とつぶやき、入善駅へと軽自動車を走らせていった。

「バックミラーとサイドミラーは絶えず見ること」

自分に言い聞かせて、それを実行しようとするのだが、千春の神経は前方にだけ注がれてしまって、うしろから車が来たことに気づかなかった。

　クラクションを鳴らされて、びっくりしてブレーキを踏むと、その大型の乗用車は千春の軽自動車と並ぶように停まった。

「もっと道の真ん中に寄らんと、用水路に車輪落ちっぞ」

　運転席の若い男があきれ顔で言った。千春よりも五つ歳上の「タヤマ土石」の社員だった。

「初めてひとりで運転するから怖いの」

「初めて？　ぴかぴかの新車やねか」

「買ってからまだ五百メートルしか走っとらんが」

　若林六郎《わかばやしろくろう》という二十五歳の青年は、自分の車を千春の軽自動車の前に移動させてから降りて来て、

「どこまで行くがよ？」

　と訊いた。

「とりあえず入善駅まで」

「入善の駅と家とを行ったり来たりするがいぞ。そいがしとるうちに、だんだん慣れてくっちゃ。慣れてきたら、車の多い道を走ればいいが。駅まで俺が先導してやっから、おんなじスピードでついてこいま。俺の車のブレーキ・ランプがついたら、千春もブレーキを踏む。俺がウィンカーを点滅させたら、千春もそうする。いいか？　慌てて急ブ

レーキをかけんなよ」

「うん。あんまりスピードを出さんでね」

「わかっとるけど、ゆっくり走りすぎんがも危ないがや。俺の走り方の真似をしろ」

会社ではロクちゃんと呼ばれている若林六郎は、そう言って自分の車の運転席に戻り、窓から顔を出すと、千春に笑顔を向けた。

千春は、言われたとおりにロクちゃんの車について行った。

私の練習のために、あえて遠廻りをしてくれているとわかったが、二時までまだ少し時間があったので、千春はロクちゃんの車との間隔を二十メートルほどとったまま運転をつづけた。

いつのまにか旧北陸街道へ入り、朝日町の農家の並ぶ道を進んだところで入善駅のほうへと左折して、入善町に昔からある商店街にさしかかると、珍しく十数台の車が信号待ちをしていた。

ロクちゃんは車から降りて走って来て、

「千春、いちばん最初にせんならんことを忘れとっじゃ」

と大声で言った。

「えっ！　なにけ？」

「シートベルト、しとらんじゃ」

「あっ、忘れとった」

信号待ちをしていた車が動きだしたので、ロクちゃんは自分の車に走って戻りながら、

「入善駅からまたいま来た道を家まで戻れよ。二、三回往復してるうちに慣れてくっちゃ」

と言い、駅とは反対の方向へと曲がって行った。

ああ、駅はもうすぐだ。頭の芯がいやに痛いし、胸が詰まったようで息苦しい。両手で握りしめているハンドルが汗で滑りそうだ。これなら東京で働いているほうがらくだったかもしれない。

千春はそう思いながら、入善駅へとまっすぐにつづく道へ曲がり、また信号で停まった。すると、うしろでクラクションが鳴り、北陸自動車道のほうへと走って行ったはずのロクちゃんが車から降りてきて、千春の軽自動車の窓を叩いた。

「ハザード・ランプが点滅したままやねかよ」

「えっ？　いつそんなボタンを押したのかなァ」

と言って、千春はハザード・ランプを消そうとしたが、どのボタンなのかわからなかった。

ロクちゃんは、点滅している赤いボタンを指差して、それを押すのだと教えてくれてから、

「千春、お前の軽自動車の前後左右に若葉マークをべたべたに貼っとけ」

と言って行きかけたが、車から離れずにしばらく千春を見つめた。

信号が青になったので駅へと行こうとしたが、千春はロクちゃんに見つめられて、何事かと見つめ返した。

「千春の目、真っ黒だなァ。黒光りしとっちゃ。きれいな目だなァ」

そう言って、ロクちゃんは自分の車へと戻りながら、うしろで気長に待ってくれている農家の軽トラックに向かって手を上げ、すみませんと謝り、Uターンして行ってしまった。

駅前には二台のタクシーが客待ちをしていたので、邪魔にならないように、千春は車を駅舎の西側に停めて佑樹を待った。

もう入善には来ているはずで、たぶん駅の北側の高橋《たかはし》くんのところでゲーム機を使わせてもらって遊んでいるのだ。

千春はそう思い、エンジンを止めて、シートベルトを外した。そして、バックミラーに顔を近づけて自分の目を映した。

子供のころ、千春は、入善町の西瓜《すいか》農家のおじいさんに同じことを言われたのだ。

ちょうどジャンボ西瓜の収穫時で、かつては黒部西瓜と呼ばれた楕円形の五十センチほどもある西瓜を転がして台車に運ぶのがおもしろくて、手伝いながら遊んでいると、

「大きな黒い目玉やなァ」

と言われた。

「使い込んだ黒い碁石が目のなかに入っとるみたいやわ。那智黒《なちぐろ》の上等のがなァ」

あとになって、那智黒とは三重県の熊野地方で採れる真っ黒な石で、碁石では最高級品らしいと知り、そのおじいさんはどうやら褒めてくれたのだと気づいたが、それでもやはりいまでもいやな記憶として残っている。

私の目は石みたいなのかと思ってしまったからだ。

この黒すぎる目が、ときに私を勝気で意固地な女に見せるらしいということを、千春は東京で初めて知ったのだ。

同じ部の女子社員に誘われて、初めて「飲み会」というものに参加したとき、周りで盛りあがっている話題についていけなくて、なんとか理解しようと聞き耳をたてていると、

「ここは笑っとけばいいのよ。そんなマジな顔をして目を光らせないでよ」

と蔑むように言われた。

それは千春よりも一年先輩の渡瀬友美《わたせともみ》という女子社員で、仕事中はほとんど化粧気はないのに、退社時間になると女子ロッカー室で驚くほど迅速に髪型を変え、長いつけ睫毛《まつげ》を施し、濃いアイシャドーを塗って、別人へと変貌する。

そしてフリルで飾ったお人形さんのような服を着て、小走りで社のビルから出て行く。髪型を変え、長い睫毛を付けてアイシャドーを塗り終えるまでの時間はわずか十二、三分で、千春には魔法としか思えない早技だった。

その渡瀬友美とは、入社して一ヵ月ほどで仲良くなり、「友美ちゃん」と呼び、「千春」と呼ばれる間柄になって、休みの日はたまに原宿や渋谷《しぶや》に遊びにつれていってもらうようになった。

しかし、友美の遊び仲間とはどうしても馴染めなかった。彼女たちの着るもの、身につけるアクセサリー類は、どう勧められても自分には似合わないとわかるし、そのグループに混じっていると、千春はあきらかに「浮いている」ことを自覚してしまって、居場所がなくなるのだ。

友美とそのグループは、富山の農家出身の千春を気づかってくれたし、元気か、寂しくないかとしょっちゅう携帯メールで訊いてくれた。

最後まで馴染めないまま、自分は会社を辞めて富山へ帰ってしまったが、彼女たちは見た目とはまったく逆の、繊細すぎる心を内に隠していたことに最後になって気づいた。

みんな、着るものやアクセサリーなどにお金を使ってしまって、財布のなかはあきれるほど寂しいから、東京から入善町までの交通費もままならないだろうが、いちど一、二泊の予定で遊びに来ないかと誘ってみようか。

千春がそう思いながら、バックミラーに近づけていた顔を運転席の背凭れのほうへと移すと、ジーンズに、いま中学生に人気のあるウォーキングシューズという組み合わせの佑樹が、駅前の通りのほうからやって来た。

甲本正晃と雪子夫婦が滑川に遊びに来てからたったの一ヵ月ほどしかたっていないのに、千春は佑樹の身長があきらかに伸びていることに驚いた。この一ヵ月、電話では二、三度話したが、逢ってはいなかったのだ。

「なんか、男っぽくなったね。背も急に伸びたんじゃないが？」

千春はボンネットを両手で押してからかうように軽自動車を上下に揺らしている佑樹に言った。

「うん、ついにぼくも本格的な第二次性徴期に入ったんやぜ。平均より遅いけどね。男っぽくて逞《たくま》しくなったけ？」

「まだ始まったばかりやろ？　逞しさは、これからやわ」

「第二次性徴期ってのは、男は平均で十一歳半、女は十歳で始まるんだって。ぼく、十四歳と半年だよ。遅すぎるやろ。大器晩成型だって、お母さんが言っとったよ」

佑樹の声も少し太くなっていた。佑樹は助手席に坐り、シートベルトを付けて、

「まさか高速道路を走って富山市内へ行こうとか言わんでね」

と笑顔で言った。

「運転に慣れたら、黒部インターくらいまでならつきあってくれる？」

その千春の言葉が終わらないうちに、佑樹はシートベルトを外して、車から降りようとした。

千春は佑樹のセーターの背中のところをつかみ、家からここまで廻り道をしながら、会社の先輩の車に先導してもらって練習したから、だいぶ慣れた気がするのだと言った。

「気がするだけやろ？　千春ちゃんの運転で高速道路を走るんは、ぜったいにいややわ」

佑樹はそう言いながらも、助手席に坐り直してシートベルトをしめた。そして、ジーンズのポケットから自分で描いた地図を出した。

入善駅を中心としてボールペンで描かれた地図には何色かに色分けされたマーカーの線が引いてある。

青色が最初に走るコース、黄色が次のステップ、赤色がそれらをクリアしたあとのコースだという。

「こんなプランを練ってくれたが？」

「千春ちゃんのためじゃないよ。ぼくが自分の安全のために考えたんやぜ。高速道路を走るってのは、この計画書には初めから入っとらんからね。つまり、想定外ってやつ」

「佑樹って、なんでも計画をたてて、それを箇条書きにしたり図表にするのが好きなんやね」

「だって、書いとかんと横道に逸れるんやもん」

「私、横道に逸れんよ。そんな余裕ないわぁ。家を出てすぐに用水路に落ちかけたけど」

「その横道じゃないよ。立てた計画どおりに勉強しないと、他のことに気が行ったりして、予定どおりに進まないんだよ」

「ああ、勉強のことけ……。佑樹は本気なんやね。京都大学を卒業してハーバード大学の大学院に進むプロジェクトを本気で実行する気なんだ。あれ？　スタンフォード大学だった？　どっちにしても、将来何になりたいかが決まっとらんと、プロジェクトの進めようがないわ」

「機械を作るんだ。もう決めたが。でかおじさんにそう言ったら、よしわかったたって。そのためのプロジェクトを組み直すって」

「佑樹は勉強が好きやもんね」

「うん、なんだか好きなんやぜ。でも理数系は得意やけど、国語が苦手なん。英語はまあまあかな」

「アメリカに留学するのに英語がまあまあじゃ駄目なんじゃない？」

「京都の予備校で、受験英語のプロフェッショナルって呼ばれとる先生が、とにかく単語を覚えろって。中学で七千語。高校三年生になるまでに合わせて一万五千語。でかおじさんがそのための単語帳を送ってくれたん。数学のドリルは、でかおじさんの専門やからね」

この子はやってのけるかもしれないと千春は思った。剽軽《ひょうきん》で、汚れた性分がどこにもなくて、幼いころからおとなの冗談をよく解した。それなのに、どこまでも少年らしくて、潑剌《はつらつ》としていて、感受性に富んでいる。

佑樹という少年は、なによりも人に好かれるのだ。赤ん坊のときからずっとそうだった。

父親は佑樹が生まれる前に病気で急死した。

海歩子おばさんは、その人と結婚するつもりで京都で一緒に暮らしていた。その人が急死したとき、海歩子おばさんは妊娠していることに気づいていなかった。だからその人も、佑樹という命が海歩子おばさんのお腹に宿っていることを知らなかったのだ。

その人は、京都に本社のある精密機械メーカーのエンジニアだった。子供のころに両親と死に別れて、兄弟もいなかったという。

千春は父と母からそう聞かされていたが、高校生になったころに、佑樹の父親の名を誰も口にしないことと、その人の写真が一枚も残っていないのを不審に感じるようになった。

しかし、それはちょっとした不審にすぎなくて、なにかにつけて愛情を注ぎたくなる佑樹との触れ合いが、些細な疑念などどうでもよくさせてしまうのだ。

「行くよ。最初はこの青い線やからね」

と言って地図を見せると、佑樹はそれを折り畳んで自分の膝に載せた。

「地図を見ないと、どの道をどう行くがか、わからんねか」

「地図をとったら危ないやろ？　千春ちゃんは前を見たらいいが」

「バックミラーとサイドミラーはつねに見とらんといけんがやぜ」

「うん。死神は前から攻めてくるとちゃ、かぎらんもんね」

「死神なんて言い方、せんといて」

そう言って、千春はエンジンをかけた。

「駅前の道をまっすぐ。どんどんまっすぐ」

と佑樹は言った。

朝日町のほうへと行く道へ曲がり、ゆるやかな曲がり道を進んだところで、佑樹は車を停めてくれと言った。

「喉がからからになったわ。湧水を飲みに行かんけ。計画変更」

そう言われて、千春も自分がひどく喉が渇いているのに気づいた。

「どこの湧水を飲みに行く？」

「防波堤のところになかったっけ？」

佑樹は大きな民家を指差し、あそこのガレージに車を入れて、バックして方向転換しようと言った。

「バックさせるが嫌いなん」

「そんなこと言っとったら車の運転なんかできんわ」

軽自動車を三回前進させたり後退させたりして、やっと方向を転換すると、入善駅の東側の踏切を渡り、一面枯野と化してしまった田園地帯を海へと向かった。

やがて前方に防波堤が見えてきて、寺や民家の並ぶ狭い農道に入った。

入善町の湧水ポイントに着くと、湧き出る冷水の音が聞こえた。その屋根のある湧水場に人はいなくて、千春は防波堤に沿った細い道で苦労して車の方向転換をしておいてから、両手で水を受けて飲んだ。

「いまの方向転換で、だいぶこつがわかってきたわ」

千春の言葉に、

「そんなふうには見えんかったけど」

と佑樹は言い、それから腰を折って笑いだした。

生地駅の前に、大きな岩が置かれてあって、そこから湧水が流れ出ている。湧水巡りをする人たちは、生地駅の中年の駅員さんに、この黒部川扇状地でいちばんおいしい湧水を飲めるのはどこかと訊くらしい。

すると、その駅員さんは、機嫌悪そうに駅前の岩を指差し、これは二番目に冷たい湧水だと答えるそうだ。

じゃあ、ここのがいちばんおいしいんですねと訊き返しても返事をせず、二番目に冷たいんだとさらに機嫌悪そうに繰り返すのだ。

さすがに、それならばいちばん冷たい湧水はどこで飲めますかと追及する人は少なくて、小声で、せっかくならいちばん冷たい水を汲もうよとささやき合って去って行くそうだ。

その佑樹の話で、ああ、あの駅員さんだと千春はわかって、同じように体を前に折って笑った。

この生地駅の前の大岩から噴き出る湧水がいちばんうまいと胸を張らないところが富山人で、あの中年の駅員さんの誠実さと忸怩《じくじ》たる思いがわかるのだ。

どの湧水もみな同じで、冷たくておいしいと自慢していいものかどうか、どうも自信がない。嘘はつきたくないし、はったりも口にしたくない。そこで機嫌の悪そうな顔をしてしまう……。まったく富山人だ。

千春がそんな自分の推測を言うと、

「ぼくは生地駅前の湧水がいちばんおいしいと思うわ」

と佑樹は笑顔を向け、また湧水を手で汲んで飲んだ。

近くの畑に、農家の若いお嫁さんらしい女がやって来て、雑草を抜く作業を始めた。

防波堤の向こう側は見えなかったが、波音は静かで、少し空が明るくなってきた。

とにかくこの入善という田園地帯は天気予報が当たらない。きょうはいちにちいい天気だという予報でも、突然雲に覆われて横なぐりの雨が降ってくる。

富山湾と三千メートル級の峰々がつらなる北アルプス連峰との距離はだいたい六十キロくらいだ。

海面から上昇する暖かい空気と山からの冷たい空気は、そのときの天気状況とは関係なくしょっちゅうぶつかり合い、混ざり合うので、急激に変化しやすいのだ。

高校生のとき、ある日突然に、千春はこのふいに烈しく変化する天気に嫌悪を感じた。子供のころから慣れ親しんできた富山独特の気候なのに、千春は自分という女の特徴のない地味でのろまな性分は、すべてこの変わりやすい天気によって育まれたにちがいないという気がしたのだ。

東京で働き口が見つかりかけたとき、心細さを抱きながらも、ひとりで西新宿の小野建設機械リースに面接を受けに行ったのは、この富山の農村の、晴れていたのに冷たい雨へと変わったり、五月ごろから十月半ばあたりまでつづくフェーン現象による異常な蒸し暑さに辟易《へきえき》する生活から逃げたかったのだ。

しかし、東京での生活が始まると、すぐに千春は自分の生まれ育ったふるさとが、どんなに美しいところであったかを知った。

東京には空がない、と言った人がいるという。都会は石の墓場です、人の住むところではありません、と言った人もいるそうだ。

本当にそのとおりだ。空は汚れ、巨大なビル群は私の心を押しつぶしそうで、片時も休みなく騒音が響き、眩暈《めまい》がしそうなほどの極彩色の光が押し寄せてくる。ここには健全な明暗がないのだ。

雪をかぶった立山連峰や、そこから西へと延々とつらなる北アルプスの峰々をふいに明るくさせたり暗くさせる厚い雲は、黒部川流域の広大な田園のなかの小さな虫一匹にまで恩恵を与えていたのだ。

そのありがたさを私は知らなかったのだ。

千春は、残業を終えて、夜の十一時ごろの地下鉄で自分のアパートに帰っているとき、愛本橋から眺める黒部川の清流を思い描きながらそう思った。

湧水の湧き出るところに設けられた木のベンチに坐り、千春は、そのとき自分の心に浮かび出た入善町のあちこちの風景の美しさを佑樹に語って聞かせた。

「離れてみないとわからんことがたくさんあるわ」

その言葉で、佑樹は、これから舟見の集落を通って愛本橋へ行くのだ、ちゃんと青いマーカーで地図に線を引いてあると言った。

海沿いのほうが暖かいせいか、田圃に並ぶ稲の切り株の周りから生える新芽はまだ緑色のものもあった。

稲の刈り跡から出る芽を、父も祖父も「孫稲」と呼んでいたが、俳句が趣味の近所の老人からは「ひつじ」というのだと千春は中学生のときに教えてもらった。

それがさらに伸びると「ひつじ穂」となり、花をつけ、実もならすものもあるが、富山は十月に入ると気温が下がるので、「ひつじ穂」のまま枯れて籾となってしまうという。

千春は、刈った稲の跡に生える新芽を、なぜ「ひつじ」と呼ぶのかわからなかったが、単なる俳句用語とも思えず、太陽と雲が交互に陰影を作るときに、その時期外れの稲の芽がひつじの形に見えたりするのだと自分のなかで決めてしまった。

しかし、それらがひつじに見えたことはいちどもなかった。

ここもまだまっすぐ。この次の四つ辻を左に。次を右に。

佑樹の指示どおりに山側へと軽自動車を走らせているうちに、家の北西側の県道を通り過ぎ、再び農道に入ると、舟見の集落のすぐ近くまで来た。

このあたりはもう自分の庭のようなものだと少し安心して、千春は旧北陸街道へと曲がった。

「どう？　私のハンドルさばき、だいぶ慣れてきとらん？」

千春は、道の両脇に民家や商家の並ぶ舟見の集落のほうから宅配便の大型トラックがやって来たので、車のスピードを落としながら、佑樹にそう訊いた。

「うん、ほんのちょっとね」

と佑樹は旧北陸街道の真ん中に延々と設置してある融雪装置を見つめながら言った。大型トラックとすれ違う際の車間に注意をはらっているらしかった。

何事もなく大型トラックとすれちがい、集落に入って少し行くと、佑樹は、昔からある山木《やまき》商店という雑貨店のところで停めてくれと言った。

野菜、果物、菓子、調味料、清涼飲料水などを売っている山木商店に入って行き、佑樹はアーモンドをミルクチョコレートで包んである菓子をひと箱買って出て来た。

愛本橋までは一本道で、十分ほど走ると赤いアーチが見えてきた。

「夜、お父さんと愛本橋の上でこのアーモンドチョコを食べたんだって」

と佑樹は言った。

「誰が？」

「ぼくのお母さんだよ。舟見の山木商店でアーモンドチョコを買って、愛本橋の上でふたりで食べたんやって。このあたりの夜では滅多に見れんお月さんが出とったんだって。満月だったらいいのにねってお父さんに言ったら、いや、ここで半月と巡り合うなんて思いも寄らなかったって言って、ぼくのお父さん、橋の欄干のところに坐り込んで、ずうっと長いこと月とか星とか、周りの木を見ながら、ゴッホの『星月夜』っていう絵の話をしたんだ」

「それ、いつのこと？」

「ぼくが生まれる前」

「そりゃそうよ。佑樹のお父さんは、佑樹が生まれる前に亡くなったんだもん」

こんな話を聞くのは初めてだし、佑樹の口から父親の話題が出るのも滅多にないことだと思いながら、千春は橋の手前の、道から外れて少し山側へと入っている場所に軽自動車を停めた。

「それよりももっともっと前の、まだお父さんとお母さんが知り合う前に、お父さんは仕事で黒部まで来て、この愛本橋で『星月夜』を見たことがあったんやって」

佑樹はそう言って車から降り、橋の真ん中まで歩いて行った。千春は佑樹の跡を追った。

「ゴッホの『星月夜』って、どんな絵？」

千春は佑樹の側に行くと、そう訊いた。それには答えず、

「あの糸杉は、どこにあるがかなァ。ここに糸杉なんかないから、似たような木があるがかなァ。夜だったたから、凄く似とるように見えたんかもしれんね」

と佑樹は言い、周りの風景に見入りつづけた。千春が側にいることも忘れてしまったような表情だった。

千春は、佑樹の父親が富山に来て、海歩子おばさんと一緒に入善町から愛本橋へと歩を延ばしていたのかと思った。

「お母さんがゴッホの画集を一冊だけ持っとるわ。『星月夜』が載っとるやつを。こんど見せてあげるわ。じっと見とったら、なんか目が廻ってきそうになるが」

そう言って、佑樹はアーモンドチョコの箱をあけ、中身をふたつに割ると、片方を千春に渡した。

佑樹が私の運転につき合ってくれたのは、この愛本橋に来たかったからではないのだろうか。佑樹は小学四年生まで入善町で育ったようなものだから、徒歩で、あるいは自転車で、この愛本橋まで遊びに来たこともあったのではないか。

いや、ある時期から、子供たちが愛本橋やその周辺で遊ぶのを禁止したという記憶がある。

黒部川扇状地の田圃に公平に水を分配するための施設には、大量の水が貯えられていて、そこに落ちたら子供でなくても溺れてしまうからだ。それを防止する柵も設けられているが、怖いもの知らずの子供は敏捷に乗り越えてしまう。

脇田の家から愛本橋までは自転車で三十分。歩いたら一時間以上かかる。十歳くらいの子には遠すぎる。

千春はそう思い、愛本橋の真ん中に立つのはこれが初めてかと佑樹に訊いた。

そうだと答えてから、範夫《のりお》にいちゃんの車に乗せてもらって、この橋を渡ったことは二、三度あるが、いつも通り過ぎるだけだったと佑樹は言って、アーモンドチョコを口に入れた。

「佑樹のお父さんとお母さんが、この橋からお月さまを見たってこと、いつ聞いたが？」

「中学生になったとき」

「へえ、じゃあ、そんなに前のことじゃないがやねえ」

千春は、兄の範夫が中学生のころから高校二年生くらいまで、夏になると自転車で愛本橋まで行き、欄干をまたいで黒部川へ飛び込んで遊んだという話を聞いていた。

あれは嘘ではないのだろうか。いまこうやって愛本橋の欄干から真下の黒部川を覗き込むと、深くて急な流れは恐ろしくて、とても飛び込んで遊泳できるとは思えない。あまりの冷たさで心臓が止まってしまいそうな気がする。範夫にいちゃんは嘘をついていたのだ。

千春が自分の考えを言うと、

「ほんとにここから飛び込んで泳いだんやって。範夫にいちゃんだけじゃないが。清田《きよた》の晋《しん》ちゃんも、岩田《いわた》さんとこのタケちゃんも、津田《つだ》の洋一《よういち》さんも、みんなそうして遊んだんやって」

「全員、揃いも揃って大ボラ吹きで有名よ」

千春の言葉で佑樹は笑い、予定を変更して滑川の家に行かないかと誘った。

「ゴッホの『星月夜』を見たくない？」

「うん、凄く見たいけど、滑川までは遠いなァ。高速道路だったらすぐやけど」

「帰りはひとりでそうすればいいよ。行きは旧北陸街道をのろのろと」

「帰りにひとりで高速道路を走るなんて、私にはまだ無理よ」

それならば、ゴッホの「星月夜」を見るのは別の日にと思ったが、千春はなぜか、いまどうしても見たいという思いに駆られた。

「じゃあ、旧街道をのろのろ行くから、ゴッホの画集を見せてくれる？」

千春の言葉に頷いて、佑樹は愛本橋の海に面したほうの欄干から離れかけたが、しばらく田園地帯に目をやったあと、

「お母さんが千春ちゃんのこと、心配しとったよ」

と言った。

「どんなことで？」

アーモンドチョコを舌の上で溶かしながら千春は訊いた。

「富山に帰ってから無口になった気がするって。もともと賑やかにお喋りをする子じゃなかったけど、二十歳の女の子にしては何もかもが地味で、前よりも暗くなったみたい

で心配だって」

千春自身は、自分が暗くなったとは思っていなかったので、きっと服装のせいで海歩子おばさんの目にはそう映るのだろうと考えた。

軽自動車を停めてあるところへと歩きながら、

「たったの一年半で東京の生活から逃げだして入善へ帰ったことで自分を落伍者《らくごしゃ》だって思い込んで自信をなくしてしまったんじゃないかって、お母さんは言っとったぜ」

と佑樹は言った。

「うん、何をやっても半人前の駄目人間なんだなァって思いながら新宿のバスターミナルから高速バスに乗ったけど、入善の家に帰り着いて二、三日もしたら元気になったよ。新しい職場にも慣れたし、砂利採取会社が黒部川や扇状地を守る大事な仕事をしてるってわかって、そういう仕事に加わっとることが嬉しくなってきたしね」

千春は、運転席に坐り、シートベルトをしめてエンジンをかけたが、発進させないまま話をつづけた。

黒部川の源流からは、流れに押されて岩石も下流へと移動する。他の河川は、海までが遠いし、流れも黒部川ほど急ではないので、岩は少しずつ削られて、尖《とが》った大岩でさえも小さくなっていき、丸味も帯びて、河口に近くなると自然に小石状になる。

けれども、富山県内の主要な川の石は、そうはならない。

傾斜の急な速い流れに乗って来るので自然に削られる前に河口に辿り着いてしまう。だから、この愛本橋のあたりから黒部大橋の少し向こうくらいまでの川底には一メートル大の石が堆積する。

ダムの整備が進んだ現在は、以前に比べ量は減っているものの、定期的に石や砂を採取しないと黒部川の水かさが増しつづけて、大雨のときに安全水位を超える原因となるのだ。

行政の専門家の判断で、これ以上石や砂が堆積すると危険だというときに砂利採取会社は川底の大きな石を採取して水かさを減らし、取った石を機械でさまざまなサイズに粉砕して、主にセメント業者などに売るのだ。

セメントという粉だけではコンクリートにならない。丸い小さな石と砂利を混ぜることでコンクリートの強度が増す。

鉄道のレールの周りには一定の大きさの石を敷きつめるが、あれも線路の安全のためには最も重要な緩衝材となるのだ。

だから、川底の石や砂を取り除いて氾濫を防ぐとともに、建物を建てたり道路を造ったり、列車の安全運転に必要不可欠な石を製造する砂利採取会社は、なくてはならない大事な産業なのだ。

たしかに、川から大きな石を運んで、それを機械で粉砕する作業は一見荒っぽくて、せっかくの川べりの美しい景観を壊すといやがる人もいる。

作業場はつねに砂埃が舞い、すさまじい騒音で、作業員も声が大きくて言葉遣いも乱暴だ。だが、固い岩も砕く機械や、一定のサイズに粉砕された石を運ぶベルトコンベアに作業員が巻き込まれたら怪我程度では済まないのだ。

出入りの土木会社に雇われたダンプカーの運転手たちも、土砂を荷台に積むパワーショベルの動きを注視していなければどんな事故につながるかわからないので、仲間同士であっても怒鳴り合っているかのような口調になる。

納期に追われているときなどは、ダンプカーの荷台に砂利が満載されるまでの時間すら待てないほどに苛立って、パワーショベルを動かす作業員とケンカになったりもする。

しかし、砂利採取会社の社員たちも、ダンプカーの運転手たちも、みんな気のいい人たちで、言葉つきは粗暴でも、仕事を離れると冗談を言い合ってふざけたり、たまに飲みに行ったりもする。

私も、タヤマ土石で働き始めたときは、先輩社員たちや出入り業者たちが怖くて、何か話しかけられるたびに怒られているような気がしたが、これがこの人たちのやり方なのだとわかってくると、それぞれの良さもまた見えてくるようになった。

なによりも嬉しかったのは、東京の小野建設機械リースという会社で学んだパソコン操作の技術が、タヤマ土石の事務処理能力を飛躍的に向上させたことだ。

これまでもタヤマ土石の事務所にはパソコンがあり、受注や出入金や毎月のスケジュールなどが打ち込まれていたが、パソコンを扱う人はほとんど専門的な知識を持っていなかった。パソコン用語すら知らないままに我流で覚えたものなので、パソコンの能力を百とすれば、せいぜい二十くらいしか使いこなしていなかったことになる。

私が小野建設機械リースに就職してまず教えられたのは、電話の応対の仕方と、厖大《ぼうだい》な種類の建設機械の名称と、パソコンに関する専門的な知識と扱い方だった。

昼間は、システムエンジニアに匹敵する能力を持つ先輩からの厳しい講習を受け、夜には会社の費用でパソコンによる高度な事務処理コースに半年間通わされた。

だから、あの煩瑣《はんさ》な建設機械リース業における日々のパソコン操作をなんとか修得した私にとっては、タヤマ土石の事務処理のすべてをパソコンで行うことなどにさほどの苦労は必要としなかった。

こんなことまでパソコンちゃ、やってくれるがか？　えっ？　こんなこともできるがか？　俺たちって、もう何年も宝の持ち腐れってのをつづけとったんやなァ……。

社長も総務部長も経理責任者も、そう言って喜んでくれて、パソコンのことは脇田千春にまかせておけということになった。

すべて小野建設機械リースのお陰だ。だから、もし私のなかにわだかまりがあるとすれば、高校を卒業したばかりの女に、費用と時間をかけて高度なパソコン操作の知識を学ばせてくれたことに対して、何ひとつ報いられないまま退社してしまった申し訳なさだと思う。

千春は佑樹にそう語ると、軽自動車をバックさせてから入善駅の近くに戻った。

滑川へ向かってゆっくり走り始めると、

「千春ちゃん、もうちょっとお洒落をしたら？　いつ逢ってもそのチノパンと田圃の土みたいな色のセーターやねか。口紅なんか塗っとる？　リップクリームだけなんじゃないが？　髪型も、毛糸の帽子が頭にへばりついとるみたいやし」

そう佑樹は言った。

「田圃の土みたいで悪かったわね。きょうは初運転で緊張してるからと思って、口紅を塗らんかったが」

千春は少し腹を立てながら言ったが、少々の憎まれ口を叩いても、相手を怒らせないのが、この夏目佑樹という少年の不思議なところだと思った。

「怒った？　怒ったんならごめんね」

と心配そうに横顔に見入った佑樹に目を向けないまま、

「怒っとらんよ。ほんとにそのとおりやもん。田圃の土みたいな二十歳の乙女って、悲しいよね」

と千春は冗談混じりに言った。佑樹の顔に視線を向けなかったのは、狭い旧街道の向こうから中型のトレーラーがやって来たからだった。

「二十歳の乙女……。乙女って、どういう意味？　若い女の子のことじゃないが？」

「そうよ。二十歳になったら乙女じゃないっていうが？」

佑樹は、やはり千春が怒っているのだと思ったらしく、また小声で、ごめんねと謝ってから、入善駅からここまでたしかに運転がうまくなったと褒めた。

気を遣っているのだと思い、

「ほんと？　嬉しいなァ。他の車とすれちがうがも怖くなくなったよ」

と千春は言った。

入善漁港の、民家の並ぶところを抜けて、下黒部橋を渡り、生地駅の海側の道を走って、右手に丈高い防波堤がつづく地帯から黒部市を抜けると、魚津港の西側にある遊園地の大観覧車が見えてきた。

「ぼく、中学を卒業したら、でかおじさんの高校に入るんだ」

と佑樹は言った。

「京都の高校に行くが？」

「うん、でかおじさんの高校は京都では一番か二番かの進学校やからね。だから、ぼくは高校生になったら、でかおじさんと雪子おばさんのマンションで暮らすんだ。もうそう決まったん。入学試験に通らないと話にならんけど、いまの成績なら八割方大丈夫だろうって」

「京都へ行ってしまうが？」

千春は佑樹を遠くへ行かせてしまいたくなくてそう言ったが、口調が我ながらひどく寂しそうだったことに気づいて、大観覧車の近くまで車を進め、他の車の通行の邪魔にならないところに停めた。

「もうあとたったの一年半やねか」

「うん。だから、受験勉強で、いま必死なんやねか。でも、数学の入試問題を作るがは、でかおじさんやからね。だいたいこういうところをしっかり勉強しとけよって教えてもらうのは不正じゃないでしょ？」

「富山の高校じゃ駄目なが？」

「そんなことないよ。でも、朝から晩まで勉強しとるやつらのなかに、ぼくも入ってみたいが。でかおじさんのプロジェクトには、最初から、ぼくを自分の高校に入れるってことが組み込まれとるがんぜ」

「佑樹は、ほんとに勉強が好きなんやね」

千春は軽自動車を旧北陸街道に戻して、魚津のほうへ戻った。魚津港から富山地方鉄道の電鉄魚津駅へとつづく旧市街地の、いまはさびれてしまったというしかない町並が見えた。

その町の、半分は店を閉めてしまっている商店街を抜け、高架をくぐってJR魚津駅まで行くと、千春は市役所の近くにあるホテルが見えるところで車を停めた。

四年前、十六歳のときに、海歩子おばさんに頼まれて、園田真佐子《そのだまさこ》という女性とその従弟《いとこ》の園田清一郎《せいいちろう》という青年をJR魚津駅まで迎えに行き、歩いて五、六分のホテルに案内したことがあった。

ふたりは、船に乗って、夜の海で青い光を放つホタルイカ漁を見物したいと京都からやって来たのだ。魚津港からホタルイカ漁の観光船は出ていなかったが、見知らぬ多くの見学者たちと一緒の船よりも、小型の船でふたりで楽しむほうがいいと考えて、海歩子おばさんは親しい漁師に船を出してくれと頼んだという。

三十を過ぎたと思える女性は、本名は園田真佐子だがふみ弥という京都の芸妓で、園田清一郎は十八歳で、ふみ弥の母方の叔父の次男だった。

尻を隠す丈の白い防寒コートを着た千春は、ふたりを魚津駅に出迎えて、海歩子おばさんが手配したホテルに案内しただけだが、逢ってから別れるまでの四十分間ほどのことは、いまでも深く刻まれて消えない記憶として残っていた。

「急にUターンなんかして予定にない道を走りだしたから、びっくりしたよ。生きた心地がせんかったわ」

と佑樹は言った。

「海歩子おばさんのお友だちをこのホテルに案内したことがあるの」

千春は言って、四年前の三月末の出来事を話しだした。

――海歩子おばさんから電話がかかってきたのは三時ごろだった。京都からお客さんがふたり来るのでＪＲの魚津駅まで迎えに行き、ホテルまで案内してくれないかというのだ。

園田真佐子さんと従弟の清一郎さんだ。ことし、清一郎さんが東京の大学に合格したので、何かお祝いをと電話をかけると、ホタルイカ漁の最盛期の魚津へ行きたいという。ひとりではつまらないから、真佐子さんも一緒に行ってくれないか、と。

どうしてホタルイカ漁を見たいのかと訊いても言葉を濁して答えない。

富山県の魚津と聞いて、すぐに海歩ちゃんの顔が浮かんだ。海歩ちゃんは滑川の出身だ。地図を見ると魚津は滑川の隣だから、ホタルイカ漁の見物のことも詳しいかもしれないし、魚津でいちばんいい旅館も知っているかもしれない。

従弟の大学の入学式はしあさってなので、あした魚津へ行き、あさっての夜には帰ってこなければならない。自分も無理を承知で置き屋のおかあさんに頼んでふつかの休みをやっと承諾してもらった。なんとかお願いできないか……。

海歩子おばさんは、「カットサロン・ボブ」の仕事は別の人にまかせることは可能だったが、その日は高岡市の旧家の結婚式と披露宴における花嫁の髪をまかされて出張することが決まっていたのだ。アシスタントもふたり同行させなければならない。

魚津のホテルにも、おいしい料理屋にも心当たりがある。いまから予約しても無理を聞いてくれるだろう。

しかし、せっかく魚津までやって来たふたりを、ホテルと料理屋の名と場所だけ教えて、あとは勝手にどうぞというのは、自分としては心苦しい。京都宮川町の「ふみ弥姐さん」をそんなふうに扱いたくない。

千春ちゃん、お願いだから、私の代わりに出迎えと案内をしてあげてくれないか……。

海歩子おばさんにそう頼まれて、私は引き受けた。そのふみ弥という芸妓さんは、海歩子おばさんにとって大切な人なのであろうと感じたからだ。

私は翌日、入善駅から魚津駅まで行き、反対側のホームに渡って、直江津行きの各駅停車の電車を待った。ときおり小雪が降り、それが真横に飛んでいくほどに風が強かった。

京都の芸妓さんを実際に目にしたことはなくて、たまにテレビの旅番組や都をどりの舞台の様子をニュースで観ただけだったが、日本髪のかつらと、素顔がどんなものなのかわからないような厚化粧と、ひきずる長い裾の派手な着物という三点セットが私のなかで出来あがってしまっていた。

その電車から降りた乗客は五、六人ほどだったから、園田真佐子さんと清一郎さんのふたりづれはすぐにわかった。

まさか私のなかで定着している三点セットで魚津へやって来るとは思っていなかったが、後部車輛から降りて来て、

「脇田千春さんですか？」

と声をかけられたとき、私は茫然として、ただ「はい」と答え、初対面の挨拶をすることも忘れて、ふたりの五メートルほど前を歩きだしてしまった。

ふみ弥さんは、十六歳の私のボキャブラリーでは表現できない美しさと清潔さとで、黒い雲に覆われた魚津駅の殺風景なホームに、さっと光を与えたかに見えた。

いまなら「優美」とか「典雅」とか、他にも幾つかの表現でふみ弥さんの存在感と美しさと上品な色香を伝えることができるが、そのときは、なんときれいな人だろうと思うばかりだった。

高校を卒業したばかりの清一郎さんは、改札口を出て歩きだすと、

「わざわざお迎えに来て下さってありがとうございます」

と私に言った。

それで、私は、こんなときはまず最初に初対面の挨拶をしなければいけないのだと気づき、振り返って、ふたりのところに少しあと戻りした。

それなのに、私の口から出た言葉は、

「脇田千春です」

というひとことだけだった。

それが恥ずかしくて、また私は先に立って歩きだした。ふみ弥さんと清一郎さんは、私のことを、ちゃんと挨拶もできないいなか娘とあきれているだろうと思うと、私の脚は自然に速くなった。

すると、ふみ弥さんが、お急ぎなのかと私に訊いた。

「いいえ。きょうは風が冷たくて強いから……」

と私は答えて、歩く速度をゆるめた。そして改めて、ふみ弥さんを見た。

きれいな長い髪は腰のあたりまであった。ほとんど素顔に近い薄化粧だった。薄く口紅を塗り、細く整えた眉に目立たない程度に眉墨を引いていた。ほとんど素顔に近い薄化粧だった。細くて高い鼻筋と、少し尖っているかに見える鼻先が、ときに小生意気な女子高生のような風情を生み出す瞬間もあって、それがまたふみ弥という芸妓さんの魅力のひとつになっていた。

襟だけミンクの毛皮を使った丈の長いトレンチコートの裾が強い風でめくれると、明るい茶色のカシミア地に大きくも小さくもない薄緑色の千鳥格子が織り込まれたスカートが見えた。

きっとツーピースになっているのであろう。私もいつかこんな素敵な服を着てみたい。そしてこのトレンチコートと合わせたい。

私はそう思い、この魚津駅の山側を少し行けば料理屋やスナックなどが軒を並べる繁華街があるが、海側は新しい住宅地と大きな工場だけで、そこを過ぎると魚津港だ、昔は港の近くに何軒かの旅館があったが、駅周辺のホテルに客を取られてほとんどは廃業しており、富山地方鉄道の電鉄魚津駅周辺の繁華街も、同じ理由で閉めてしまった店が多い、と説明した。

新聞の記事で読んだのをそのまま口にしただけだが、そのお陰で、私はやっとまともに喋ることができるようになった。

ふみ弥さんと清一郎さんはいとこ同士には見えなかった。ふたりを見たらたいていの人は、かなり歳の離れた姉と弟と思うことだろう。

それほどふたりはよく似ていたのだ。

「寒いところで待ってくれて冷えたでしょう。ホテルに入る前に、熱いコーヒーでもいかが？」

とふみ弥さんは言って、駅前の喫茶店を指差した。コーヒーが大好きで、いつもこのくらいの時間になると自分で淹《い》れて飲むのだと言い、ふみ弥さんは私に笑みを向けた。

私は、京都の芸妓さんは「どすえ」とか「やす」とかを語尾に付けて話すものと思っていたとふみ弥さんに言い、喫茶店のドアをあけた。範夫にいちゃんが、魚津ではあの店のコーヒーがいちばんうまいと通ぶって言ったことを思い出したのだ。

「あれは京都の花街言葉どすえ」

と言って、ふみ弥さんはまた私に微笑を向けた。駅前を行きかう男も女も、ふみ弥さんを見た。なかには、立ち止まって見つめつづける人もいた。

私は喫茶店に入るとトイレに行き、それからいったん外に出てホテルに電話をかけ、三、四十分後に着くと伝えた。私が席に戻ると、ふみ弥さんと清一郎さんは小声で自分たちの家族や親戚のことを話していた。

ヨシコの夫は、いつかお酒で取り返しのつかない失敗をするだろうから、お前のお父さんからいちどきつく釘《くぎ》を刺しておいたほうがいい。

ハセベのおじさんはいい人だが、あの奥さんには気をつけなければいけない。親戚の財布の中身をよく知っている。お前のお母さんもお人好《ひとよ》しだから、うっかり口車に乗らないようにと伝えてくれ……。

ふみ弥さんは、自分たちの親戚のなかで、あまりつきあわないほうがいい人たちを清一郎さんを介して家族に伝えておこうとしているのだと私は思った。そういう厄介な話は喫茶店で済ませておこうと考えたのであろう、と。

十分ほどそんな話をしてから、

「私のほうからコーヒーを飲もうって誘っておいて、私たちだけの話をしてごめんなさいね」

とふみ弥さんは私に謝った。

私は、ちょうどそのとき、改札口を出てすぐに清一郎さんがちゃんと礼を述べてくれたときの丁寧な言葉を思い浮かべていた最中だった。

――わざわざお迎えに来て下さってありがとうございます。――

とても折り目正しくそう言ってくれた。

高校を卒業したばかりの青年で、そんな挨拶の言葉を初対面の、それも十六歳の小娘に使える人が私の周りにいるだろうか。ひとりもいない。山と川と田圃と海しか見ないで育ったからだ。昔の歌謡曲の文句ではないけれど、私も都会へ行くぞ。銀座でジャンボ西瓜作っちゃ。

そんなことを考えていたので、私はふみ弥さんに突然話しかけられて、またうろたえてしまった。

「海歩子おばさんが、料理屋のご主人に、ホタルイカはほどほどにしといてねって頼んでおいたそうです。ホタルイカ漁を見に来たからって、夕食にホタルイカばかり出したら食傷して、二度とホタルイカなんか見たくなくなるからって。そしたら料理屋のご主人が、うちはそんな無粋な店じゃない。そんなことはちゃんとわきまえてる、って怒って、電話でケンカになったんです。でも、海歩子おばさんとその料理屋のご主人は、住んでる町は別ですけど、中学生のときからの友だちなんです。あそこのご主人の初恋の人は、この私なんだからって、海歩子おばさんは笑ってました」

と私は言った。

ふみ弥さんは笑いながら、

「海歩ちゃんらしいわねェ」

と言った。

私たちは三十分くらい魚津駅前にある喫茶店ですごしてからホテルへと向かった。

私はそのロビーでふみ弥さんと清一郎さんにまた丁寧にお礼を言われて魚津駅へと戻ったのだ。――

話し終えると、千春はホテルを再び指差して、

「それがここよ」

と佑樹に言った。

「それだけ?」

佑樹は拍子抜けしたような表情で訊いた。

「うん、それだけよ」

しばらく考え込み、自分の携帯電話をポケットから出して、画面に表示してある時刻に目をやってから、

「ふみ弥さんがどんなにきれいな人だったかを話したかっただけ?」

と佑樹は訊いた。

この子は勘もいいなと思ったが、

「だって、それだけなんやもん」

と答えると、千春は軽自動車をUターンさせ、滑川の佑樹の家へと向かった。

千春が佑樹に話さなかったことはふたつあった。

ふみ弥さんが、二、三度、佑樹について質問したことと、あの日以来、園田清一郎のおもかげが、自分の心のなかに居坐りつづけていることだった。

――ふみ弥さんは、佑樹ちゃんが一歳半くらいのころに、東山区の豪邸が並ぶ道で偶然に逢ったのだと言った。

そして、十歳になった佑樹ちゃんを見てみたいとつけくわえて、

「男の子は、たいていお母さんに似るそうやけど、佑樹ちゃんもそう？」

と訊いたのだ。

千春は、海歩子おばさんにはあまり似ていないから、きっとお父さんに似たのだと思うと答えた。ただ私は佑樹のお父さんを見たことはないし、写真も残っていないそうなので、お父さんがどんな顔立ちだったのか知らない、と。

ふみ弥さんは、

「そう……」

とだけ言い、さらに何か口にしかけたが、それきり黙ってしまった。

千春は、いま佑樹は入善町の私の家で預かっていて、海歩子おばさんが、朝、仕事に行く前に滑川の家からつれて来て、夜、仕事が終わると迎えに来るのだと説明した。ことしの新学期からは滑川の小学校に転校するので、もう私の家からいなくなってしまう、ということも話した。

「じゃあ、これまではずっと千春さんの家族と一緒に暮らしてたようなもんやねんねェ。海歩ちゃんの頑張りも凄いけど、佑樹ちゃんもよく辛抱したわね。小さな子は母親がいてないと寂しいから」

とふみ弥さんは言った。

「海歩子おばさんが迎えに来ると、眠ってても、がばっと起きて、走って行って、お母さんに力一杯しがみついてました」

すると、ふみ弥さんは何か考え事をしているような表情でコーヒーを飲み、

「私、佑樹ちゃんのお父さんには」

と言ったが、それきり口を閉ざした。

千春は次の言葉を待ったが、ふみ弥は話題を変えて、富山は豪雪地帯だとばかり思っていたので、雪道でも滑らずに歩けるブーツを持って来たのだが、このぶんだと必要なさそうだと言った。

佑樹は、さっきまで私の家で一緒にテレビを観ていたのでつれてくればよかったと千春はふみ弥に言った。

　家から自転車で入善駅まで行けば、魚津駅まではすぐだから、ふみ弥さんに逢いに来ないかと電話をかけてみようか。

　その千春の言葉に、ふみ弥は微笑を返し、一歳半のときにいちど逢ったきりの女のことなど覚えていないだろうし、逢いたいはずもない。わざわざ電車に乗って逢いに行くなんて、佑樹ちゃんにとっては迷惑であろうと断り、用意しておいたらしいぽち袋をハンドバッグから出した。小さな桜の花が描かれたぽち袋には新札の一万円札が一枚入っていた。

「私からの転校祝いやと言うて、佑樹ちゃんに渡してね」

　千春はそれを預かって帰ったが、佑樹はどこかに遊びに行っていて渡せなかった。それで、高岡での仕事が終わると富山市内の店には帰らず、夕方の六時ごろに入善町の脇田の家に佑樹を迎えに来た海歩子に渡したのだ。――

　これらの話を佑樹に隠さなければならない理由はないのに、なぜ私はそこだけあえて口にしなかったのだろう。

　滑川への旧街道を自分の新車で走りながら、千春はなんとなく心のどこかが穏やかでないのを不思議に感じた。

——「私、佑樹ちゃんのお父さんには」——

この言葉のあとのふみ弥さんの表情の微細な変化が、いまでも妙な不自然さとして私の心に刻まれているからかもしれない。

千春はそう思い、

「いつから携帯電話を持ってるの？」

と佑樹に訊いた。

「きょうでちょうど十日目」

「へえ、やっと海歩子おばさんの許可がおりたんやね」

「うん。だけど、アクセス制限サービスってのがセットされとるから、インターネットへのアクセスも自由にできんし、電話の通話時間も制限されてて、一定の時間しか使えんが。お母さんが携帯電話の会社の人に勧められたんだって。でも、きっと嘘だよ。お母さんのほうから頼んだにきまっとるわ」

「だって、いやらしいエッチなサイトにアクセスして、びっくりするような請求書が送られてきたら大変やねか。電話だって、一時間も二時間も長話をしたら、電話代が凄いんだから」

「男の友だちと二時間も電話で話すはずないねか？」

「へえ、じゃあ、女の子とは？」

「そんな相手、おらんわ」

「ほんとかなァ」

「そうかァ……。ぼくの中学には、胡瓜か山芋みたいなのしかいないんだから」

「ほんとだよ。私みたいな女の子ばっかりなのね。胡瓜も山芋も、田圃の上も、似たようなもんよねェ」

「まだ怒っとんが？　あれは千春ちゃんがって意味じゃなくて、着てるそのセーターがってことやねか」

「どっちにしても、私はちょっと傷ついたんやぜ」

佑樹の家まであと十分くらいかなと思いながら滑川漁港の近くまで来ると、

「千春ちゃん、ほんとにうまくなったよ。安心して助手席に坐っとれるよ。入善駅をスタートしたときと比べると長足の進歩やわ」

と佑樹は言って、箱に残っていたアーモンドチョコを口に放り込んだ。

「機嫌を取ろうとして、お世辞を言っとるんやろ。いいわぁ、私、もう二度とこのセーター着んから。あしたから全身ピンクに統一してやる」

その千春の言葉に、

「え！　ピンクの靴、持っとるん？」

と佑樹は訊き、通りがかった同級生らしい三人組に笑顔で手を振った。

「靴はないけど、ピンクの毛糸の帽子は持っとるよ」

「ダサイなァ。ねェ、千春ちゃんくらいの歳の女が読むファッション雑誌を二、三冊買ったら？　女は化粧と衣装だって誰かが言ったそうだけど、あれは本当だってお母さんが言っとったよ」

口の減らないやつ、と思いながら、漁港の前を通り過ぎ、かつての宿場町の細い道を進んで、千春は海歩子おばさんが借りている空地に軽自動車の後部から入れた。

「いまの車庫入れは八十五点」

と言って、佑樹は車から降りて家へと走って行き、玄関の鍵をあけた。

千春は、自分が中学二年生のとき「長足の進歩」という言葉を使えただろうかと考えながら、後部座席に置いていたショルダーバッグを持ち、海歩子おばさんはいないのに「こんにちは」と言って佑樹のあとから廊下にあがると、そのまま階段をのぼった。

海に面した佑樹の部屋の、窓ぎわの壁の前に置かれた勉強机には、十月に甲本夫妻が来たときよりも多くの参考書が並べられてあった。

この子は本気で猛勉強を開始したのだ。でかおじさんが練ったプロジェクトに沿って、京都大学からハーバード大学かスタンフォード大学の大学院をめざして進み始めたのだ。

千春はそう思い、幼いころからいささかも変わっていない、やや垂れ目の、笑うとそれがいっそう顕著になる佑樹の優しい顔を見つめた。

押し入れの下の部分が本棚になっていて、佑樹はそこからぶ厚い画集を出し、付箋を貼ってあるページをひらいた。

「ゴッホ」とだけ題のついた画集は、高さ四十センチほど、横幅も三十センチほどある大きくて重いものだった。

部屋の空気を入れ換えるために海側の窓をあけ、佑樹はやぐら炬燵のスイッチを入れた。

ガスストーブもあるのだが、暖房が必要な季節が訪れると、佑樹は自分でやぐら炬燵を出してくるのだ。ガスストーブは、頭がぼおっとしてきて眠くなるからだという。

千春は、勉強机の前に立ったまま「星月夜」に見入った。

佑樹は愛本橋で「じっと見とったら、なんか目が廻ってきそうになるが」と言ったが、たしかにそのとおりだ。しかし、私にはこの烈しい絵をとても寂しいものに感じる。絵を見て、これほど寂しさに包まれたのは初めてだ。

激情を絵筆とともにカンバスに叩きつけ、月も星も夜の雲も、巨大な糸杉も、そのすべてが渦を巻くかの迫力なのに、この寂しさは何だろう……。

私は夜の愛本橋には行ったことがない。小さいころ、父の運転する車で行ったことがあったような気もするが、自分の記憶のなかからきれいに消えている。

本当にこれにそっくりな光景が、夜の愛本橋で見られるのだろうか。もしそんな夜が稀《まれ》にあるのなら、なんとしても自分の目で見てみたい……。

千春は、やはり感動という言葉でしか表現できない胸の騒ぎとともに、そう思った。

「今夜は絶対に晴れるって日に愛本橋に行ってみようか。でもあのへんは、天気予報どおりにはいかんもんね」

その千春の言葉に、

「ほんとに？　ぼく、電車で入善駅まで行くよ。千春ちゃん、あの軽自動車で駅まで迎えに来てくれる？」

と佑樹は言って、窓をしめ、やぐら炬燵に脚を突っ込んだ。

「うん、今夜がチャンスだって日に電話をするね。雪が降ってない冬の夜のほうがチャンスは多いよ。夏よりも冬のほうが空は澄んどるから」

「絶対だよ。忘れんでね」

と身を乗り出すようにして佑樹は言った。

千春は佑樹の携帯電話の番号を教えてもらい、それを入力した。

「でも、夜は勉強やろ？」

「その夜だけは休むよ」

「でかおじさんが練ったプロジェクトは、生半可な勉強では達成不可能なん。今夜くらいはさぼって遊んじゃえってのが、だんだん癖になって、あっというまに大学受験の日を迎えるんやから。うちの範夫にいちゃんがそうやったもん」

「うん、でかおじさんにもそう言われたわ」

佑樹はそう言って、やぐら炬燵から出ると階下へ降りて行きかけたが、階段の中途で立ち止まり、

「千春ちゃんは、ふみ弥さんが去年死んだってこと知らんが？」

と訊いた。

千春は驚いて、

「死んだ？　どうして？」

と訊き返した。

「ガンだったってお母さんが言っとったよ」

ふみ弥さんが去年亡くなっていた？　海歩子おばさんはどうして教えてくれなかったのだろう。私が十六歳のときにＪＲ魚津駅で出迎えて、ホテルへ案内したことを忘れていたのだろうか。それとも、日々の忙しさに追われて、私にしらせないままになったのだろうか。

いや、四年前に、わずか四十分ほど接しただけの女のことなんか千春ちゃんはよく覚えていないだろうから、あえて教える必要もないと思ったのだろうか。

そんなことをあれこれ考えながらも、千春のなかには、小雪の舞う魚津駅のホームで

初めて見た瞬間のふみ弥の美しさや、駅前の道を歩きだしたときに強い風でトレンチコートがめくれて品のいいカシミアのスカートが見えたときの自分の心の高鳴りが甦っていた。

十六歳の自分が、三十過ぎの女の一瞬の風情に心を高鳴らせるほどに、ふみ弥さんは美しかったのだと千春は思った。

階下の台所から聞こえる物音で、千春は佑樹が茶を淹れてくれているのだとわかった。男の子がそんなことをしなくてもいい、私が淹れよう。そう思って、やぐら炬燵から出ようとして、千春は、なぜ佑樹はふみ弥さんの死をこの家に来るまで黙っていたのかという疑念を抱いた。

忘れていたのではない。佑樹は、私に話そうかどうか迷ったのだ。それはなぜだろう……。

急須と湯呑み茶碗を盆に載せて階段をのぼって来た佑樹に、

「魚津でふみ弥さんのことを話したとき、どうして去年亡くなったって教えてくれんかったが？」

と千春は訊いた。

佑樹は、急須の茶を茶碗に注ぎ、少し困ったような表情で黙り込んだ。嘘をつこうとしている顔ではなかった。どう説明しようかと自分の思いを言葉に組み立てているときの表情だった。千春にはそれがわかるのだ。なにかにつけて表情の豊かな佑樹と幼いころから姉のように接してきたゆえだった。

「自分の好きな人の思い出話をしてるときに、ああ、あの人、死んだよって言われるのって、いややろう？　悲しいやろう？」

と佑樹は言った。

「それで少し間を置いたが？」

「そうかもしれん。うーん、よくわからんわ。ふみ弥さんが去年死んだってことは、あとで言おうって思っただけやよ」

千春は、ふみ弥さんの話題はこれで終わりにしようと決めて、熱い茶を飲んだが、私も佑樹になぜか隠したことがあると思い、ふみ弥さんは二歳のときの佑樹に逢ったことがあると話して、さらに一万円を預かって、それを海歩子おばさんに渡したと言った。

「一万円のことは知っとるよ。あのお金はずっと貯金してて、ミニベロを買うときに使ったん」

「ミニベロって？」

「ぼくの自転車だよ。あの車輪の小さいやつ」

「富山市内の自転車屋さんで買って、ここまで乗って帰って来たやつ？」

「うん。サイクル・ショップまでは電車で行って、そこからちょっと遠廻りをして、岩瀬浜まで行って、旧北陸街道を走って帰ったん」

と笑みを取り戻して佑樹は言った。

千春は、ショルダーバッグから財布を出し、約束の二千円を佑樹の前に置いた。

「あれは冗談だよ。お金なんていらんよ」

「だって、私、佑樹が横に乗っててくれんかったら、せいぜい家の周りの農道を行ったり来たりしかできんかったわ。滑川まで行こうなんて、そんなだいそれたこと考えもせんかったわ」

千春は二千円を佑樹の手に握らせようとしたが、佑樹は断固として受け取らなかった。

「お母さんがそろそろ心配しはじめてるだろうから、帰るわぁ」

千円札二枚を財布に戻し、千春は佑樹に礼を言って、自分の軽自動車に戻った。

一緒に空地まで来た佑樹は、高速道路を使って帰ってみたらどうかと言った。

「まだそんな勇気は出んわぁ」

「大丈夫だよ。制限速度を守って、車間距離をあけて、キープ・レフトで走れば、なんてことないよ」

「人のことやと思って……。自分は運転できんくせに」

千春はそう言って、軽自動車を発進させ、旧北陸街道を戻りかけたが、滑川駅のほうへ行く道のところに来ると、高速道路を走ろうと決めて、交差点を右折した。

「千春、勇気を出せ。それはいつもお前の心のなかで出番を待っている」

自分を叱咤するように心のなかで言って、千春は滑川インターから北陸自動車道に入った。自動車教習所の指導員と何回も走った高速道路ではあったが、ひとりで運転するのは初めてなのだ。

「バックミラーを見る。サイドミラーも見る。キープ・レフト、キープ・レフト」

そう声に出しつづけて、無事に入善インターから出ると、

「ああ、疲れたァ」

と千春は何かを吐き出すように大声で言って、山側への県道から家への農道へとハンドルを切り、緊張してかたまってしまった心身をゆるめるために軽自動車を停めた。

運転席の窓をあけ、冷え枯れたと言ってもよさそうな田圃で葉を伸ばしている「ひつじ穂」を眺めながら外気を大きく吸った。

ことしは初雪も降雪も例年よりも早いのではないかという気がして、遠くの屋敷林を見ると「タヤマ土石」と書かれたブルドーザーとパワーショベルが田圃のなかに置かれていた。

ああ、そうだ。木曜日から広瀬《ひろせ》さんの田圃で陸掘《おかぼ》りをしているのだ。きょうは日曜日だから作業は休みで、三台の重機は田圃のなかで停まっているのだ。岩を掘り当てるまで水が湧いて出なければいいが。

千春はそう思って、また何回か深呼吸をした。

黒部川流域には九社の砂利採取会社がある。黒部川は一級河川だから国交省の管轄で、三年ごとに、ことしはこれだけと採取する石や砂の量を決める。

新しく更新された量は、毎年六千七百立方メートルだったという。一社で十トン車約千五百台分にしかならない。

それだけだと三ヵ月で仕事は終わってしまって会社を維持していくことはできないので、残りの九ヵ月は、目星をつけた田圃を掘らせてもらって地中十メートルほどのところに埋まっている岩石を採取し、幾種類かの大きさに砕いて売るのだ。

九ヵ月といっても、田植えの準備が始まるころから稲刈りが終わってしまうまでは田圃を掘ることはできないので「陸掘り」はそれ以外の時期を待つしかない。

田圃の持ち主と話し合いが成立し、やっと作業を始めても、たったの三メートルか五メートル掘っただけで水が湧いてきたら、あきらめなければならない。

長年の経験で、大きな石に辿り着くまでに水が湧くかどうか目星はつくのだが、勘が外れることもある。そのために先にボーリング調査をする。

黒部川の砂や石を採取してもいい量が近年大幅に減ったのは、流出する土砂や石の量が減ったせいだ。さらに公共工事が減って需要が激減した。

千春は社長が説明してくれたことを思い浮かべながら、あの広瀬さんの田圃から大きな石がたくさん採取できればいいのにと願った。

そろそろ家に帰らなければ母が心配すると思った途端に携帯メールの着信音が鳴った。

――大丈夫かい。何時頃帰れますか？――

母からのメールを読み、もう入善町まで帰って来たと返信しながら、

「ちゃんと携帯メールを送れるようになったじゃないの」

と千春はつぶやいた。母は、千春が東京から帰ったころに、千春に携帯メールの打ち方や送受信のやり方を習ったのだ。

千春が車を走らせ始めてすぐに、また着信音が鳴った。千春は車を停めた。こんどは佑樹からだった。

――いまどのあたり？　ぼくの勘では黒部川を渡ったくらいかなァ。――

往路をそのまま引き返していれば、たしかにいまごろは黒部川の手前くらいであろうと考えて、

――滑川インターから高速道路で帰って来たよ。ぜーんぜんへっちゃらだったよ。いま家まであと十分くらいのところ。きょうはありがとう。――

と千春は返信メールを送った。そして、しばらく携帯電話の液晶パネルを見ていた。車の運転に少し自信がついたことは嬉しいはずなのに、心が寂しさのようなものに覆われていて、千春は、ふみ弥さんが去年に亡くなったということがその原因だと思った。

おじいちゃんやおばあちゃん、それにお父さんが亡くなったときとは異質の寂しさだなと感じた。

肉親を亡くした哀《かな》しみとまったく異なっている。それなのに、父が死んだときよりも重い寂しさに包まれつづけるのはなぜだろう。

私は、ふみ弥さんとは四年前に三、四十分ほど時間をともにしただけだ。翌年の元日に年賀状を貰ったので、私もすぐに年賀状を送った。

それから毎年、私は年賀状を元日に着くように送ったし、ふみ弥さんもくれた。ことしは東京から送って、住所が変わったことも記しておいた。けれども、ふみ弥さんからの年賀状は来なかった。入善の家のほうにも届いていなかった。

京都の芸妓さんというのは年末年始にはたくさんの催事があるらしいから、ことしは私にまで年賀状を書く暇がなかったのであろうと思って、さほど気に留めなかったが、ふみ弥さんは亡くなっていたのだ。私は、亡くなった人に、明けましておめでとうございます、という文章の横に、お日さまが笑っている絵なんか描いて送ったのだ。

私は、やることなすことがずれてしまう間抜けだ。こういうのをいなか者というのだ。

千春はそう考えているうちに、自分に嫌気がさしてきて、腹まで立って来た。それと同時に、死というものに対して、生まれて初めてではないかと思うほどの恐怖を感じた。

佑樹からまた携帯メールが届いた。

——慢心は大怪我の元。——

自分の十四歳のときを思い浮かべて、千春は佑樹がいろんな言葉を知っていることに感心した。

ふみ弥さんの死をすぐに教えなかったことも、十四歳の少年の心配りとは思えないほどの繊細さだと思った。

——自分の好きな人の思い出話をしてるときに、ああ、あの人、死んだよって言われるのって、いややろう？　悲しいやろう？——

佑樹の言葉を思い浮かべ、田圃の切り株から芽を出して懸命に伸びようとしている「ひつじ穂」の群生に長く見入ってから、千春は家へ帰った。

例年よりも初雪は早かったが積もることなく消えて、十二月の初旬に初積雪があった。

千春の家は、山側に区分される地域なので、入善駅周辺の海沿いよりも雪が多い。

タヤマ土石の敷地内は、きのうの午後にゼロヨンジュウと呼ばれるサイズに粉砕されて、黒部川の堤の下に小さな山の形で積みあげられた砂利のところ以外は、五、六センチの雪で覆われていた。この砂と小石が路盤材として重用されるのだ。

作業場から戻って来た社長の田山秀満《たやまひでみつ》は、ヘルメットを脱いで石油ストーブに手をかざしながら、

「もう帰られよ。千春の車、雪道用のに換えたんか？」

と千春に訊いた。

「はい、おととい換えました」

註文伝票の数字をパソコンに打ち込みながら、千春は社長に熱い茶を淹れるために休憩所を兼ねている炊事場兼食堂へ行った。

「タヤマ土石」の平屋の事務所は横長で、事務所の隣は応接室を兼ねた会議室になっている。

そこには事務所からドアひとつで出入りすることができるが、休憩所に行くには別のドアを使ってコンクリート敷きの通路を使わなければならない。

通路には幅の狭いロッカーが並んでいて、その奥はトイレだ。

プラントと呼ばれる粉砕機やベルトコンベアなどの音が消えたので、あと十分もすればみんなも仕事を終えて事務所に帰って来ると思い、千春は湯を多めに沸かした。

「タヤマ土石」の就労時間は午前八時から午後五時までだ。

きょうは砂利を積みに来るダンプカーはもうないので、みんなは食堂でインスタント・ラーメンを食べずに帰るだろうと千春が考えていると、社長がやって来て、

「帰っとき、親父を乗せてってくれよ」

と言った。

社長の父は息子に跡を譲ってからは、週に二、三回は出社して、仕事の相談に乗ったり、作業員にさまざまな助言をしたり、ときには私生活の問題に関しての解決法を考えてくれたりもしてきたらしい。

といって、従業員の私生活に自分のほうから踏み込むことはいっさいなくて、あくまでも相談を持ちかけられたときだけなのだ。

もうじき八十歳だが、色白の顔は血色が良くて、知的でさえある。

世間では環境破壊に与《くみ》する荒っぽい分野と思われている仕事を長年営みつづけた人という先入観で接すると、その品のいい風貌に驚くらしい。

だが、ときおり垣間見《かいまみ》せる鋭い眼光は、「荒っぽい」砂利採取会社を若くして立ちあげて、その世界での切った張ったをくぐり抜けてきた人のものなのだ。

千春はそんなことを考えながらポットの湯を急須に注いだ。

プラントのところに行っていたらしい先代の社長・田山満男《みつお》が、ロッカーの前で作業服から普段着に着替えて炊事場に入って来た。

「千春ちゃんの運転で帰んがか？　ちょっとしたスリルやのぉ」

と田山満男は笑みを浮かべて言った。

千春は先代社長にも茶を淹れてから、事務服を脱ぎ、きのう甲本雪子から届いたダウンジャケットを大事に手に持った。

そのキルティングの薄手のダウンジャケットは光沢のある明るい紺色で、持っているのを忘れるほどに軽かった。

宅配便で届いた箱のなかには、甲本雪子からの短い手紙と、使われているダウンについての説明書が入っていた。

手紙には、大事にしまっておかずに、普段使いとして気楽に着てくれと書かれてあった。

ダウンの説明書には、アイスランドのホルトというところで採取したケワタガモの羽毛で、世界で最も珍重されるダウンだと書かれてあり、このダウンを使った掛け蒲団は一枚二百万円とつけくわえられてあった。

千春はびっくりして、掛け蒲団が一枚二百万円なら、このダウンジャケットはいったい幾らなのかと、使われている羽毛の量を頭のなかで比較してみたのだが、大雑把な計算でも二十万円は下らないのではないかと思い、そんな高価なものをどうして甲本雪子が私にプレゼントしてくれたのかという戸惑いがつづいていた。

寒いプラントで仕事をしていた六人の社員にも茶を淹れてから帰ろうと待っていたが、

「いいから、帰れま。もう五時半やぞ」

と社長に言われ、千春は先代社長と一緒に事務所を出て、自分の軽自動車を停めてあるところへと歩いて行った。

「広瀬さんの田圃からはたくさん採れましたか？」

車に乗ってエンジンをかけてから、千春は先代社長に訊きながら、ダウンジャケットを後部座席に置いた。

「うん、大漁やったわ。たくさん採れたから埋め合わせが大変やのぉ」

と先代社長は言った。

掘った田圃は元に戻さなければならない。下に眠っていた大石を採ると、その分の土を補充してから、掘り返した土を戻すのだ。そうしないと、田圃全体がいわゆる地盤沈下してしまって、他の田圃よりも地表が下がるのだ。

「あしたからその作業やわ」

千春は、黒部川の堤の横のぬかるんだ土の道から融雪装置の設置されたアスファルトの道へと行き、舟見の集落に近い田山家まで先代社長を送ると、家へと帰った。

母が雪かきをしたらしく、門から玄関までは雪がなかった。玄関をあけるとカレーの匂いがした。

「雪かきは卓哉《たくや》にさせればいいがに」

アイダー・ダウンで作られたジャケットがカレーの匂いに染まるのがいやで、千春は母にそう言いながら二階の自分の部屋に行くと、ハンガーに吊るして鴨居《かもい》に掛けた。

石油ストーブに火をつけておいて、また階段を降りながら、私も弟も妹も幼いころいったい何回ここから落ちたことだろうと思った。

こんなに狭くて急なものは階段ではない。梯子だ。母と兄嫁とのいさかいの発端は、この脇田家の階段だったのだ。

子供が歩けるようになると、母親が目を離した隙に二階へあがっていく。そして、もどかしい足取りで降りる際に落ちてしまう。

カーペットを敷いてあるとはいえ、頭に瘤《こぶ》ができる程度ならまだいいが、打ちどころが悪かったら大事《おおごと》になる。

兄嫁の言い分はもっともだったが、その言い方が、母に言わせると「カチンときた」のだ。

この家の階段は、どう改修してもゆるやかな傾斜にはできない。そういう間取りになっているのだ。よちよち歩きの幼児から目を離すのが悪い。

そのときの母の口調はおだやかだったのに、兄嫁は「カチンときた」。

千春は、母と兄嫁の、階段をめぐっての最初のやりとりを思い出しながら、

「手伝うことある？」

と訊いた。

「なぁん、ないわァ。ああ、千春に手紙が来とるわ」

母は言って、テレビの上を指差した。

差し出し人は園田清一郎で、住所は京都市東山区となっていた。

ふみ弥さんのマンションの住所だと思い、千春は封筒を持つと二階へあがり、自分の部屋に入って石油ストーブの横に坐った。

――四年前に魚津でいとこととともにお世話になった園田清一郎だ。脇田さんにおしらせするのを忘れてしまったが、いとこの園田真佐子は去年の四月十一日に死去した。三十九歳だった。

亡くなったあと、真佐子さんと交友関係にあった方々にしらせる葉書を送ったが、職業柄、それらはとても多くて、宮川町の花街のお座敷でいちどだけ顔を合わせた人の名刺なのか、それとも死去をしらせたほうがいい人なのか、自分にも母にも区別がつかなかった。

置き屋の女将に、真佐子さんのマンションにあった名刺のぶ厚い束や住所録を見せ、この人にはしらせよう、この人にはしらせる必要はないと取捨選択してもらって葉書を送った。

自分はことし大学を卒業し、缶詰食品のメーカーに就職して東京勤務となったが、十月に大阪支店に転勤を命じられたので、売りに出したまま買い手のつかない真佐子さんのマンションで暮らすことになった。――

読んでいるうちに心臓の動悸《どうき》はおさまってきて、千春は手紙を持ったままベッドへと移動した。

――真佐子さんの死を知らない人たちから届いたことしの年賀状は、マンションの管理人が預かり、まとめて奈良の実家へ送ってくれた。

母は体調を崩して年末から入院して手術をしたので、その数通の年賀状に目を通すことのないまま日が過ぎた。

大阪支店へ転勤してすぐに、自分は奈良の実家に行ったのだが、その際、真佐子さんの死を知らずにことしも送られてきた年賀状をやっと読むことができた。

そのなかに、脇田千春さんからのものがあった。

真佐子さんは若いころから何をしでかすかわからない奔放なところがあったが、じつは几帳面な人で、舞妓になって以来、自分に届いた年賀状や暑中見舞いは、年度ごとに束ねて袋に入れて保管していたのだが、その数は厖大といってもいいくらいで、母も自分も、それを一枚一枚見る余裕がなかった。

ひょっとしたらと思い、この二、三年の年賀状を調べると、魚津でお逢いした翌年から毎年、脇田千春さんからのものが届いている。

ことしの元日に届いた年賀状もあったので、脇田さんは滑川のご親戚から園田真佐子の死をしらされていないのだと思い、いまごろになってこのような手紙をしたためている次第だ。

真佐子さんは、あの魚津から滑川への旅がよほど楽しかったらしく、病床で「また行きたい」と何度も言ったものだ。

脇田千春さんのことも、たったの三、四十分ご一緒しただけなのに、とても印象に残ったのか「あの子はどうしているだろうか。また逢いたい。魚津のあの料理屋さんでご馳走してあげたい」と言っていた。

じつは、手紙はことしの年賀状に記されていた東京のほうに送ったのだが戻って来て、小野建設機械リースに電話をかけて理由を説明し、元の上司らしい人に、脇田さんが退社して富山に帰ったことを教えてもらったのだ。

富山の東部はそろそろ雪の季節に入ると思うが、お元気に過ごされるよう祈っている。――

園田清一郎からの手紙はパソコンで打ってプリントアウトしたものだった。最後に自筆で署名してあった。

千春は、元日に届くようにとクリスマス・イブの夕刻にポストに投函した年賀状に、自分が就職した会社名も書いておいてよかったと思いながら、清一郎からの手紙を何度も読んだ。

何気なく石油ストーブのところに目をやると名刺が落ちていた。封筒から手紙を出したときにこぼれ落ちたのだ。

それを拾って、千春は園田清一郎という字を見つめた。「T食品株式会社大阪支社販売局第一販売部」という文字と、会社の電話番号、それに園田清一郎の携帯電話番号も印刷されてあった。

個人の携帯電話ではなく、会社から与えられたものなのだろうと思いながら、千春は名刺を机の抽斗にしまった。

そして、滑川と声に出して言った。魚津から滑川への旅……。手紙にはたしかにそう書かれてあったな、と。

もういちど手紙を読み返し、その箇所を確認すると、千春は、あの翌日、ふみ弥さんと清一郎さんは滑川へ行ったのだと思った。

だが、そのことも海歩子おばさんからは聞いていない。

高校一年生だった私に、いちいち喋るまでもないことだし、ふみ弥さんと清一郎さんは海歩子おばさんにも言わずに、タクシーか電車かで滑川へ行き、町や海沿いを散策して帰路についたのかもしれない。

千春は再びベッドにあお向けに寝転び、手紙を読み返した。

ふみ弥さんは、私の何が印象深かったのだろう。

――あの子はどうしているだろうか。また逢いたい。魚津のあの料理屋さんでご馳走してあげたい。――

それは本心だったのだろうか。

もう死ぬと覚悟した人の、思い出を懐かしむ心が言わせただけの言葉かもしれないが、ふみ弥さんはそんな状況のなかで、この脇田千春のことを思いだしてくれたのだ。駅へ迎えに行き、ホテルに案内しただけの、こんな変哲もないいなか娘を思いだしてくれたのだ……。

千春は、ふみ弥の容姿やたたずまいを思い浮かべながら、長いこと天井を見ていた。

「まだ食べないの？」

階下からの母の声が聞こえ、階段を駆けのぼって自分の部屋のドアをあける弟の、機嫌の悪そうな足音が響いた。

「もうちょっとあとで食べる」

と答えて、千春は机の前に坐った。

園田清一郎の名刺を出し、便箋を机の上に置いてボールペンを握った。

小野建設機械リースの上司だった川辺部長の、

「サンキュー・レターってのはなァ、すぐに書いてポストに入れなきゃあ駄目なんだ。あとまわしにしてると、だんだん日が過ぎていって、そのうちお礼の気持も薄まっていって、やっと書いて送ったときには、気が抜けたビールみたいになってる。いいか、サンキュー・レターは、すぐ書くんだぞ」

と部下たちに言っていた言葉が甦ったのだ。

だが千春は、どう書いたらいいのか、一行も浮かんでこなかった。

パソコンの電源を入れ礼状の書き方を検索し、そのなかで最も凡例の多いサイトにアクセスしたとき、千春は、甲本雪子さんにダウンジャケットのお礼状を書くのが先だと思った。

それで「アイダー・ダウン」のことを調べた。

――アイスランドの西フィヨルドと呼ばれる地域に繁殖のために飛来するケワタガモの最も柔らかい部分の羽毛。この羽毛一グラムを銀一グラムで交換したといわれるほど高価で貴重なものである。

ケワタガモは五月半ばに飛来する。西フィヨルドに飛来するのは約二十万羽。六月初めに産卵するが、そのために自分の羽根のなかでも最も柔らかなものを抜いて、それで巣を作る。この柔毛には空気がたくさん入るので、産卵した卵も、孵《かえ》った雛《ひな》も、寒さから守られる。

卵は四週間ほどで孵り、雛は約一週間で巣立つ。天敵が多いために早く巣立たなければならないのだ。天敵はキツネ、カラス、カモメ等々、極めて多い。そのため、昔からこの地方に住む人間が見廻りをして天敵から守ってきた。

雛が無事に巣立つと、親も去って行き、巣だけが残る。人々はその巣に使われた羽毛を採集して売るのだ。ケワタガモは人間に守られ、人間はその見返りとして、役目を終えた羽毛を現金に換える。当地の人々にとっては、ケワタガモの羽毛は大切な収入源となっている。――

千春は、サイトに書かれた文章を読み、ケワタガモとその巣の写真を見ながら、昔の銀一グラムがどれほどの価値だったのかも調べてみたくなったが、なんだか体がだるくなってきて、お腹がすいているのだと気づいた。

お礼状を書くのはカレーライスを食べてからにしよう。川辺部長に叱られるだろうけど……。

そう胸のなかで言って、千春は台所へと降りて行った。

甲本雪子には礼状を書かねばならないが、園田清一郎には直接電話でお礼を言ってもさしつかえはないと思った。

千春は、自分の心にはお礼にかこつけて、園田清一郎と話をしたいという邪《よこしま》なものがあることを承知していた。

翌朝、千春はきのうの夜に遅くまでかかって書いた甲本雪子への礼状を勤め先に向かう道にあるポストに投函した。

雪は深夜にまた少し降ったようで、三週間前までの広大な枯野には七、八センチ積もっていた。

果てしない稲穂の輝きも好きだが、黒雲の下で延々と海へとつづく雪も好きだ。鼻の奥に突き刺さってくるような冷気は雪の匂いに満ちていて、自分の体温、とりわけ血潮というものを感じさせてくれる。

雪の季節が始まったころはそう思うのだが、いつになったら解けてくれるのかとうんざりする日々もやがて始まり、ひたすら春を待つようになる。やっぱり自分は、春が来たと感じる季節がいちばん好きだ。ああ、この日のこの瞬間のために長い冬があったのだなァと思えるからだ。

千春はそんなことを考えながら、タヤマ土石の事務所に入り、まず石油ストーブに火をつけた。

それからコンクリート敷きの通路に並ぶロッカーをあけてダウンジャケットをハンガーに吊るし、事務服に着替えると、炊事場に入って前日のポットの湯を捨て、新しい湯を沸かした。

きのう、アイダー・ダウンの価値を詳しく知ってしまったので、これは一生物だとわかったのだが、甲本雪子が普段使いとして気楽に着てくれと書いていたとおりにしようと思い、ためらいつつもけさも着て来たのだ。

着るといっても手に持つだけで、千春はまだいちども袖に手を通したことはなかった。

炊事場兼食堂の横にある五枚の畳を敷いたところには枕だけが五つほど置いてある。昔から社員の休憩所として使っているが、格別に力作業が必要な業務ではない。だが社員の半分以上が六十歳前後であることを考慮して、昼食後とか長時間の作業のあとに横になって休めるようにしたという。

千春はタヤマ土石で働き始めたときから、朝は七時半に出社するようにしてきた。まず湯を沸かし、事務所の幾つかの机の上を拭き、床の掃除をして、それから応接室兼会議室、炊事場兼食堂へと移ると、ちょうど三十分かかるからだ。

「ことしの冬は雪が多いかもしれんなァ」

と言いながら出社してきた社長は、すぐに作業服に着替えた。

おはようございますと元気良く言って、千春は社長のために茶を淹れた。

それも、小野建設機械リースの川辺部長が自分の部下たちに厳守させた約束事だった。

寝不足や二日酔いで、仏頂面をして、聞こえるか聞こえないかの声で「おはよーっす」と言いながら自分の席に坐ろうものなら、たちまち川辺部長の叱責の声が響き渡った。

「けさから自分の人生が始まったと思え。人生の始まりの日の朝に、そんな挨拶をしたら、もう負けたようなもんだろう」

俺、大学の体育会に入ったんじゃねェよ、と小声で文句を言っても、若い社員たちは川辺部長を慕った。

川辺部長は、現場の声を正確に上に伝えてくれるし、部下の失敗に対してはいつも自分が責任を負ってくれるからだった。

何か悩み事がありそうな部下、仕事上で行き詰まっているらしい部下。川辺部長はそれと感じると、昼食に誘って話を聞いてくれる。

千春は掃除を終えて、雑巾を洗いながら、川辺部長に逢いたいなと思った。

「富山も雪が少なくなったわ。雪のない正月なんて、昔の富山でちゃ考えれんわ。そういう話になると、年寄りの口から出るのは必ず『サンパチ豪雪』やねか。百人の年寄りが百人とも『サンパチ豪雪のときは、あいがやった、こいがやった』って言いだすねかよ」

昭和三十八年に豪雪が富山中に大きな被害をもたらしたことは千春も祖父母から何度も聞かされたものだった。

「社長もサンパチ豪雪のときのことを覚えてますか？」

と千春は訊いた。

「俺を幾つやと思っとるがよ？」

社長は苦笑しながら熱い茶を飲んだ。

「俺は四十五歳。サンパチ豪雪の年に生まれたんやぜ。覚えとるわけないやろ？　お母ちゃんのおっぱいを飲んで、おしっことうんちをして、泣いて、寝る。この四つのことが人生のすべてやったんやぞ」

千春は笑い、パソコンの電源を入れた。

応接室兼会議室に入って行き、社長は大きな紙袋と何枚かの書類を持って出て来て、これを県庁の清水《しみず》さんに渡してくれと言った。十時に出かけるから、それまでに届けてくれと清水さんは言ったという。

「千春を車で行かせるんはまだちょっと心配やから、電車で行かっしゃい。駅前の通りの和田《わだ》さんとこのガレージに千春の車、停めさせてくれって電話しとくちゃあ」

「私、もう二回も北陸自動車道で富山インターへ行きました。もうへっちゃらです」

千春の言葉に、

「ほんとか？　でもまだ二回じゃなァ。やっぱり電車で行かんか？　帰って来るまで心配で仕事が手につかんわ」

と言い、社長は事務所から出て、四台の重機を停めてあるところへと歩いて行った。

千春が社長と話をしているあいだに、社員たちが出社してきた。遅刻寸前で事務所に駆け込んで来たロクちゃんは、作業服に着替えながら千春と社長の会話を聞いていたらしく、

「あれから二回も高速道路を運転したんか？　恐ろしい話やなァ。まさに凶器が走っと

るようなもんやわ」

と笑いながら言った。

千春は自分の軽自動車を運転して富山市内に行きたかったのだ。

県庁での用事はすぐに終わる。そうしたら、雑誌類を多く並べてある本屋に行き、二十歳前後の女に人気のあるファッション雑誌を二、三冊買い、どこかの喫茶店でそれを見て、どんな服にするかを選び、そのあと、海歩子おばさんの美容院で髪型を変える相談に乗ってもらえる。

電車で行ったら、時間がかかり過ぎて、ファッション雑誌が買えるだけだ。雑誌だけなら入善町で売っている。

でも、社長が電車で行けというのだから仕方があるまい。

千春はそう思って、男の社員たちに茶を淹れようとしたが、みんな作業服を着ると、ヘルメットを持って重機のところへと行ってしまった。

ああ、そうだ、きょうから陸掘りの終わった広瀬さんの八反の田圃を元に戻す作業をするのだ。何日くらいかかるのだろう。補充する土はもう広瀬さんの田圃に運んだのだろうか……。

そう考えながら、千春は一生大切に使うと決めたダウンジャケットを持ち、自分の軽自動車を停めてあるところへ行った。社長が携帯電話で誰かと話をしながら、千春に指でＯＫのサインを送った。ガレージを使ってもいいと和田さんの許可を貰ったサインだと理解して、千春は入善駅へと向かった。

富山市内には雪がなかった。

千春は県庁での用事を済ませると、松川沿いを歩いて総曲輪《そうがわ》の商店街に行き、本屋で二冊のファッション雑誌を買った。

海歩子おばさんのところは徒歩では遠すぎるが、雑誌は家に帰ってからでも目を通すことができる。

どっちにしようかと迷って「カットサロン・ボブ」に電話をかけると、海歩子おばさんはいま車で迎えに行ってやると言った。

総曲輪の商店街を出たところにある交差点で十分ほど待っていると、海歩子おばさんは軽自動車でやって来て、

「これから一時間くらいは予約のお客さまがなくて、ちょうどよかったわ」

と言い、千春を坐らせるために、助手席に置いてあった雑誌やパンフレットなどを後部座席に移した。

カットサロン・ボブの一号店に行き、千春はすぐに美容椅子に坐らせられて、海歩子おばさんと、千春よりも二、三歳年長らしいアシスタントのふたりに髪をさわられ、うしろから頭を右に左に動かされた。

「私にまかせるのね？」

と海歩子おばさんは訊き、アシスタントの女性の意見を求めた。

髪を少し栗色に染めよう。目が強いポイントとなる顔立ちだから、髪の裾を三センチほどカットして、全体を梳《す》いて……。

アシスタントはそう言って、壁ぎわの棚から、さまざまな髪型のサンプルを出した。

「あっ、これよ。これがいちばんいいわ」

アシスタントが最初に見せた髪型を指差して、海歩子おばさんは決めた。

「さっとシャンプーして、カットだけしとこうよ。三、四十分で済むわぁ。そしたら、こんどの土曜日か日曜日に、カラーリングとパーマだけで完成やわ」

千春の返事を待たずに、海歩子おばさんはシャンプーのための椅子へ移るよう促した。

「いま仕事中なんやけど」

と千春は言いながら、とびきり美人のモデルの髪型に見入った。額から耳の横へとなだらかにカットされた髪は、全体が外側へと跳ねていた。この跳ねを作るためにパーマをかけるのであろうが、毛糸の帽子なんかかぶったら台無しになる。

家でシャンプーしたら、そのたびに手入れが大変だ。

千春はそう言ったが、手入れくらいが何よ、それくらいのお洒落はしなさいと海歩子おばさんに叱られてしまった。

「私には似合わんわ」

「似合うの。私たちはプロなのよ。まかせるって言ったんは千春やねか。いっそ、きょうパーマもカラーリングもやってしまお」

「そんなんしたら、会社に戻れんわ」

「じゃ、昼から休めば？　忙しいが？」

「事務所に誰もおらんくなる。得意先から註文の電話があったりしたら……」

「半日くらいさぼったって、どうちことないやろ」

「この髪型、私にほんとに似合う？」

「似合う、似合う。絶対似合う。『街に出れば男が誘い』ってやつだわ」

海歩子おばさんは節をつけてかろやかに歌った。

「古い歌ですねェ」

とアシスタントもシャンプー係も笑った。

すべてが終わったのは一時過ぎだった。その間に、千春は社長に電話をかけ、風邪をひいたらしく、熱が出て来たので午後は休ませてもらえないかと頼んだ。

陸掘りのあとの田圃を埋める作業中だった社長は、意に介したふうもなく、

「ああ、いいちゃ。大事にしられ」

と言ってくれた。

横とうしろの髪をすべて外側に跳ねさせるブローの仕上げをしながら、大きな鏡に映っている千春に、

「ねっ？　凄く似合うと思わん？」

と海歩子おばさんは笑顔で訊いた。

「こんなに染めたん？　少しだけ栗色にするって言ったねか」

「千春の髪は、もともと黒過ぎるが。カラスの濡れ羽色ってやつ。だから最初は明るすぎるくらいの色を使っとかんとすぐに染めたんか染めてないがか、わからんようになるが。こんくらいがちょうどいいが。さあ、お腹減ったやろう？　お昼ご飯食べに行こうよ」

海歩子おばさんはうしろから千春の肩を叩き、先に店から出て行った。入れ替わるように三人の予約客がやって来た。

店の人たちに礼を言って、千春はダウンジャケットを持つと海歩子おばさんのあとを追った。

通りに面したカットサロン・ボブの三軒隣に蕎麦屋があった。海歩子おばさんはその店先で待っていた。ここの蕎麦定食がおいしいのだという。

「かけ蕎麦にだし巻き玉子と海老《えび》の天麩羅《てんぷら》が付いてるの。お昼だけの限定メニュー」

店にはまだ客が多くて、千春は海歩子おばさんと並んで立って、席があくのをしばら

く待った。

そうしながら、細かいキルティングのダウンジャケットの説明をした。甲本雪子が送ってくれたこと。使われているダウンは世界で最も良質なもので、同じ羽毛で作られる掛け蒲団は一枚二百万円もすること……。

「えっ！　二百万円？　だったら、このダウンジャケット、幾らなん？」

と驚き顔で海歩子おばさんは訊いた。

四人掛けのテーブルがあいたのでそこへ坐り、

「見当もつかんわ。掛け蒲団に使う羽毛の量がどんくらいなんかもわからんもん」

と千春は言った。

蕎麦定食を註文してから、

「雪子さんは帰るとき、佑樹に一万円のお小遣いをくれたわ」

と海歩子おばさんは笑顔で言った。千春がカット代やカラーリング代などを払おうとしても、海歩子おばさんは頑として受け取らず、

「次からは貰うわね」

と言った。

蕎麦定食を食べながら、千春は、園田清一郎からの手紙のことも話して聞かせ、ふみ弥さんはあのあくる日、滑川へ行ったそうだが、海歩子おばさんと逢ったのかと訊いた。

いや、逢えなかった。私は八時前に家を出るので、ホタルイカ漁を見て、朝の五時ごろにホテルに戻ったふみ弥姐さんは、さすがに眠かったはずで、八時に滑川で待ち合わせようとは言えなかったのだ。

そう説明する海歩子おばさんの口調にも表情にも、どことなくぎこちないものを感じて、千春は新しい自分の髪型に話題を変えた。

洗髪後にどんなことをすれば、この髪の外側への跳ねを形良く維持できるかを教えてもらいながら、ひょっとしたら海歩子おばさんは、ふみ弥さんがあの翌日に魚津から滑川まで行ったことをまったく知らなかったのかもしれないと千春は思った。

ふみ弥さんも、せっかく魚津へ来たのだから、滑川へも行ってみたいと思っただけで、富山市内の店へ出勤しなければならない夏目海歩子に逢うつもりはなかったのであろう。

そう考えて、なぜふみ弥さんの死を教えてくれなかったのかと訊くのをやめた。

「その清一郎さんは、ふみ弥姐さんがあの翌日の何時ごろに滑川へ行ったかも書いてあった？」

と海歩子おばさんは訊いた。

「そんなことは書いてなかったわ。翌日とも書いてなかったけど、私は勝手に翌日って思っただけ」

その千春の言葉に、

「ふみ弥姐さんは、どんな服を着とったん？　どんな髪型やったん？」

と海歩子おばさんは訊いた。

いまごろどうしてそんなことが気になったのだろうと思いながら、千春はあの日のふみ弥さんの着ていたものと髪型を説明した。

「芸妓さんは自分の髪で髷《まげ》は結わんけど、お座敷にあがらずにお客さまと食事につきあうときなんかは、自毛で着物姿に似合う髪型にセットせんならんから、長く伸ばしてんのよ」

海歩子おばさんはそう言って、しばらく自分の指を見ていた。

あのふみ弥さんなら、京都へ帰ってから海歩子おばさんに電話なり手紙なりでお礼を伝えたであろうと考えて、千春はその際に、滑川に行ったことに触れていなかったのかと訊いてみた。

「お礼の電話があったけど、滑川にも行ったとは言わんかったわ」

海歩子おばさんは、自分の指に目をやったまま、何か他のことを考えているような表情でつぶやいたあと、我に返ったかの笑顔で、

「ああ、いま思い出したわ。魚津からタクシーで滑川へ行ったって言ってた。うん、言った、言った。私、ころっと忘れとったわ」

と言って千春の顔を見やった。

「とっても似合っとるわ。千春ちゃん、ここのトイレの鏡で、ひとりになってじっくり見てみられ。千春ちゃんの可愛らしさが百パーセント強調されとるってことに気づくから」

千春がその言葉でトイレに行きかけると海歩子おばさんの携帯電話が鳴った。

「はい、いま行きます」

と応じて、海歩子おばさんは千春に手を軽く振り、ふたり分の代金を払って店に戻っていった。

トイレの鏡は小さくて、明かりもカットサロン・ボブの三分の一くらいだったので、栗色というよりも茶色っぽい金髪と見えていたものは、千春が求めていた色に近くなっていて、外側へ跳ねている髪も、ふっくらしすぎている頬を小さく感じさせた。

「あっ、ちょっといいかも」

とつぶやき、千春は蕎麦屋から出た。さっきのアシスタントが立っていて、富山駅まで送ると言いながら、通りに停めていた自分の軽自動車のドアを開けた。

「私、会社の社長に、風邪で熱があるなんて嘘をついちゃって……。早退《はやび》けして寝てたやつが、どうして美容院へ行ったんだって、この髪を見たら誰だって思いますよねェ。もっと上手な嘘をつけばよかったのに……」

富山駅が見えてきたころ、千春はアシスタントにそう言った。

「家で風邪薬を飲んで二、三時間寝たら、すっかり治ってしまったから、夜に美容院へ行ったってことにしたら？　予約してあったからキャンセルの電話をかけにくかったって」

　アシスタントは笑いながらそう言った。

「そうか、その手を使おう。よくそんな上手な理由がぱっと浮かびますねェ」

　千春の言葉に、このくらいの嘘が瞬時に思い浮かばなければ美容師なんて務まらないのだとアシスタントは言った。

　入善駅から自分の軽自動車を運転して家に帰ると、千春は台所で何かを煮ている母に笑顔を向けた。

「あれ？　どうしたが？」

　ちらっと千春を見て、すぐに鍋のなかに視線を移し、母はそう訊いた。髪型の変化にまで気づいていないなと思い、千春は仮病を使って早退けしたのだと言いながら、母の横に立ち、

「ねェ、見てよ」

　と言った。

「あらまあ！」

　いぶかしそうに千春を見つめてから、やっと気づいた母は、菜箸を置くと、「あらま

あ」と何度も繰り返した。

「海歩子おばさんお勧めのヘアースタイルにしたが」

「海歩子の店でかい?」

「仕事で県庁まで行ったから」

「なんやら眩《まぶ》しいねェ」

「ちょっと金髪に近すぎるけど、最初はこれくらいのほうがいいって」

「髪の色が眩しいんじゃなくて、自分の娘が眩しくなったって意味よ」

「似合う?」

「街に出れば男が誘いって感じで、親としてはちょっと心配やけどね」

「その古い歌、さっき聴いたばっかりなんやけど。海歩子おばさんも歌っとったよ」

千春は、暗くて急な階段を駆けのぼり、自分の部屋に入ると、もういちど顔を鏡に映した。

なんだか心が浮き立ってしまって、本当に熱でも出て来そうな気がした。

携帯メールの着信音がショルダーバッグのなかで鳴っていた。佑樹からだった。

――変身、おめでとう。写真を送って。――

そう打たれた文章を読み、まだ三時過ぎだから佑樹は授業中のはずだと思って、千春は返信メールを送るのを待った。授業中に携帯電話を使っているのを見つかったら教師に取りあげられると聞いていたからだ。

中学校の六限目が終わるのが何時だったのか忘れてしまったので、念のために三時半まで待とうと考え、千春はその間に携帯電話のカメラで自分の顔を写した。右手を一杯に伸ばし、最初はちょっとすまし顔で。二枚目は場所を変え、染めた毛がより金髪に近くなるようにして、両目を真ん中に思いきり寄せて。

その二枚の写真を添付して、

――笑ったら首を絞めてやる。――

という文章を打ち、三時半ちょうどに送信した。

そして、立山連峰に面している窓から、夜中に降って七、八センチ積もった雪がまったく減らずに田園を覆っている風景に見入った。

私が園田清一郎さんからの手紙のことを話したときに、あきらかに海歩子おばさんの様子が変わったが、それはなぜだろうと千春は思った。

言っていることも不自然だった。ふみ弥さんが滑川に行ったのを知らなかったのに、あとになって電話で聞いたことを忘れていたと、いかにも慌てて何かを取り繕うように訂正した。

私みたいな鈍感な女でも、海歩子おばさんが嘘をついていることはわかる。なぜそんな嘘をつかなければならないのだろう。

なぜ、ふみ弥さんがどんな服を着ていたか、どんな髪型だったかを知りたがったのだろう……。

千春は、黒部川扇状地の上空に厚くかぶさっている黒い雲が少しずつ移動していくさまを見やりながら、佑樹のことを思った。

佑樹については、内緒事が多すぎる。私がそのことを不審に思うようになったのは、小学五年生くらいからだ。

父も母も、祖父も祖母も、佑樹の父親については極力話題を避けて、名前は今井《いまい》直樹というのだとしか教えてくれなかった。

どんな人だったのかと訊いても曖昧な返事しか返ってこない。

結婚式を一ヵ月後に控えていたころに病気で急死したというが、どんな病気だったのかは知らないという。

いつだったか、海歩子おばさんに、佑樹のお父さんの写真はないのかと訊いたことがある。佑樹は父親似だと海歩子おばさんが言ったので、どんな顔立ちなのかと単純な興味だけで写真を見てみたいと思ったからだ。

だが、海歩子おばさんは、写真を撮る機会がなくて、一枚も残っていないのだと答えた。

たいていの人がカメラを一台くらいは持っているのに、そんなことがあるだろうか。

けれども、私は中学二年生になったころから、佑樹の父親に関しては話題にしないほうがいいのだと考えるようになった。それは佑樹をいじめているのと同じではないかという気がしてきたからだ。

私は、佑樹がとても好きだ。可愛くて可愛くて抱きしめたくなる。

東京で心がぼろぼろになりかけたとき、私は佑樹の顔や声や、多彩な表情と仕草の変化を思い浮かべた。

佑樹を荷台にまたがらせて、入善の田園から入善漁港へのお気に入りのコースを自転車で走っているときの幸福感にひたることで、私の壊れかけた心はつかのま息を吹き返すのだ。

私が、小野建設機械リースを辞めて、深夜の高速バスで富山駅に帰り着き、電車で入善駅へと向かったとき、きょうが九月二日ではなく八月二日だったら、夏休み中の佑樹はきっと入善駅へ迎えに来てくれるだろうにと思った。

駅で待っていてくれたのは母だった。心身の不調がつづいていたのに、帰りはタクシーに乗るつもりで、バスで入善駅まで来たのだ。

重い荷物を持っていたので、タクシーで家へと帰れるのはありがたかった。

佑樹が入善の脇田の家に来たのは、その翌日の四時ごろだった。佑樹は私を見るなり、家には入らず、玄関先に置いてある自転車の荷台を掌で叩き、

「港へ行こうよ。行きも帰りも、ぼくが漕ぐから。あのスペシャルコースを」

と誘ってくれた。

私は嬉しくて、水道の蛇口から出る入善の湧水をペットボトル二本に入れ、佑樹の漕ぐ自転車の荷台に坐った。

西日の色になりかかっている太陽は正面から田園地帯のすべてを照らしていた。

垂れている稲穂も、まだ垂れていない稲穂も、ことしは米作りをやめた田圃の大豆の青黒い葉も、その朱色になりかけた太陽の光で、何か別のおごそかな生き物たちの群舞に見えた。それらは口々に私に語りかけている気さえした。

ふいに東側から矢のように飛んで来たトンボを見て、佑樹は私たちふたりだけのスペシャルコースを外れてそれを追いながら、

「ドロボーヤンマだ」

と叫んだ。顔つきや体型が、頰かむりをして出刃包丁を持っているようで、あけてある家の窓から入って来るから、ドロボーヤンマというのだと佑樹は説明した。

「ただのオニヤンマでしょう?」

「ただのって言うけど、オニヤンマはもう貴重なトンボなんだよ」

「このまま行ったら黒部川の堤に出ちゃうよ。スペシャルコースに戻ろうよ」

「ドロボーはつかまえないと」

「出刃包丁を持ってるから、深追いしたら危ないよ。追いつくまでに用水路に落ちたらどうするの？　このへんの用水路の水は心臓が止まりそうなくらい冷たいんだから」

私の言葉で佑樹は農道を右に曲がり、スペシャルコースに戻った。そこからはペダルを漕がなくても、自転車はかなりの速度で入善漁港へと進んだ。

私は稲の葉が際限なく発生させているのであろう甘くて新鮮な酸素を体中に吸収しようと目を閉じて何度も深呼吸をした。

入善漁港の岸壁には、そろそろ帰り仕度をしている釣り人と、これからの夜釣りにそなえている人たちが入れ替わろうとしていた。

私は、顔は見知っているが、これまでいちども言葉を交わしたことのないおじさんに、

「こんにちは」

と声をかけた。

「おお、ひさしぶりだなァ。長いこと顔を見せんかったなァ」

とおじさんは言葉を返してくれた。おじさんのビニール製のバケツにはシマダイが五尾入っていた。

私と佑樹は、岸壁に坐ってペットボトルの水を飲んだ。

「千春ちゃんは元気だよ。病気なんかじゃないよ」

と佑樹は言った。

東京は、自分にはとてもつらいところだったと私は正直に言った。なにがどうつらかったのかを上手に言葉にはできなかったが、私はそのたったひとことを佑樹に口にしただけで、とてもらくになってきたのだ。わずか一年半で逃げ帰って来たことへの罪悪感も消えていったのだ……。

千春は、黒い雲が切れて、そこからオーロラに似た光が差してきたのを眺めながら、入善の実家に帰って来た翌日の、佑樹とのサイクリングを思い浮かべつづけた。

二週間後にはいっせいに稲刈りが始まる扇状地の広大な田園。湧水によって隈なく張りめぐらされた清冽な用水路。そこにはたくさんの生き物が生きている。

トンボ、蝶《ちょう》、テントウ虫、キリギリスに似た名前を知らない昆虫、カエル、どじょう、ゲンゴロウ、ミズスマシ。

農薬で少なくなったとはいっても、その気になって探せば見つけることができる。小動物たちはしたたかに生きている。

それらはいつも楽しそうに歌っていたのに、私は気づかなかった。入善町の田園のど真ん中で生まれ育ったのに、きょうまで気づかなかった。

佑樹がサイクリングに誘ってくれなかったら、私は一生気づかなかったかもしれない。

ドロボーヤンマの不敵な面構えと、直線に飛んで直角に方向を変える疑いのない生き方を見た瞬間、そしてそのトンボをドロボーヤンマと佑樹が言った瞬間、私はありとあらゆる生命がどこから来たのかを知ったのだ。

入善漁港、釣り人が陣取る岸壁、その横の黒部川の河口、河口で羽を休める海猫《うみねこ》やカモメ。目前に拡がる海。

みんな語りかけている。にぎやかに歌っている。どれもこれも心があるのだ。私は、その心がどこから生まれたのかを知ったのだ。

けれども、そのことは口にしなかった。佑樹にも黙っていた。気づき、知ったのに、私はそれを的確に表現する言葉が考えつかなかったからだ。考えつかないまま冬になってしまった。いまもなお考えつかないでいる……。

千春はぼんやりと椅子に腰かけたまま、田園から港への道を思い描いた。

それからやっと机の抽斗をあけ、園田清一郎への手紙を書くことにして、ボールペンを持った。

下書きをしたのに、何度も何度も清書しなおして、最後に自分の携帯電話の番号を書こうかどうか迷いつづけたが、千春は、園田清一郎にはきっと素敵な恋人がいるにちがいないと思い、それならば電話番号もメールアドレスも書いてもいいと決めた。

私のような冴えない女とは比較にならない恋人がいる男性に対しては、媚《こび》も下心も無用なのだから、書いてしまえという、いささか捨て鉢な気持だった。

「人間、ちょっとはあつかましくないとね」

そうつぶやいて、千春が手紙を封筒に入れたとき、佑樹からメールが返って来た。

——寄り目には笑ったけど、首を絞めないでね。新しい髪型、すごく似合っていてびっくりしました。これはお世辞じゃないよ。——

千春は声をあげて笑い、

——ありがとう。寄り目の写真は、佑樹の携帯の待ち受け画面にしてね。——

と返信した。

すぐに、

——ちょっと考えさせて下さい。——

というメールが返って来た。

千春は近くのポストまで歩いて行き、清一郎への手紙を投函した。

大晦日《おおみそか》の前日の朝十時に、千春は、漆塗りの重箱を風呂敷に包んで、自分の軽自動車で滑川へ向かった。母が作ったおせち料理を夏目家へ届けるためだった。

高速道路を使おうか迷ったが、七十センチほど積もっている田園地帯の雪を見て用心に越したことはないと考えて、入善駅の近くの県道を選んだ。

軽自動車のトランクにはチェーンを入れてあったが、千春は自分ひとりでは装着できなかったのだ。

祖母が生きていたころは、正月の三日前くらいから準備を始めて、三段の重箱にすき間なくおせち料理を並べた。

千春は、富山のおせちと他の地域のそれとの違いを知らなかったが、小野建設機械リースの同じ部署で働く人たちとその話題になったとき、「真子煮付《まこにつ》け」や「かぶら寿司」は北陸独特のものだと知った。

真子は真鱈《まだら》の卵巣を煮たもので、そのまま食べたり昆布巻にまぶしたりする。かぶら寿司は祖母の得意料理で、祖母から母へと伝えられたが、手間がかかるので、三年前から市販のものを買うようになった。

他には、黒豆、酢だこ、雁月《がんづき》、子持ち昆布、伊達《だて》巻、ゆずの砂糖漬け、ブリの漬け焼き、鮎《あゆ》の甘露煮……。

その中でも雁月は、東京や関西出身の人は知らなかった。かまぼこ料理のひとつで、月を背に雁が飛ぶ様子に見たててあるので雁月と呼ばれるようになったという。家では作れないので、どの家庭も店で買う。

脇田の家では、それらの富山流のおせち料理に箸を伸ばすのは、母と千春だけになってしまって、重箱に並べる品数も減った。弟も妹も元日の朝に申し訳程度に食べるだけで、夜には焼肉にしてくれと頼むのだ。

正月の五日が過ぎても、まだたくさん残ってしまって、そのほとんどは捨てなければならなくなる。

それで、ことしは、黒豆、真子の煮付け、昆布巻、ブリの漬け焼き、かぶら寿司の五種だけにしたのだ。

千春は、この五種のおせちも、私と母とで頑張って食べないと残ってしまうだろうと思いながら、下黒部橋を渡った。入善町では降っていた雪が、入善漁港あたりでやんでしまった。やんだのではなく、降っていなかったのだろう。でも、家々の屋根や門柱の上にも四十センチほどの雪が積もっているし、田圃や畑の雪はもっと多そうだ。

千春はそう思い、雪かきをしている人たちの白い息を見やった。道の真ん中に設置された融雪装置から小さな噴水状の湧水が出ていて、その周りだけうっすらと霧がたちこめている。

千春は、霧の上を進んでいる心持ちで黒部市を過ぎ魚津市に入った。

携帯電話が鳴った。ちょうど神社の前で、少し道幅が広くなっていたので、千春はハザード・ランプを点滅させて軽自動車を停めた。

知らない電話番号が画面に表示されていた。相手が誰なのかわからない電話には出ないようにしていたが、いたずらやセールスの電話なら切ってしまおうと思い、もしもしと応答した。

若い男の声で、

「ぼくは園田です。園田清一郎です。先日はお手紙をありがとうございました」

という言葉を聞くと同時に、千春は首から頬にかけて熱くなるのを感じた。心臓の音が頭の芯に響いた。

「いいえ、私のほうこそお手紙をありがとうございました」

と千春は言った。自分の声がぶざまなほどにうわずっているのが恥ずかしかった。

「いまお仕事中じゃないですよね。もしお仕事中なら夜にでもかけ直しますが」

「いいえ、二十六日が仕事納めでした。来年の四日までお休みです」

「うちの社とおんなじですね。ぼくも五日が仕事始めです」

園田清一郎はそう言って、少し間を置き、来年の四月十一日に園田真佐子の三回忌を迎える、法要は奈良の吉野《よしの》に近い実家で簡略に行う予定で、そのころに休みを取れれば、思い出の魚津と滑川へ行こうと思っているのだが、まだ寒くて雪は残っているのだろうか、と訊いた。

「雪はもうありません。桜の時期になってるはずです」

そう千春は答えながら、魚津に桜が咲くのは四月のいつごろだろうかと考えた。

「千春さんは、富山のいつごろの時期がお勧めですか？　べつに命日に合わせて行く必要はないので、いちばんいい時期に行って、真佐子さんへの感謝の思いを胸に刻んでおこうと思って」

「私は夏が好きです。稲穂が伸び始めた黒部川扇状地一帯の田園風景がお勧めです」

言ってから、ふみ弥さんを偲ぶ旅なのに夏の入善町を勧めてどうするのだと思った。

園田清一郎が行きたいのは魚津と滑川なのに、と。

それで慌てて、ホタルイカ漁を見たいのなら、海歩子おばさんから漁師さんに個人的に頼んでみてもらうがと言った。

「いやァ、ぼくは小さな漁船で沖へ出るのはこりごりです」

と園田清一郎は笑いを含んだ声で言った。

あの日は夜中の三時に魚津港を出た。港に帰って来たのは四時半ごろだったが、自分はホタルイカ漁を見ることができなかった。

「見なかったんですか?」

どうしてだろうと思いながら、千春はそう訊いた。

「漁船が港から出て、たったの二、三分で船酔いにかかったんです。死ぬんじゃないかって思うくらいの船酔いで、ホタルイカ漁の見物どころじゃなくて、港に戻るまでずうっと窮屈な操舵室で横になってました。真佐子さんは、せっかく来たんだから、あのホタルイカの大群の青白い光のかたまりをひと目でも見たらどうかって、操舵室からぼくをひきずり出そうとしたんですけど、ぼくはもうそれどころじゃなくて……。だから、もうじき港に帰り着くってときに、網からこぼれ出て港のほうに入って来た五、六匹のホタルイカが光ってるのをちらっと見ただけなんです」

「ふみ弥さんは？」

「ぜんぜん平気でしたねェ。子供みたいに歓声をあげて、甲板をあっちへ行ったりこっちへ行ったりしながら見てました。それからホテルへ帰って一睡もしないまま滑川へ行ったんです。朝の七時半にタクシーで」

「朝の七時半？」

「ええ、八時前には目的の場所に着いていたいからって」

「滑川のどこですか？」

「旧北陸街道の、昔は宿場町だったっていうところです。でも、そこで十五分ほど行ったり来たりしただけで、待ってもらっていたタクシーで滑川駅まで行って、富山駅へ出て、そこで別れました。ぼくは大学の入学式で東京へ行かなきゃいけませんでしたし。真佐子さんは特急サンダーバードに乗り換えて京都へ帰りました」

千春は、ふみ弥さんは佑樹に逢いに行ったのだと思った。海歩子おばさんが店に行くために家を出るであろう時間を見はからって魚津のホテルからタクシーに乗ったのだ。

四年前の三月末には、佑樹は入善町の小学校から滑川の小学校へと転校する直前だったが、新学期はまだ始まっていなかった。そのくらいのことは、いくら芸妓さんだといっても承知していたはずだ……。

学校が休みの日でも、佑樹は母親と同じ時間に起きて、母親と一緒に朝食をとり、路地を挟んだ空地に行って、「いってらっしゃーい」と手を振る。

それは、海歩子おばさんと佑樹が交わした約束事のひとつなのだ。

もしふみ弥さんがそのことを知っていて、ふたりに逢おうと思ったのなら、行き違いにならないよう事前に海歩子おばさんに電話をかけるだろう。

だが、海歩子おばさんは、私にはいかにもふみ弥さんが滑川へ来たことを忘れていたふりをしたが、あれが嘘だと私にもすぐにわかった。

ふみ弥さんは海歩子おばさんには内緒で、どこかの物陰から佑樹を見ていたのではないだろうか……。

千春は忙しく頭をめぐらしながら、そう考えた。

「広大な田園で実った稲穂のなかを歩く……。そっちのほうがいいかなァ」

清一郎はそうつぶやき、日を決めたらまた電話すると言った。

携帯電話をショルダーバッグにしまってからも、千春は神社の前に軽自動車を停めたまま、融雪装置から出る小さな噴水を見ていた。

もし園田清一郎が恋人と一緒に電車から降りて来ても、私はがっかりしないでおこうと思った。

だが園田清一郎がひとりでやって来たらどうしようか。十六歳のときの私も、二十歳になったいまの私も、中身はほとんど変わっていない。

喋りたくても、その場その場の適切な言葉を使えない。ボキャブラリーが乏しいのだ。そのうえ頭の回転も悪いから、「はい」か「いいえ」しか口にしなかったら、園田清一郎は気疲れしてしまって、早くひとりになりたいと思うだろう。

「私、ボキャブラリーを増やすぞ。そのためにはせめて半年は必要よ。やっぱり八月に来てもらわなきゃあ」

千春は心のなかで言い、車を発進させた。


佑樹は学習塾で渡された英語の問題集を解きながら、知らない単語のスペルをノートに何度も書いて覚えていた。

勉強の邪魔をしてはいけないと思い、千春は重箱を風呂敷に包んだまま、家のなかでいちばん温度の低い洗面所の洗濯機の上に置くと、階段の昇り口から、

「じゃあね。海歩子おばさんによろしくね」

と声をかけた。

「えっ？　もう帰んが？　なんか用事があるがぁ？」

鉛筆を持ったまま二階から姿を見せて佑樹は訊いた。

「用事は特にないけど、勉強中やろ？」

「もうあと十分ほどで終わるよ。終わったら、料理作っから手伝ってよ」

「料理？　佑樹が？」

「うん、ぼくのオリジナル料理。千春ちゃん、タマネギとニンジンを薄くスライスしといて」

そう言って、佑樹は勉強机のほうへと戻って行った。

台所には、タマネギが一個とニンジンが二本、俎板《まないた》の上に置かれてあって、その近くには、スーパーの容器に入っている鶏のミンチ肉がそのままふたつ並べられていた。

「蒸し大豆」と書かれた小さなレトルトパックも五袋並べてある。

千春は台所用の小さなガスストーブに火をつけ、また階段の昇り口に行った。

「薄くって、どんくらい？」

「二、三ミリ。ニンジンは皮付きでいいよ」

千春は頼まれたとおりにしてから、ガスストーブの火に手をかざして、佑樹がやって来るのを待った。

二階から降りて来た佑樹は、大きくてぶ厚い鍋を出し、そこにオリーブ油を入れてコンロの火をつけ、薄くスライスしたタマネギとニンジンを炒め始めた。

「自分で考えた料理なん？」

「うん。お母さんは仕事を終えて家に帰って来たらえらい疲れとって、ときどき食欲がまったくない日があるがんぜ。豆の料理やったら食べっかなァって考えて作ってみたら、凄い気に入って、夜はこれさえ食べとったらいいちゃねって。たくさん作っといて、小分けにして密閉容器に入れて冷凍しとけばいいしね」

そう言いながら炒め終えると、佑樹は鍋のなかにローリエ二枚とクローブを五粒入れ、水を注いだ。

そこに鶏のミンチ肉を入れて、割り箸五、六本でかき廻す。そうすると鍋の中身は濁ってしまうが、沸騰直前にさらにかき廻すとすぐに澄んでくる。そこへ蒸し大豆を入れてひと煮たちさせたら完成だ。

そう説明して、

「あっ、生姜《しょうが》を忘れた」

と佑樹は言い、冷蔵庫のなかを探し始めた。

夏目家の冷蔵庫のなかには何がどこにあるかを千春はよく知っていたので、すぐに見つけてやった。

佑樹は生姜を五ミリくらいに切ったものを三つ入れた。

「ぼくの完全なオリジナルじゃないよ。料理番組でヒントを得たんだ。スペイン料理で、ヒヨコ豆を使ってたけど、大豆のほうが安いし、手に入りやすいだろう？」

沸騰直前に鶏のミンチ肉も一緒に六本の割り箸でかき廻しつづけると、確かにスープは澄んできた。

「すごーい」

と千春は言った。

アクを取り、コンロの火を弱火にしてから、佑樹は五袋の蒸し大豆を入れ、鍋に蓋をした。

「あっ、味をつけるのを忘れた」

佑樹は慌てて蓋を取り、塩と胡椒《こしょう》で味をつけて、スープを小皿に取って何度も味見をした。

「うん、ちょっと薄味くらいのほうがいいか」

そう言って、佑樹はテレビのある居間へと行き、ガスストーブをつけた。

千春は台所に立ったまま、四年前の朝、この近くで髪の長い、美しい女の人を見かけなかったかと訊いた。

「四年前？　それって、千春ちゃんがこの前話してくれたふみ弥さんのこと？」

「うん、そうなんだけど……」

「ぼくは見なかったけど、近所の人が見たらしいよ。そこの伊藤《いとう》さんと池沢《いけざわ》さんの家のあいだの狭い通路に隠れて、ぼくとお母さんを見てたって。髪の長い、凄い美人だったって」

と佑樹は少し不機嫌そうに言った。

近所の人の、悪意はなくてもつねに他人の家を監視しているような目ざとさがいやなのか、それとも触れられたくないことだったのか、千春は佑樹の怒っているかにも見える表情が読めなくて、そんな質問をしてしまった自分を悔いた。

近所の人がどこかで見ていたことを、佑樹は母親には話さなかったのだ。そうでなければ、海歩子おばさんはふみ弥さんが滑川のこの家の近くに来たことを知らないはずがない。

そう思い、千春は今後二度とふみ弥さんについての話題は口にしないでおこうと決めた。

「もういいかな」

と言い、台所へ戻ってきた佑樹がマグカップに入れたスープ状の豆料理を渡してくれた。

何度も息を吹きかけて冷まし、千春はスプーンでそれを口に入れた。おいしいとしか表現のしようがない出来栄えだった。

「鶏のミンチ肉だから、こんなに優しい味になるがやね。大豆がたくさん入っとるから、もうこれだけでお腹が一杯になるし……。佑樹、これ、ほんとにおいしいわ」

千春の言葉に、佑樹は嬉しそうに笑みを浮かべ、壁の掛け時計を見ながら、

「もうお昼ご飯の時間だから、ぼくも食べるわ」

と言って自分の分もよそった。

千春と佑樹はソファに並んで同じ絵柄のマグカップを持ち、スプーンでスープを飲み、タマネギとニンジンと大豆を食べた。

「ボキャブラリーを増やそうと思ったら、どんなんしたらいい？」

と千春は訊いた。

「でかおじさんは、とにかく本を読めって言っとったよ」

「どんな本？　小説？」

「小説でも、自分にはちょっと難しそうだなってやつを、とにかく読むんだって。退屈で頭が疲れそうなところは飛ばして読むのがこつやって」

「佑樹はいまどんな小説を読んどんが？」

「コナン・ドイルの『シャーロック・ホームズ』のシリーズ。ヴィクトル・ユゴーの『レ・ミゼラブル』。森鷗外の『高瀬舟』。中島敦の『弟子』。それから……」

千春は空になったマグカップをテーブルに置き、

「そんな難しい本ばっかり読んどんが？」

と驚き顔で訊いた。

「コミックも読むし、テレビゲームもするよ。でも、でかおじさんが読めっていうことは、大学受験のときに役に立つからやって思うがんぜ」

そう言って、佑樹は二階へ上がると、一冊の文庫本を持って降りて来た。でかおじさんが送ってくれたのだという中島敦の小説だった。

佑樹は、栞《しおり》を挟んである箇所をひらき、ここから読んでみてくれと言った。中島敦の名は千春にも記憶はあった。高校の国語の授業に出て来たからだが、作品は読んだことがなかった。

「ひらがなより漢字のほうが多いねか」

「でも、ふりがなが付いとっから、読めるよ」

千春は、きょうは防波堤の向こうの波音が大きいなと思いながら、栞の挟んである「弟子」という小説の第九章を読み始めた。

——衛《えい》の霊公は極めて意志の弱い君主である。賢と不才とを識別し得ないほど愚かではないのだが、結局は苦い諫言《かんげん》よりも甘い諂諛《てんゆ》に欣《よろこ》ばされてしまう。衛の国政を左右するものはその後宮であった。

夫人南子《なんし》は夙《つと》に淫奔《いんぽん》の噂が高い。まだ宋《そう》の公女だった頃異母兄の朝《ちょう》という有名な美男と通じていたが、衛侯の夫人となってからもなお宋朝を衛に呼び大夫に任じてこれと醜《しゅう》関係を続けている。すこぶる才走った女で、政治向《むき》の事にまで容喙《ようかい》するが、霊公はこの夫人の言葉なら頷《うなず》かぬことはない。霊公に聴かれようとする者はまず南子に取入るのが例であった。——

千春はそこまで読むと、眉の上あたりに軽い痛みを感じて、文庫本を膝に置いた。

「もう駄目。目がしわしわしてきたわ。こんな難しい小説、私には無理」

「脳にスタミナがないがんじゃないの？」

と言って、佑樹はこの第九章のあらましを説明してくれた。

——孔子とその弟子たちは、霊公に請われて衛という国に滞在していた。夫人の南子は、孔子が自分よりも尊敬されることがおもしろくなかった。夫の霊公も孔子をあがめている。

南子は、そのことに嫉妬して、きらびやかな行列の先頭の馬車に自分が乗り、孔子がそれに従う形でうしろの牛車に乗せた。孔子は何も言わず、南子の企《たくら》みどおりにした。——

佑樹はそこまで話してから、千春の膝の上の文庫本を持ち、第九章の最後の二行を読むよう促した。

——翌日、孔子らの一行は衛を去った。「我いまだ徳を好むこと色を好むが如き者を見ざるなり。」というのが、その時の孔子の嘆声である。——

そこを読んで、千春は文庫本をひらいたまま、佑樹の顔を見つめた。

「なんとなくわかるような気がする。最後の孔子のひとことの意味が」

と千春は言った。

「わかる？　ぼく、この最後の孔子の言葉がよくわからんがんぜ。教えてよ。なんとなくわかんがやけど、わからんわ」

「うーん、それがうまく説明できんがは、つまり私にボキャブラリーがないからなんぜ」

そう言いながら、千春は佑樹のことが心配になってきた。

中学二年生でおとなでも難しい本を読んでいいものだろうか。勉強漬けの日々が佑樹の心をむしばみはしないだろうか、と。

そんな心配と裏腹に、佑樹という少年の一途《いちず》な努力への尊敬の念も強く湧きあがってもいた。

私も勉強したい、何かに対して一途に努力してみたい、という思いが大きく膨れあがってきたのだ。

すると、祖母の言葉が甦った。千春は手先が器用だという身びいきのない褒め言葉は、髪型を変えたときの海歩子おばさんのレザーカットをする鮮やかな手さばきへとつながった。

海歩子おばさんが京都の美容学校で学び始めたのは十九歳になる年だ。来年の四月には私は二十一歳になる。二年の遅れはあるが、たった二年だ。

美容学校を出て、高い技術を持つ美容師のもとで勉強し訓練を受けたら、海歩子おばさんのように二十代で一人前になれるかもしれない。

私はやり抜くことができるだろうか。でも、やりたい。すばらしい技量を持つ美容師になりたい。佑樹のように努力のなかに身を置きたい。そして、その努力は生活に報われるものでありたい。

でも、私の貯金はわずかで、父が死んだときに支払われた生命保険金は、弟や妹のために手をつけないと決めた。母は私の弟をなんとしても大学に進ませたがっている。

成績の良かった兄が大学進学を断念したのは、受験勉強に最も専念しなければならないときに父がガンで入院したからだ。

千春は突然の烈しい感情を抑えられなくて、冷静になろうと努めた。いっときの憧れで美容師の道を歩み始めて、途中で挫折したら母を困らせる。私の少ない給料でも、いまの脇田家にとっては大切な生活の糧《かて》になっているし、買ったばかりの軽自動車のローンも払っていかなくてはならないのだ。

千春はあれこれと考えて、やっぱり無理だなとあきらめかけた。

その落胆が体の動きにあらわれたらしく、

「急にしょんぼりと肩を落として、どうしたん?」

と佑樹が顔をのぞき込んできた。

千春は自分の心のなかで湧き起こった不意打ちに似た思いを正直に佑樹に話した。

「えっ！　本気？」

と訊いて佑樹はソファから立ち上がり、もういちど、

「本気やね？」

と念を押して階段を駆けのぼって行った。

五分ほどたって、自分の携帯電話を持って階段を降りて来ると、佑樹はそれを無言で千春に手渡した。電話はつながっていて、

「千春ちゃん、いまから私の店に来られ」

という海歩子おばさんの声が聞こえた。

なんなのだ、この段取りの早さは。まるで海歩子おばさんも佑樹も、私が美容師になりたいと言いだすのを待っていたようではないかと千春は思った。


（下巻へつづく）

主な参考資料

『平家物語　上』　新潮日本古典集成　新潮社

『山月記・李陵　他九篇』　中島敦　岩波文庫

地図／水谷有里

初出　「北日本新聞」にて毎週日曜日に連載
二〇一二年一月一日～二〇一四年一一月二日

本書はフィクションであり、実在の個人・団体とは無関係であることをお断りいたします。

本書は二〇一五年四月、集英社より刊行されました。

集英社文庫　目録（日本文学）

宮田珠己　ジェットコースターにもほどがある
宮田珠己　だいたい四国八十八ヶ所
宮部みゆき　地下街の雨
宮部みゆき　R.P.G.
宮部みゆき　ここはボツコニアン 1
宮部みゆき　ここはボツコニアン 2 魔王がいた街
宮部みゆき　ここはボツコニアン 3 二軍三国志
宮部みゆき　ここはボツコニアン 4 ほらホラHorrorの村
宮部みゆき　ここはボツコニアン 5 FINAL ためらいの迷宮
宮本輝　焚火の終わり(上)(下)
宮本輝　海岸列車(上)(下)
宮本輝　水のかたち(上)(下)
宮本輝　いのちの姿　完全版
宮本輝　田園発　港行き自転車(上)(下)
宮本昌孝　藩校早春賦
宮本昌孝　夏雲あがれ(上)(下)

宮本昌孝　みならい忍法帖　入門篇
宮本昌孝　みならい忍法帖　応用篇
三好徹　興亡三国志一～五
武者小路実篤　友情・初恋
村上龍　テニスボーイの憂鬱(上)(下)
村上龍　ニューヨーク・シティ・マラソン
村上龍　ラッフルズホテル
村上龍　すべての男は消耗品である
村上龍　龍言飛語
村上龍　エクスタシー
村上龍　昭和歌謡大全集
村上龍　KYOKO
村上龍　はじめての夜　二度目の夜　最後の夜
村上龍　メランコリア
村上龍・中田英寿　文体とパスの精度
村上龍　タナトス

村上龍　2days 4girls
村上龍　69 sixty nine
村田沙耶香　ハコブネ
村山由佳　天使の卵　エンジェルス・エッグ
村山由佳　BAD KIDS
村山由佳　もう一度デジャ・ヴ
村山由佳　野生の風
村山由佳　きみのためにできること
村山由佳　キスまでの距離　おいしいコーヒーのいれ方 I
村山由佳　青のフェルマータ
村山由佳　僕らの夏　おいしいコーヒーのいれ方 II
村山由佳　彼女の朝　おいしいコーヒーのいれ方 III
村山由佳　翼 cry for the moon
村山由佳　雪の降る音　おいしいコーヒーのいれ方 IV
村山由佳　緑の午後　おいしいコーヒーのいれ方 V
村山由佳　海を抱く　BAD KIDS

集英社文庫　目録（日本文学）

集英社文庫　目録（日本文学）

集英社文庫

田園発《でんえんはつ》　港《みなと》行《い》き自転車《じてんしゃ》 上《じょう》

2018年1月25日　第1刷　　定価はカバーに表示してあります。

著　者　宮本《みやもと》　輝《てる》

発行者　村田登志江

発行所　株式会社 集英社

東京都千代田区一ツ橋2-5-10　〒101-8050

電話　【編集部】03-3230-6095

【読者係】03-3230-6080

【販売部】03-3230-6393(書店専用)

印　刷　大日本印刷株式会社

製　本　大日本印刷株式会社

フォーマットデザイン　アリヤマデザインストア　　マークデザイン　居山浩二

ISBN978-4-08-745685-1 C0193